Benito Pérez Galdós

Episodios nacionales IV
Aita Tettauen

Barcelona **2024**
Linkgua-ediciones.com

Créditos

Título original: Episodios nacionales IV. Aita Tettauen.

© 2024, Red ediciones S.L.

e-mail: info@Linkgua-ediciones.com

Diseño de cubierta: Michel Mallard.

ISBN tapa dura: 978-84-1126-430-3.
ISBN rústica: 978-84-9007-305-6.
ISBN ebook: 978-84-9007-221-9.

Sumario

Brevísima presentación

La obra

Aita Tettauen es la sexta novela de la cuarta serie de los *Episodios Nacionales* de Benito Pérez Galdós.

Vuelve la épica a los *Episodios Nacionales*, eso sí, bien impregnada de ironía cuando no de sarcasmo. O'Donell le declara la guerra al sultán de Marruecos y monta una expedición en la que se embarcan él mismo y Ros de Olano, entre otros militares de alto rango. Los motivos apuntados por el novelista no son otros que la búsqueda de una explosión de patriotismo que pueda apaciguar las disputas políticas internas.

Un estrambótico personaje, Juan Santiuste, aparecido en O'Donnell, enamoradizo por naturaleza y protegido de nuestro héroe José García Fajardo, el marqués de Beramendi, irá de corresponsal de guerra y terminará desertando y convirtiéndose en un profeta de la paz.

Encontramos más detalles de la familia Ansúrez (la de Lucila, aquella novia que, durante unos pocos años, llevó de cabeza al protagonista), esta vez a través de un hermano de ésta, convertido al Islam, que presenciará y nos narrará desde Tetuán la entrada de los españoles en la plaza.

Interesante la estructura de la narración, enfocada desde varios puntos de vista, entre ellos, el estilo epistolar usado por el autor en las cartas del renegado Ben Sur (hermano de Lucila) y la utilización, en buena parte de la novela, del sefardí practicado por la colonia hebrea de Tetuán.

Primera parte

Madrid, octubre-noviembre de 1859

I

Antes de que el mundo dejara de ser joven y antes de que la Historia fuese mayor de edad, se pudo advertir y comprobar la decadencia y ruina de todas las cosas humanas, y su derivación lenta desde lo sublime a lo pequeño, desde lo bello a lo vulgar, cayendo las grandezas de hoy para que en su lugar grandezas nuevas se levanten, y desvaneciéndose los ideales más puros en la viciada atmósfera de la realidad. Decaen los imperios, se desmedran las razas, los fuertes se debilitan y la hermosura perece entre arrugas y canas... Mas no suspende la vida su eterna función, y con los caminos que descienden hacia la vejez, se cruzan los caminos de la juventud que van hacia arriba. Siempre hay imperios potentes, razas vigorosas, ideales y bellezas de virginal frescura; que junto al sumidero de la muerte están los manantiales del nacer continuo y fecundo... En fin, echando por delante estas retóricas, os dice el historiador que la hermosura de la sin par Lucila, hija de Ansúrez, se deslucía y marchitaba, no bien cumplidos los treinta años de su existencia.

Quien hubiera visto aquel primoroso renuevo del árbol celtíbero en la edad de su primaveral desarrollo, cuando con ella volvían al mundo las gracias y la donosura de la princesa Illipulicia, *secundum* Miedes, soberano arqueólogo; quien gozara del aspecto helénico, de la estatuaria majestad de aquella figura transportada de la edad homérica y emigrante de Troya, no la habría reconocido en la dama campesina de 1859, cuyo rostro y talle iban embutiendo sus líneas en la grasa invasora, producto en aquel cuerpo, como en otros, de la vida regalona y descuidada, del comer metódico, del matrimonio sin glorias ni afanes, con cinco alumbramientos y el trajín de labradora rica, que más convida al desgaire que a la compostura... A poco de casarse, dio Lucila en engordar, con gran regocijo de su esposo el buen Halconero, que a menudo la pesaba (en el aparato que le servía para el romaneo de sus carneros, destinados al Matadero de Madrid), y celebraba triunfante las libras que en cada trimestre iba ganando aquel lozano cuerpo. ¡Adiós ideal; adiós, leyenda; clásicas formas, adiós!

Cinco vástagos, reducidos a cuatro por muerte del segundo, componían la prole de Halconero y Lucila en 1859. Solo en las facciones del primogénito, nacido en diciembre del 52, se reprodujo la hermosura de la madre; los otros tres, una niña y los dos varoncitos menores, sacaron las narices romas y aplastadas, características de la raza de Halconero, y no apuntaba en sus rostros un tipo de atávica belleza. Más que de la gallarda familia de los *autrigones*, según Ptolomeo, o *allotriges*, como los designaron Strabón y don Ventura Miedes, parecían reproducción de los feos y rudos *turmodigos*, que designa Plinio como pobladores de la comarca llamada *conventus cluniensis* (hoy Coruña del Condado). El niño mayor, Vicente como su papá, sí que se traía todos los rasgos étnicos de los *autrigones*; y si viviera el gran anticuario de Atienza, le diputaría por acabado tipo de la tribu de los *Segisamunculenses*, que habitaron en Osma, no lejos de la ciudad donde hubo de ver la luz Jerónimo Ansúrez el Grande, en quien revivió la más potente y hermosa casta de españoles. Por desgracia suya y de la familia, el gallardo niño, que se criaba *como un rollo de manteca* hasta cumplir los tres años, desde esta edad dio en encanijarse, sin que acertaran a combatir el raquitismo con sus consumadas artes y buena voluntad el médico y boticario de la Villa del Prado.

Cayendo y levantándose llegó Vicentito al 59, el rostro como de un ángel, torcido y desaplomado el cuerpo, y así estaba cuando, de resultas de la caída de un caballo (de cartón), se le formó un bulto en la pierna, y este se resolvió en tumor, que hubieron de sajarle los doctores del pueblo con éxito equívoco, pues luego se reprodujo con mala traza y acerbos sufrimientos de la criatura. Afligidos los padres, y temerosos de que su primogénito, si curaba, se les quedase cojo, acordaron trasladarse a Madrid para emprender allí nuevo tratamiento con asistencia de los mejores facultativos de la capital. Ved aquí la razón de que en el verano y otoño del 59 les halláramos instalados en Madrid, plazuela de la Concepción Jerónima, atentos marido y mujer a las opiniones de diferentes médicos famosos, y a la probatura de variadas preparaciones farmacéuticas.

El pobre niño, aunque mejoraba de la pierna, padecía en Madrid de aplanamiento y opacidad del ánimo, sin duda por el trasplante desde el ambiente campesino a la estrechez de una rinconada, en la cual ninguna distracción hallaban sus ávidos ojos ni su despabilada mente. Densas melancolías le asaltaron; perdió el apetito, y costaba Dios y ayuda hacerle tomar las medicinas. Imposibilitado de andar, y sujeto a un encierro y quietud tan contrarios a la viveza de la infancia, no podían los padres proporcionar al enfermito más distracción que la que pudiera gozar arrimado a los cristales de un angosto balcón. La plazuela, abierta solo por un lado, ofrecía la soledad inquietante de un recodo traicionero. Las personas que por allí pasaban se podían contar, y eran siempre las mismas: por la mañana, gentes piadosas, que acudían a las pocas misas celebradas en la Concepción Jerónima; por la tarde, gentes de viso en coche o a pie, visitantes del palacio del duque de Rivas, frontero a la casa donde habitaban los Halconero. El cascado cimbalillo y las campanas de las monjas entristecían más aquel apartado lugar con su tañer continuo, que marcaba diferentes horas del día y de la noche, haciéndolas odiosas.

Todos se afligían de ver tan mustio al chiquillo; pero solo su madre, la persona más lista de la casa, dio en el *quid* de los motivos de aquella turbación, y propuso el remedio más adecuado, según consta en la crónica coetánea que nos ha conservado algunos coloquios familiares entre Lucila y Halconero. «La razón de la tristeza del pobre ángel y de su desgana para todo —dijo Lucila— no es otra que el apartamiento de esta maldita casa en que nos hemos metido, pues aquí no puede distraerse con lo que más le gusta y enamora, que es ver soldados. El Ejército es su delirio: sueña con cazadores y se desvela pensando en los artilleros. En el pueblo, con solo repasar las aleluyas de tropa que le comprábamos, aprendió a distinguir los uniformes de toditas las armas, y mi padre le enseñó a conocer las insignias de grados y empleos... Capitán, comandante, coronel, y de ahí para arriba. El día que entramos en Madrid por la puerta y calle de Toledo, pasaron cuatro lanceros y un cabo, y el pobre niño sacó medio cuerpo por la ventanilla... Creímos que se tiraba del coche... Pues ahora, dime tú si puede estar contento el hijo en esta plazuela encantada, por donde no pasa un soldado ni para un remedio. El alma mía sufre y no se queja; es prudentito y aguanta su tristeza y soledad, pensando que le engañábamos cuando le decíamos: "En Madrid verás pasar batallones con música, escuadrones de caballería tocando los clarines, y artillería con cañones y todo". Y nada de esto ha visto;

ni podrá verlo en mucho tiempo, porque el médico nos dice que tiene para rato, con la pierna estirada y sin movimiento... Hazte cargo de lo que te digo, Vicente, y considera que necesitamos levantarle los espíritus al niño, para que el alma ayude al cuerpo, y los dos a la medicina... Al médico no le gusta que esté triste: bien nos lo ha dicho... Si mi consejo vale, salgamos pronto de este escondrijo, y vámonos a donde encontremos luz, alegría... y soldados. En la calle mayor, entre Platerías y la Almudena, ha visto mi padre hoy más de tres y más de cuatro pisos segundos y terceros con papeles... Esos papeles nos están diciendo: "Lugareños, veníos acá".»

No necesitó el rico labrador que Lucila ampliara sus razonamientos, pues con lo dicho quedó plenamente convencido. «Sí, mujer —fue su respuesta—: has hablado como quien eres, y toda la razón está contigo. Hemos de dar al niño satisfacciones de su gusto militar, para que se le pongan los espíritus en aquel punto de alegría que ha de ayudar a las potencias corporales... Bien dijo quien dijo que alma lleva cuerpo, y que los humores del físico se arreglan o descomponen según el mandamiento de esa gobernadora que llevamos en donde nadie la ve hasta que Dios nos la pide... Sin saber lo que hacíamos, hemos metido al niño en una cárcel...; y a ti, que por estar al cuidado de las criaturas poco o nada callejeas, tampoco te hace provecho esta vivienda. Solo con mirarte día tras día, y sin necesidad de ponerte en la romana, veo que desde que estamos aquí has perdido tres libras, y mucho será que no pierdas para fin de año mayor peso... Tomaremos una de las casas que ha visto tu padre en la calle mayor, para que nuestro pobre baldadito tenga un buen miradero en que recrearse con los militares que van y vienen por allí, sueltos o en formación. Y a la cuenta que han de ser muchos, porque, a lo que parece, la reina ha determinado declararle la guerra al Moro, por no sé qué tropelías, y hemos de tener en la Corte movimiento de tropas; que en Madrid pienso yo que se juntarán las de toda España para ir a esa guerra, debajo de las banderas de los Católicos Reyes doña Isabel y don Francisco. ¡Qué regocijo para nosotros ver que el niño se anima, y animándose suelta el maleficio de la pierna!... Todo ello por la virtud de su entusiasmo, oyendo el redoblar de sin fin de tambores, y viendo pasar cientos de miles de hombres a caballo con las banderas de los diferentes reinos de España... Y por cierto que no llego a comprender de quién saca nuestro hijo tal afición a las armas, pues en tu familia, según me ha dicho Jerónimo, no hubo guerreros, que se sepa, y en la mía lo mismo. Yo apaleo las ramas de mi árbol genealógico, a ver si cae un militar, y no encuentro más que a un don Pierres Jacques, francés de nación, al servicio de España, primo segundo de mi abuela materna, el cual don Pierres perdió un brazo en la defensa de Mahón, allá por los tiempos de Maricastaña. Venga de donde viniere la devoción militar del niño, Dios nos le conserve y nos le cure para que sea un buen soldado de su patria... que en este caso digo yo: "alférez te vean mis ojos, que general, como tenerlo en la mano".»

Transcurrida una semana después de esta conversación, ya estaba la familia en su nueva casa, calle mayor, esquina a Milaneses, todos contentos y Vicentito en sus glorias, pues raro era el día, que no veía pasar un batallón de línea o de cazadores atronando la calle con su vibrante música. Le encantaba la infantería, los de a caballo le embelesaban y los artilleros le enloquecían. A poco de vivir allí, pasándose las horas arrimadito al balcón, extendida la pierna sobre cojines, sabía de milicia y de jerarquías militares casi tanto como la guía de forasteros... Y en esto ocurrió que un día de aquel mes y año (octubre de 1859) entraron de la calle Jerónimo Ansúrez y don Vicente Halconero, este último con el rostro encendido por ráfagas de entusiasmo que de los ojos le salían, la voz balbuciente: «Lucila, hijos míos —exclamó plantado en medio de la sala—, declarada la guerra... la guerra... De... Clarada en el Congre... ¿no lo creéis?... greso... Congreso levántase O'Donnell y dice: "Gue... Al Moro, guerra... Declarada por O'Donnell...".» Tras de Halconero permanecía rígido y mudo Jerónimo Ansúrez: su rostro castellano, de austera y noble hermosura, que podía dar idea de la resurrección de Diego Porcellos, de Laín Calvo o del caballeresco abad de Cardeña, expresaba un vago renacer de grandezas atávicas.

II

Había sufrido el rico labrador de la Villa del Prado un ataque ligero de parálisis, meses antes de lo que ahora se cuenta. Fue un aviso de su naturaleza apoplética recomendándole que se moderase en el comer. Sujeto a un régimen de sobriedad por su cara esposa, tasaba sus atracones en la comida y particularmente en la cena, con lo que se le compuso aquel desarreglo, quedándole solo el achaque de tartamudear en los momentos de viva emoción o de coraje, y la inseguridad de piernas... La prudente Lucila le recomendó aquella tarde (22 de octubre, si no miente la Historia) que no tomase tan a pecho la guerra que se anunciaba, pues él no estaba para bromas, ni podían hacerle provecho los malos ratos que suelen darse los patriotas por saber quién gana o pierde las batallas. No podía someterse el buen señor a este criterio, porque las glorias de su patria le importaban más que la vida, y prefería morir de un reventón de gusto a vivir en la indiferencia de estas glorias ahora refrescadas. Aquella noche, cenando y empinando más de lo determinado por la discreta Lucila, se dejó decir que España entraría en Marruecos por una punta y saldría por otra, no dejando títere ni moro con cabeza en todo el imperio. Y no debían los españoles contentarse con hacer suya toda la tierra de berberiscos, y abatir sus mezquitas y apandar sus tesoros, sino que al volverse para acá victoriosos, debían dejarse caer como al descuido sobre Gibraltar, y apoderarse de la inexpugnable plaza antes que la Inglaterra pudiese traer acá sus navíos. Una vez dueños del famoso peñasco, quedaría bien zurcido aquel jirón de la capa nacional, y ya podíamos los españoles embozarnos muy a gusto en ella.

También en el viejo Ansúrez hervía la efusión patriótica; mas no eran sus demostraciones tan infantiles como las de Halconero. Su espíritu reflexivo, dotado de tanta claridad y agudeza que fácilmente penetraba hasta la entraña de todas las cosas, ponía en el examen de la anunciada guerra el sentido más puro de la realidad. «Buena será esta campaña —decía—, y debemos alabar al señor de O'Donnell por la idea de llevar nuestros soldados al África; que así echamos la vista y el rostro fuera de este patio de Tócame Roque en que vivimos. ¡Con doscientos y el portero, que ya nos apesta la política, siempre el mismo sainete representado en los mismos corredores de vecindad! Bien, muy bien... Pero esta guerra será dura, y nos ha de costar trabajo volver con provecho y gloria. No es el moro enemigo de poca cuenta, y en su tierra cada hombre vale por cuatro... Otra cosa les digo para que se pongan en lo cierto al entender de guerras africanas, y es que el moro y el español son más hermanos de lo que parece. Quiten un poco de religión, quiten otro poco de lengua, y el parentesco y aire de familia saltan a los ojos. ¿Qué es el moro más que un español mahometano? ¿Y cuántos

14

españoles vemos que son moros con disfraz de cristianos? En lo del celo por las mujeres y en tenerlas al por mayor, allá se van unos con otros; que aquí el que más y el que menos no se contenta con la suya, y corre tras la del vecino. Los harenes de aquí se distinguen de los de allá en que están abiertos, y así nuestras moras salen y entran cuando les da la gana, y hacen su santo gusto. No hay cosa más fácil que venir acá un moro, aprender el habla en poco tiempo y hacerse pasar por español neto. Yo he conocido un moro de Larache, que aquí se llamaba Pablo Torres, y ni el diablo conocía el engaño. Las caras y los modos de accionar son los mismos acá y allá; y si se pudiera cambiar fácilmente de lengua como de vestidos, vendría la confusión de pueblos... Yo he visto el parentesco muy cerca de mí. Mi segunda mujer, alpujarreña, me tenía siempre la casa llena de sahumerios, y sabía poner el alcuzcuz. Contábame que su madre se pintaba de amarillo las uñas, y que su padre se sentaba siempre en el suelo con las piernas cruzadas. Era mi señora suegra mujer humilde, y según me contaron, no se incomodaba porque su marido, mi señor suegro, se regalase con otras dos mujeres de añadidura. Con que ya ven... Otros ejemplos sacaré si por lo que he dicho no me confiesan que esta guerra que ahora emprendemos es un poquito guerra civil... Pero civil o de naciones, adelante con ella, y veamos otra vez a Cristo vencedor de Mahoma. Yo digo... Oigan esto... yo digo que entre un vascongado que se deja matar por don Carlos y por la Virgen, su generalísima, y un andaluz de los que por la Libertad se metieron con Torrijos en la trampa de González Moreno, hay más diferencia que entre el malagueño y el berberisco que ahora van a pelearse por una brizna de honor... O por el viceversa de quítate tú, Alcorán, para ponerme yo, Evangelio...»

En este punto le interrumpió su hija, que con cierta inquietud veía las frecuentes libaciones del celtíbero entre bocado y bocado de la cena. «Padre —le dijo—, ha bebido usted más de la cuenta, y ya empieza a desbarrar. Cierre el pico, y váyase a la cama.» Pudo más en Halconero el efecto congestivo de la cena que el interés del tema de África, y hundiendo en el pecho la barba y alargando los morros, atronó el comedor con la cadencia de sus ronquidos. El niño Vicente, sentado junto a su madre, se comía con los ojos al abuelo, y no perdía sílaba de las extraordinarias opiniones de este sobre Moros y Cristianos. A todos les levantó Lucila de la mesa, arreando con empujones a su marido, cargando con ayuda de Jerónimo al chiquillo enfermo. Ya los otros dormían... No tardó Halconero en estirar su pesado cuerpo en el lecho matrimonial, bramando con más fuerza y más desahogo de pulmones. Ansúrez se metió en su cuarto. En el próximo a la alcoba principal, desnudaba Lucila a su hijo enfermo para meterle en la cama, y el chiquillo, más despabilado aquella noche que de costumbre, no paraba en su charla candorosa. «Madre —decía—, y ahora, con esta guerra, ¿qué hará mi tío Gonzalo Ansúrez, que se hizo moro antes de que yo naciera, mucho antes, y allá vive como un príncipe? Tú me contaste que tiene palacio de mármol, y muchas criadas moras que le arreglan la cama de seda y le sirven la comida en platos de oro... Tú me dijiste...»

—Cállate, hijo mío: si te calientas ahora la cabeza, te desvelarás, y tú y nosotros pasaremos mala noche.

—Tú me decías... ¿ya no te acuerdas?... Fue cuando estuve tan malo, tan malo ¡ay!... parecía que me metían en la carne clavos ardiendo... Para que tomara las medicinas, me decías: «Va a venir tu tío Gonzalo el moro, y te traerá muchos regalos, un vestido verde bordado de oro, espadas muy bonitas, y un caballo... De carne.» Dice mi abuelo que los caballos moros son los mejores del mundo... Corren como el viento, y no les falta más que hablar para ser como las personas... Pues ni vino mi tío, ni me trajo el caballo, ni nada...

—Cállate... que no podrás coger el sueño, y te entrará calentura.

—Y yo te pregunto ahora: si la reina de España le declara la guerra al Rey de los moros, ¿qué hará mi tío don Gonzalo? ¿Peleará con los de allá, o se vendrá con los españoles? Contéstame pronto.

—Yo no sé nada... Mañana lo averiguaremos.

—Porque si no pelea con los cristianos, ni es caballero ni español... ¿Cómo quieres tú que yo duerma, pensando que mi tío es traidor a España?... Tú sabrás si se hizo mahometano de verdad, o de comedia, con el aquel de sonsacar los secretos de la morería y contárselo todo al Gobierno español.

—¿Qué sé yo de eso? Ea, niño, a dormir.

—Pues dime que vendrá mi tío a tratar con la reina del modo de embestir a esos perros... y a traerme el caballo... Mira, madre, armas no quiero, porque yo aquí no voy a matar a nadie... El caballo sí me hace falta... porque la pierna se me va curando... En cuanto que pueda doblar la rodilla, cojo mi caballo, me monto en él, y verás... Te digo que lo manejaré como a los de cartón, y para que sea manso y bueno, le daré terrones de azúcar y alguna mantecada de Astorga... Verás cómo lo hago brincar y correr. Ya sé que tú y Nicasia os pondréis a chiflar de miedo cuando me veáis metiéndole las espuelas para que corra más... No tengáis cuidado, que no me caeré... Sé montar... Soy un gran jinete, madre, un gran jinete...

Tanto hizo Lucila por sosegarle, poniendo una de cariño y otra de autoridad, que el chiquillo se calló... Se durmió... Mas no fue su sueño tranquilo: a media noche daba voces... Reía, suspiraba... le dolía la pierna... El caballo no quería pararse, y corría por rápida pendiente hacia un despeñadero. Acudió su madre a medio vestir, y no bastando sus caricias para calmarle, se acostó con él. Sacudidas nerviosas interrumpían el sueño del pobre hijo. Lucila no cesaba de pulsarle. «No tiene fiebre —se decía—; no es nada: es tan solo el talento, que por ser mayor de lo que corresponde a la edad del niño, no le cabe en la cabeza...»

La certera observación hecha por Vicentito respecto al caso de su tío Gonzalo Ansúrez, quedó bien fija en el pensamiento de la madre. ¿Qué partido tomaría, en la guerra de España con Marruecos, el español que había renegado de su pueblo y de su fe, adoptando la religión y patria berberiscas? De esto habló Lucila con su padre al siguiente día, y el celtíbero no se mordió la lengua para contestarle: «Si tu hermano fuese un lameplatos y un roemendrugos, tal vez se aprovecharía de la guerra para decir *yo pequé*, y arrimarse a los suyos. Pero Gonzalo es allí hombre de riñón bien cubierto; vive considerado de grandes y chicos, y el mismísimo señor Sultán le llama su amigo, toma de él consejo, y le ha obsequiado con algunas cargas de dinero contante... En Tetuán se ha establecido, y su casa, si no la mejor, no es de las peores del pueblo. Comercia en lanas, comercia en almendras, y de un punto que llaman Tafilete le traen sus recuas de camellos, un mes sí y otro no, pieles magníficas, de las que manda una parte a Marsella, y otra parte allí se queda para ese calzado ancho y suelto que llaman babuchas. Todo esto lo sé por aquel señor que de allá vino el año pasado, y me trajo carta de mi hijo, acompañada de las cinco onzas que te di para que me las guardaras. Era el mensajero un señor llamado don Jacob Méndez, que los más de los años viene a España y la recorre de punta a punta, comprando esmeraldas, que ahora están en alza, y aljófar, perlitas menudas, que en la Morería tienen gran salida y precio muy bueno. El tal me pareció hombre corriente y de mundo. Aunque no hablamos palabra de religión, túvele por judío: su nombre, su rostro afilado, su desconfianza y el comercio que traía, así me lo declaraban. Se aposentó en la Posada del Peine; allí le vi dos o tres tardes, y me refirió de mi hijo mil cosas que yo ignoraba, pues solo dos veces tuve con él correspondencia escrita. Lo que el señor don Jacob me contaba fue para mí de grande admiración, y más que nada me agradó saber que Gonzalo es hombre de cuenta, y que ha labrado su acomodo con el trabajo y el buen cumplimiento comercial. Habla la lengua arábiga tan de corrido como si la mamara con la leche. Y es al modo de literato, porque en romance llano y en copias altas escribe cosas magníficas que suspenden. Es querido y respetado de todos... También tuvo sus quiebras el pobre hijo mío, pues en un pueblo que llaman Alcázar-Quebir tomó partido por un bando de dos o tres que se formaron en no sé qué revuelta, y su cabeza estuvo a dos dedos de ser cortada. Milagro fue que escapara; pero aquello se arregló cortando y salando otras cabezas, y con la paz volvió Gonzalo a la querencia del señor Sultán, lloviendo sobre él riquezas y honores... De estas cosas y otras que sé tocantes a tu hermano, no he hablado contigo todo lo que quisiera, porque rara vez te encuentro sola, y delante de Halconero no nombro yo a mi Gonzalo por nada de este mundo. Ya sabes que a tu marido le hace poca gracia tener un cuñado mahometano, y dice que mayor deshonra no podría caer sobre mi familia.»

Requirió Lucila a Jerónimo para que le dijese el nombre arábigo que en su vida musulmana usaba Gonzalo, y Ansúrez dijo que habiendo interrogado sobre ello al buen don Jacob, este pronunció una gran retahíla de voces que eran como si echase fuera el aliento para volverlo a tomar, escupiendo sílabas, una por una, después de enjuagarse con ellas. «Como yo no entendía nada de aquel murmullo —añadió Ansúrez sacando de su bolsillo una mugrienta cartera, y de esta un papel—, le rogué a don Jacob que me lo escribiera con letras castellanas, para ver de aprendérmelo de memoria... Aquí lo tienes. Por más que he trabajado en retener estos terminajos, aún no puedo pronunciarlos de corrido. En el largo rótulo se dice que Gonzalo se llama como Mahoma, que es hijo mío, y que ha estado en la Meca, lo cual es tener como un divino certificado de fiel creyente.»

Leyó Lucila en el papel este nombre de nombres, trazado con elegantes rasgos que parecían de cálamo más que de pluma: *Sidi El Hach Mohammed Ben Sur El Nasiry.*

III

«Madrita, también a ti te gustan los militares... No me digas que no... Bien conozco que te gustan, picarona... No pasa tropa formada, con música, sin que te asomes conmigo a verla...» Esto decía Vicentito a su madre, ambos en el balcón, viendo la cola de un regimiento que desfilaba con marcial ritmo hacia el centro de la Villa. Ya llegaba la banda a la casa de Cordero; ya la vanguardia de chiquillos, fascinados por los graciosos aspavientos que hacía con su bastón de porra el tambor mayor, se espaciaba en la Puerta del Sol; ya la bandera iba más allá de Platerías, replegada, firme como una antena en mar tranquilo; las últimas filas de la formación, semejante a un inmenso anélido, pasaban bajo los balcones de Lucila. Esta respondió a su hijo, acariciándole el cabello: «Miro a los soldados porque te gustan a ti, tontín. Si no fueran tu delirio los soldados, yo ni los miraría siquiera.»

—Estos soldados son los más guapos que he visto. Llevan uniformes nuevos. Les he mirado el número, que es un 7.

—El 7 es *África.*

—¿*África* el 7? Y luego dices que no entiendes de tropa. Si sabes todos los números de la infantería de Línea y de Cazadores, ¿por qué no me los enseñas?

—Conozco algunos... Muy pocos... Números sueltos que se aprenden sin saber cómo.

—Yo no sé pasar de los primeros: 1, *Inmemorial del Rey*; 2, *reina*; 3, *Príncipe*; 4, *Princesa*; 5, *Infante*... No has querido enseñarme más.

—Pues sigue la cuenta: 6, *Saboya*; 7, *África*...

—Y más, más, madrita... Dímelos todos.

—No sé, no sé, hijo... No te pongas pesado. ¿De dónde quieres que sepa yo esas cosas?

—Un día... bien me acuerdo... pasaban Cazadores, y tú dijiste: 11, *Arapiles*.

—Sí... Ese número sé por casualidad... por casualidad sé otros, como 28, *Luchana*.

—¿Cazadores?

—No, hijo: *Luchana* es de Línea.

Insistió el gracioso chiquillo; pero su madre tuvo arte para poner punto final a un tema que la mortificaba. Como la mañana estaba fresca, hízole retirar del balcón, acomodándole en el sofá de Vitoria con blanda colchoneta, donde pasaba las lentas horas. Se aproximaba la de la visita del médico, que de día en día hacía más lisonjeros augurios... Llegó el doctor más pronto de lo que se esperaba, y mientras duró el examen de la pierna y se hizo la cura, mortificando grandemente al pobre chico, riñó a este y a la madre porque no se observaba la quietud indispensable para la curación. Debía Vicentito moderarse en sus entusiasmos militares y ecuestres, esperando mejores días para entregarse a ellos. Lloriqueaba el enfermo, no tanto por el dolor de la cura como por ver que se le tasaban los goces de su ardiente afición. Halconero le consolaba con la promesa de traerle una colección de *vistas de batallas* que, puestas dentro de una caja negra, se miraban por un cristal de aumento, y ello resultaba como si estuviese uno en medio del campo de acción viendo pelear a moros con cristianos. Era la campaña de los franceses en Argel, en láminas iluminadas, que parecían la verdad misma, todo muy propio y con su color natural. Con esto se fue sosegando el chico y resignándose a la quietud. Solo con su madre otro día, al caer de la tarde, le dijo: «Me estaré quieto si tú estás conmigo siempre, y me cuentas cosas, aunque no sean cosas de militares. A ti te quiero más que a nadie, y todo lo que me dices me lo creo, aunque sea mentira...» Entretúvole Lucila con diversas historias, mitad verídicas, mitad inventadas por ella: consejas de animales, de cacerías de leones, de naufragios terribles, de islas que salían del mar y se volvían a meter en él, de milagros estupendos y apariciones de vírgenes en un árbol, en una peña, en una gruta...

«Espérate un poco, madrita —dijo el chico con jovialidad picaresca—, que tengo que hablarte de una cosa. Ahora me acuerdo, por las apariciones que me estás contando. Hace tres noches, aquella noche que saliste con padre a dar el pésame al señor de Centurión porque se le murió su mujer... Pues aquí se quedaron mi abuelo, don Bruno y Juanito, el amigo que yo quiero más, porque lo que dice parece cantado.»

—Juanito Santiuste es un magnífico cantor de historias. ¡Lástima que no vaya al Congreso!... A veces llora una oyéndole: no se puede remediar.

—Pues aquella noche habló de ti... Dijo que tú eras, no sé cuándo, la mujer más hermosa que había en el mundo...

—¡Jesús, qué disparate!

—Que él no te había visto; pero que lo había oído... que eras tan guapa como la Virgen, y que en un castillo te apareciste... Sin zapatos... quiere decir, con pies como los de las estatuas, y que los que te vieron aparecer se cayeron al suelo encandilados de ver tu hermosura...

—¡Jesús! Hijo mío, no hagas caso. Juanito quería burlarse de los que le escuchaban.

—No, no, que lo decía muy serio, ¡vaya!... Él no lo vio; pero se lo contaron, y en Madrid está quien lo sabe... ¿Fue milagro, madre? Juanito dice que salió en papeles y hasta en un libro... No me lo niegues... Explícame tú cómo te apareciste. ¿Venías del Cielo? ¿Bajaste volando? A mí no me niegues nada. Y si te apareciste por arte del diablo, dímelo, que yo te guardaré el secreto.

—Chiquillo, no sé si enfadarme o reírme —respondió Lucila prefiriendo la demostración de gozo—. Disparates sin pies ni cabeza es lo que os contó Juan. Como que Juan es loco. ¿No lo has conocido? Dicen que tiene mucho talento, y que repite todo lo que habla ese Castelar...

—Es verdad, madrita. Loco parece Juan algunas veces. Aquel día, cuando se puso en medio de la sala, y mirándote a ti, que entrabas de la compra con mantón y dos cebollas en la mano, te soltó aquellos gritos de... ¿Cómo era, madre?

—«¡Virgen democracia, yo te saludo!» Nos moríamos de risa oyéndole, y él, con nuestras risas, se dislocaba más.

La entrada de Jerónimo y de Leoncio Ansúrez, que venían de la calle, desvió la conversación hacia puntos de mayor interés. La guerra empezaría pronto. Ya se habían dado las órdenes para la movilización de fuerzas, concentrando batallones en Cádiz, Málaga y Algeciras. El bueno de Leoncio, aunque domesticado por las dulzuras de la familia, tiraba siempre al monte de las aventuras guerreras, como genuino celtíbero, y ya no pensaba más que en ir a campaña. Su habilidad de armero le aseguraba la incorporación en cualquiera de los Cuerpos de Ejército o en el Cuartel general. Un famoso general le estimaba por su destreza y prontitud en la compostura de toda clase de armas de fuego. Seguiría, pues, la formidable corriente que a todas las actividades españolas arrastraba hacia la tierra berberisca. Lo único que le entorpecía la voluntad era el desconsuelo de separarse de su mujer y de su hijo. Quería que mientras él estuviera en África, Virginia y Lucila viviesen juntas, acompañándose las mujeres y los niños, con lo que la soledad de *Mita* sería más llevadera. Desde luego accedió Lucila, y Halconero, que a la sazón entró, dijo que su mayor gusto era dar albergue a la mujer de Leoncio, mientras este anduviera en el servicio de la patria. Todo español estaba obligado a prestar su ayuda al glorioso ejército. También él *se pondría las botas*, si no estuviera tan viejo y achacoso. ¡Qué gusto plantarse en África, a la zaga de la tropa, y allí, si no podía batirse, fregar las cacerolas del rancho, ayudar a la colocación de tiendas, o dar el pienso a los caballos!... El hombre vibraba de entusiasmo, y no quería que se hablase más que de guerra y de las indudables hazañas que, antes de consumadas, ya andaban en lenguas de la gente. La opinión enloquecida escribía la Historia antes que la engendrara el Tiempo.

Cuando acababan de cenar, entró Juanito Santiuste, habitante en casa próxima, amigo de Halconero por la amistad de Leoncio. Solía concurrir a la sobremesa del buen hidalgo campesino, y como por su trato se revelaba excelente muchacho, ameno, decidor y cantor de ideales generosos, Halconero y Lucila veían con gusto su compañía, y le celebraban las gracias oratorias. Conviene decir, ante todo, que Santiuste, después de mil peripecias en su romántica y azarosa vida, había vuelto a las primitivas aficiones literarias. La realidad le hizo ver que no le llamaba Dios por el camino de la herrería mecánica, y que mejor que armas de fuego, construiría poemas, cuentos y artículos de periódico. El mismo Leoncio, que le había tomado grande afecto, le empujó hacia el sendero angosto de las letras, que entonces empalmaba con el ancho camino de la política. Sucedió además que, cuando menos lo esperaba, le cayó un destinillo como llovido del Cielo, que le permitía vivir sin ahogos. Vieron algunos en esto la mano blanca, escondida, de Teresa Villaescusa. Podía ser: sin duda fue ella la deidad bienhechora; mas no dio la cara, y aparecía como protector el marqués de Beramendi. Ello es que a Juanito le vino Dios a ver: se proveyó de ropa decente; pudo acomodarse en una casa de huéspedes de mediano trato; erigió sobre su cabeza el sombrero de copa, prenda indispensable del empleado y literato; frecuentó círculos donde jamás había puesto los pies, y, en fin, tomó airecillos de importante personalidad. Bien merecía el pobre salir de la tenebrosa oscuridad y miseria en que había vivido, y espaciar en ambiente de cultura su corazón hermoso y su despejada inteligencia. Era colaborador gratuito de más de un periódico, y en uno solo cobraba por sus trabajos míseras cantidades, que a él le parecían los tesoros de Creso; tan hecho estaba el hombre a la pobreza degradante.

Apenas le vio entrar Halconero, le pidió noticias. Él, como periodista, solía llevarlas frescas, y cuando no las tenía, las inventaba, llegando a creer en conciencia que eran la verdad pura: «Ya tenemos plan de campaña. Dividido el ejército de África en tres cuerpos, ya están designados los generales que han de mandarlos. Estos son Echagüe, Ros de Olano y Zabala. Pero hay más, hay más: se dice que irá también Prim.»

—iPrim... Prim! —repitieron con más curiosidad que asombro las bocas de Halconero, de Ansúrez y de don Bruno Carrasco, que a la sobremesa llegó minutos antes que Santiuste.

—Prim ha venido del extranjero a escape y le ha dicho a don Leopoldo: «¿Pero qué es esto? ¿Yo, Prim, no mando tropas en África?» Y dice O'Donnell: «Habéis llegado tarde, general. Los jefes de los tres cuerpos de Ejército están ya nombrados.» Y Prim: «Bien. Pero si no hay cuerpo de Ejército, habrá una brigada, un regimiento, un batallón, una compañía que yo pueda mandar.» A esta manera de pedir no podía responder O'Donnell más que creando una División de reserva para que al frente de ella luzca el de Reus su bizarría...

—iPrim!... ioh! —repitieron las bocas de todos, expresando con dos monosílabos la admiración dubitativa del héroe inédito, cuya leyenda estaba a medio formar.

Luego tomó Santiuste la flauta, y dijo: «iQué hermoso espectáculo el de un pueblo que antes de ver realizadas las hazañas ya las da por hechas! Lo que la Historia no ha escrito aún, lo ve la Fe con sus ojos vendados. Creer ciegamente en el fin glorioso de la campaña, equivale a la realidad de ese fin. Ved cómo las madres pobres de las aldeas no se afligen de ver partir a sus hijos para el África. Oíd a los viejos, que, como Horario, pronuncian el terrible *¡que mueran!*... Si muertos sellan con su sangre el honor de España. Ved cómo la Nación entrega cuanto posee, para que nada falte al soldado. Aquí dan dinero, allá provisiones, acullá las damas destejen con sus finos dedos las telas... quiero decir que sacan hilas para curar a los heridos. Quién da caballos, quién mulas... Los pueblos ricos dan zapatos; los pobres, alpargatas. Los obispos empeñan la mitra, y los catedráticos sacrifican parte de sus míseras pagas... ¡Espectáculo admirable, sublime, que nos consuela de las vulgaridades y miserias de la política!»

El sagaz Ansúrez agregó a los toques de flauta estas prosaicas observaciones: «Aún no sabemos lo que será O'Donnell como general en jefe del ejército de África: es de creer que sepa conducirlo y acaudillarlo con la mayor ventaja nuestra y daño grande del enemigo. Esto lo veremos. Lo que no tiene duda es que el buen señor se acredita con esta guerra de político muy ladino, de los de vista larga, pues levantando al país para la guerra y encendiendo el patriotismo, consigue que todos los españoles, sin faltar uno, piensen una misma cosa, y sientan lo mismo, como si un solo corazón existiera para tantos pechos, y con una sola idea se alumbraran todos los caletres. ¿Les parece a ustedes poco? Esto es lo más grande que se ha hecho en España desde que yo nací, y me alegro, pues en mi larga vida no he visto más que trifulcas entre españoles, guerra de sangre, de discursos, motines, y persecuciones de estos contra los otros...»

—El *Progreso* —afirmó don Bruno Carrasco poniendo en la declaración toda su seriedad de paquidermo—, ha plegado su bandera política y ha enfundado sus agravios ante la declaración de guerra, hecho que a todos los partidos impone un silencio patriótico y una expectación patriótica...

Puesta a un lado la flauta, cogió Santiuste el cornetín, y tocó estas cláusulas vibrantes: «El ideal de la patria se sobrepone a todos los ideales cuando el honor de la Nación está en peligro. Puede la Nación vivir sin riquezas, sin paz, y aun privada de los bienes del progreso puede vivir; pero sin honor nunca vivirá. O lava con sangre los ultrajes hechos a su nombre y representación, o arrastrará una existencia de vilipendio, despreciada de todo el mundo.»

Así siguió un rato; pero como no hiciera su música el efecto que buscaba, soltó el cornetín, cogió la trompa, y soplando en ella con toda su fuerza, produjo estos bélicos sonidos: «¡Qué gloria ver resucitado en nuestra época el soldado de Castilla, el castellano Cid, verle junto a nosotros y tocar con nuestra mano la suya, y poder abrazarle y bendecirle en la realidad, no en libros y papeles! Reviven en la edad presente las pasadas. Vemos en manos del valiente O'Donnell la cruz de las Navas, y en las manos de los otros caudillos, la espada de Cortés, el mandoble de Pizarro y el bastón glorioso del Gran capitán. Las sombras augustas del Emperador Carlos V y del gran Cisneros, nos hablan desde los negros muros de Túnez y de Orán. La epopeya, que habíamos relegado al Romancero, vuelve a nosotros trayendo de la mano la figura de aquella excelsa y santa reina que elevó su espíritu más alto que cuantos soberanos reinaron en esta tierra, la que al clavar la cruz en los adarves de Granada, no creyó cumplida con tan grande hazaña su histórica empresa, y con gallardo atrevimiento y ambición religiosa y política nos señaló el África como remate y complemento del solar español. Al volar desde este mundo al Cielo, donde la esperaba el premio de sus virtudes, Isabel ordenó a sus herederos que arrebatasen a la Media Luna el suelo mauritano, español suelo, y formasen el futuro reino de España con los extremos de los dos continentes. El bravo mar que entre ellos corre no los enemista y separa, sino, antes bien los une y acaricia, besando ambas orillas con alternados ósculos, y cambiando entre una y otra signos de paz y amor. Del Pirineo al Atlas, todo será España.»

IV

Vibraban todos los presentes al son de estos roncos trompetazos. Lucila, sin poder impedir que se le saltaran las lágrimas, decía: «Este Juan es un loco, que dice tonterías bonitas.» Halconero, deshaciéndose en entusiasmo que le mantenía rebelde al sueño, mandó traer Jerez para festejar al trompista y regalarse todos. Cogiéndole un momento aparte, Lucila dijo a Santiuste: «Hágame el favor, Juanito, de no contar estas cosas tan rimbombéricas cuando esté mi niño delante. Yo quise acostarle; pero cualquiera le arranca de aquí cuando viene usted con estas tocatas. Mírele allí junto a su padre, comiéndosele a usted con los ojos... Se trastorna, se desvela, y luego las malas noches me tocan a mí: no es usted quien las pasa. Ya tenemos jaqueca para toda la noche con lo que usted ha dicho del Cid, de Cortés, de Pizarro y del Gran capitán o del Gran teniente... Buena la hemos hecho. Acostadito el niño y sin poder dormir, empiezan las preguntas; y yo, que soy tan ignorante, me veo negra para responderle. Con que hágame el favor de dejar la trompa cuando esté aquí mi hijo; coja el flautín o la zambomba, y cuéntenos algo que nos entretenga y nos haga reír.»

El buen Jerez prodigado por Halconero avivó los fuegos patrióticos de la tertulia, cuidando el amo de la casa de ser el primero en las alegres expansiones. Alborotadamente trataron de diversos puntos relacionados con la guerra, y Carrasco y Santiuste afirmaron que Moros y Cristianos son en alma y cuerpo diferentes, como el día y la noche. Ansúrez, cuya natural capacidad ilustraba todas las cuestiones, sostuvo que las apariencias de desemejanza las daba, más que la religión y el lenguaje, el hecho de no existir en la Morería lo que aquí llamamos modas. El moro no sabe lo que es esto. Sus armas, sus vestidos, sus hábitos, sus alimentos, se perpetúan al través de los siglos, y lo mismo se eternizan sus modos de sentir y de pensar. Aquí, por el contrario, tenemos la continua mudanza en todo: modas en el vestir, modas de política, modas de religión, modas de filosofía, modas de poesía. Ideas y artes sufren los efectos del delirio de variedad... Hoy se llevan estas corbatas; mañana serán otras. Hoy se gobierna por este sistema; mañana será por el contrario. Filósofos y sombrereros, poetas y peinadoras, tienen su figurín distinto para cada quince años. Al otro lado del Estrecho les dura un figurín, para todo, la friolera de diez o doce siglos... Y así, hemos dado en creer que esta permanencia es señal de poca o ninguna civilización, lo cual no es justo, pues ni ellos son bárbaros por no conocer las modas, ni nosotros civilizados por tenerlas y seguirlas tan locamente. La civilización consiste en ser buenos, humanos y tolerantes, en hacer buenas leyes y en cumplirlas...

No expresó el agudo celtíbero estas ideas en la forma que aquí se les da, sino con la frase seca, desnuda y categórica que usar solía. Las presentes páginas solo transmiten textualmente el final, que fue de este modo: «Entre las cosas santas y buenas que nos recomendó Jesucristo al fundar nuestra doctrina, yo no he podido encontrar nada que sea recomendación de las modas. Dijo: «amaos los unos a los otros»; pero no dijo: «sed veletas en el pensar y en el vestir, en el comer y en el edificar.» Y aunque nada dijo de estas veleidades de los hombres, entiendo que las condenó en el Desierto cuando el Demonio quiso tentarle. Sabéis que le llevó a un alto, y mostrándole toda la tierra, se la ofreció en dominio si le adoraba. Para mí que le dijo: «Ahí tienes el mundo de las modas: adórame y será tuyo.» El Señor, a mi parecer, contestó: «Vete al infierno tú y tus modas, y no tientes al Señor tu Dios.»

Sin comprender la sutil argumentación del viejo Ansúrez, los amigos la tomaron a chacota, y por divertida más que por razonable la celebraron... Y a otra cosa. Aunque Lucila llamaba disparates a las huecas declamaciones del joven de la trompa, y se burlaba de él por disimular su devoción de las cosas guerreras, se alegraba de verle entrar, y no perdía sílaba de sus peroratas, exuberantes de elocuencia y de histórica poesía. Clavijo, Santiago, los Alfonsos, el Cid, la cruz de las Navas, la cruz del cardenal Mendoza, la cruz de Lepanto y otras famosas cruces; las torres de Granada, las carabelas de Colón, los tercios de Flandes y demás estrofas sublimes del gran poema, conmovían todo su ser, y le disparaban el corazón a un palpitar loco; de su pecho irradiaba un calorcillo que encendía en su rostro matices de embriaguez dulce. Cierto que procuraba repeler hacia adentro la emoción; pero no siempre lo conseguía, pues la viveza y humedad de los ojos desmentían las burlonas palabras.

Una noche, acostando a Vicente, después de curarle la pierna con amoroso cuidado, el chiquillo le dijo: «Madrita, estoy enfadado contigo... pero muy enfadado...»

—Yo te desenfadaré, si me dices pronto en qué ha podido ofenderte tu madre.

—¡Zalamera! Estoy enfadado por tres cosas... tres perradas me has hecho...

—¿La primera...?

—Que le dices a Juanito que no nos cuente cosas de guerra... para que yo no me despabile... Pues bien te gustan a ti las cosas de guerra. ¿Crees que no te he visto llorando cuando Juan contaba lo que hizo Hernán Cortés en La Habana... O en otro punto de las Américas, no sé...? El hombre quemó sus navíos para que los hombres que iban con él no pudieran volverse acá, y luego se metió, espada en mano, por un río arriba, y conquistó un imperio de negros más grande que de aquí a la Villa del Prado... Luego te pregunto yo: «Madre, ¿quién era ese Hernán Cortés?» Y tú me respondes: «Un vago, un perdido...»

—Tiempo tienes de saber esas cosas, hijo del alma. Ahora estás enfermito, y no conviene que te calientes la cabeza, ni que pierdas el sueño. ¿Y de dónde sacas tú que soy yo guerrera? ¡Vaya una tontería! Yo no estoy en el mundo más que para cuidar a tu padre, a ti y a tus hermanitos, y las guerras de hoy, como las de tiempos pasados, me importan un bledo. Naturalmente, una es española, y cuando tocan el *chin chin* de las glorias de esta tierra, el corazón baila un poquito... Segunda cosa...

—Que tú, por llevarme la contraria, y porque se te ha metido en la cabeza que yo no sé montar, has escrito al tío Gonzalo... O será mi abuelo el que ha escrito, no sé... habéis escrito para que el tío no me traiga el caballo que me prometió. ¡Y yo aquí con esta pierna tiesa!... Pues te digo que así no me curaré nunca. Ya puedo doblar la rodilla sin que me duela mucho... ¿Ves cómo la doblo? Yo te digo que no me ha de costar trabajo apretar los muslos para agarrarme bien, ni meter espuelas con gana para correr... ¡hala!... Correr como el viento.

—¡Ay, bobito mío... pues no estás poco avispado con tu caballo árabe!... Espera, espera un poco. La semana que entra, dice el médico que podrás andar con muletas... Lo que hemos escrito a mi hermano el moro, es que tenga preparado el caballo, y la silla, y todo, para cuando se le avise... Ahora, la tercera cosa.

—Pues... No quería decírtelo... pero te lo digo... Ya sabes que una noche contó Juanito que tú te apareciste en un castillo, y que al verte aparecer, los que allí estaban se cayeron al suelo del susto y de... De... De ver lo guapa que eras... Eras como la Virgen, o como otras vírgenes que hubo antes de la del Pilar y la del Rosario... Yo no sé... Juanito te comparó con unas vírgenes, santas o no sé qué... Para que se vea si eres mala. ¡Aquellos que estaban en el castillo te vieron aparecerte, y no quieres que te vea tu hijo! Si tú te desapareces y vuelves a salir cuando te da la gana, ¿por qué no lo haces delante de mí para que yo te vea? Todas las noches te pido este favor, y tú te ríes y me mandas a paseo.

—Y ahora también me río, bobito, porque esas apariciones son cuentos y desvaríos de Juan. Yo me aparezco... Cuando entro por esa puerta. No he aprendido otra manera de hacer mi aparición.

—Bueno, bueno... Sigo muy enfadado, madrita... No creas que me desenfado con tus besos, con tus carantoñas... Y para que veas si soy bueno, me voy a dormir... No tendrás que chillarme, ni decirme que te estoy martirizando... Me dormiré ahora mismo... ya me estoy durmiendo... y no soñaré nada, no quiero... Dijo don Bruno que mañana, mañana... pasará mucha tropa... Mucha tropa... Salen para la guerra... De aquí van a la guerra... Va el tío Leoncio... Esta tarde lo dijo... Yo me asomaré a ver la guerra... la tropa que va a la guerra... pum, pum; chan, charanchán...

Se durmió como un ángel, a quien Marte arrullara en sus brazos. No fue tan dichosa Lucila, que padeció inquietud y desvelo hasta muy alta la noche, mortificada por visiones y pensamientos lastimosos, y por el desasosiego de su marido, con quien compartía el no muy ancho tálamo. Daba vueltas sin cesar sobre sí mismo el buen don Vicente, llevándose tras sí sábanas y mantas, con lo que quedaba desamparada de abrigo la dama celtíbera. Y sobre tantas molestias, el rico labrador pronunciaba frases incoherentes, cortadas por estruendosos regüeldos; cantaba el himno de Riego y la Marcha fusilera, dejando oír entre estas músicas alguna vaga modulación de alarido patriótico, como ecos lejanos de un tumulto callejero.

Con paciencia sufría la esposa estas incomodidades, y en la cavidad verdinegra del insomnio revolvía historias pasadas y presentes. La mirada de su hijo, dulce y quejumbrosa, con que expresaba su ardimiento militar cohibido por la cojera, permanecía estampada en la retina de la madre. Eran los ojos de Vicentín negros como los de ella, luminosos, bañados en esa tristeza cósmica que envuelve las estrellas, así en las claras como en las oscuras noches. En los ojos del niño guerrero veía Lucila algo como la regresión de un ideal que ella tenía por muerto y desvanecido; ideal que salía de su tumba para volver a la realidad viviente. También Lucila había sido guerrera, y la gallardía militar, así en los hechos como en las personas, fue objeto de su culto. Llevose el diablo estas aficiones; cambió el teatro de la vida de la joven celtíbera, y desgarrada una decoración, pusieron otra que hizo olvidar la pasada idolatría... Pues ahora, un niño inocente, precoz, enfermo, imposibilitado hasta de jugar con cosas guerreras, hacía que por la decoración nueva se transparentasen las líneas y colores de la antigua...

Otra cosa: no eran estas reapariciones de lo pasado el único suplicio de Lucila en sus horas de insomnio. Debe decirse con claridad que, desde su casamiento, ningún hombre, fuera de su buen marido, cautivó su corazón. Pero en mal hora vino el espiritual Santiuste a desmentir la regla general. No le quería, no hacía ningún cálculo de amor referente a él; pero posaba con harta frecuencia su pensamiento en la persona del desgraciado joven, como un ave cansada de volar por los espacios altos del deber. Por su cuñada Virginia conoció a Santiuste; por Leoncio supo su miseria y desamparo, y la dignidad con que el muchacho soportaba tantas desventuras. A menudo se decía: «¿Pero cómo se arreglará ese hombre para vivir con tanto apuro?... ¿Será verdad que le quería una mujer del mundo llamada Teresa? Y si le quiso y le quiere, ¿cómo le consiente tan destrozadito de ropa y tan vacío de alimento?»

El cambio de fortuna del cantor de la edad heroica colmó de satisfacción a Lucila... ¡Gracias a Dios que el pobre chico podía vivir, aunque modestamente! ¡De buena gana le habría ella cosido y arreglado la ropa, y regalado unas botas decentes para entrar con pie seguro en la nueva vida! Si le gustaba por pobre desvalido, más le agradó por las bondades de su corazón, que claramente en toda ocasión se manifestaban, y por la rectitud inflexible que movía sus acciones. Su inteligencia y saber, su facundia prodigiosa, descollaban en aquella sociedad vulgarísima como el águila caudal entre humildes y rastreros patos. Y cuando, por la declaración de guerra, desenfundó Santiuste la trompa y empezó a soltar notas de epopeya, si todos le oían con admiración, Lucila se arrebataba interiormente en un fuego de entusiasmo, que en su seno escondía con violentos disimulos. El ideal guerrero tan pronto revivía en los ojos del niño doliente, como en los labios de aquel otro niño grande que jugaba con el Romancero.

Interrumpió estas cavilaciones de la celtíbera la claridad del día que por las rendijas de la ventana se colaba, y ante ella puso la señora término a su mental suplicio, y se lanzó del lecho, dejando al esposo en postura de tranquilidad, panza arriba, estiradas las extremidades, y echando de su abierta boca los ronquidos como el resoplar cadencioso de una máquina de vapor. Vistiose a prisa la hija de Ansúrez, ávida de lanzarse al trajín casero, que era como el organismo supletorio de su ser moral... Ya no pensaba más que en despertar a la muchacha, sacándola a tirones de su camastro, y en encender lumbre. Luego prepararía el desayuno de Jerónimo, que era el primero en dejar las ociosas lanas; el de los niños, que aún dormían como pajaritos apegados al calor del nido. Pronto llegaría el panadero... Ya se sentían en la escalera los pasos de plomo del aguador... Empezaba el día, la rutina normal y fácil, el conjunto de menudas obligaciones que, al modo de tejidos de mimbres, forman el armadijo consistente de una existencia mediocre, honrada, sin luchas.

V

Los niños menores, Pilarita y sus hermanillos Bonifacio y Manolo, contagiados de los gustos del primogénito, despreciaban toda clase de juguetes para consagrarse al militar juego, aprovechando el material de guerra desechado por Vicente: cañones, tropa y oficialidad de cartón o de estaño, banderolas, espadas de palo y morriones de papel. La niña, desmintiendo su sexo apacible, era la más brava en las marchas, en las escaramuzas y refriegas, que algún día le valieron solfas de Lucila en semejante parte. Empezó figurándose cantinera, por algo que había oído a su hermano mayor: aguardiente vendía en un cacharrito de lata, y cigarros de papel torcidos por ella misma. Mas pronto se cansó de estos femeninos menesteres de guerra, y arrollando a sus hermanos pequeños y arrebatándoles espada y casco, se puso al frente de ellos, y les condujo más de una vez a la victoria, o a nuevas solfas de la madre, que no podía resistir tanta batahola y entorpecimientos en las habitaciones y pasillos de la casa. Con sillas armaban plazas fuertes, bajo la dirección técnica de Vicente, y en la última torre de ella se colocaba Pilarita dando voces, atribuyéndose, no solo entidad militar de plaza sitiada, sino la divina entidad de Virgen del Pilar, y clamaba: «¡Yo no quiero ser francesa... Francesa no... Aragoneses, defendisme...!» Adoptaba Bonifacio para embestir la plaza el ariete romano, y Manolo imitaba la artillería con los más fuertes zumbidos que articular podía su gran boca. En el asalto eran tan fieros, que los muros y bastiones se desplomaban, y entre el deshecho montón de sillas caía la Pilarica con chichones en la frente... Inmediatamente venía la zurribanda, y con ella los gritos, ayes, lamentos y otras voces guerreras.

«Por Dios, Vicente, no les azuces a estas diabluras. Ten juicio tú, ya que ellos no pueden tenerlo. Y a esta mocosa la voy a mandar a la escuela, para que allí me la sujeten y me le quiten sus mañas hombrunas...»

Entrado noviembre, todo Madrid repetía en variedad de formas el juego de guerra de los niños de Halconero. Los señores mayores, las damas de viso, hombres y mujeres de las clases inferiores, procedían y hablaban, poco más o menos, como los chiquillos que esgrimen espadas de caña en medio de la calle y se agrandan la estatura con morriones de papel. Guerra clamaban las verduleras; venganza y guerra los obispos. No había español ni española que no sintiera en su alma el ultraje, y en su propio rostro la bofetada que a España dio la kabila de Anyera, profanando unas piedras y destruyendo nuestras garitas en el campo de Ceuta.

El agravio no era de los que piden reparación de sangre. Fueron los españoles a la guerra porque necesitaban gallear un poquito ante Europa, y dar al sentimiento público, en el interior, un alimento sano y reconstituyente. Demostró el general O'Donnell gran sagacidad política, inventando aquel ingenioso saneamiento de la psicología española. Imitador de Napoleón III, buscaba en la gloria militar un medio de integración de la nacionalidad, un dogmatismo patrio que disciplinara las almas y las hiciera más dóciles a la acción política. Con las victorias de Crimea y de Italia fabricó Napoleón patriotismo más o menos de ley, que hubo de servirle para consolidar su imperio. Francia nos daba las modas del vestir, las modas del pensar y del sentir artístico: nos hacía los ferrocarriles; nos ponía, con mano de niñera ilustrada, en los andadores del progreso; de Francia trajimos también una remesa de imperialismo casero y modestito, que refrescó nuestro ambiente y limpió nuestra sangre viciada por las facciones.

Los partidos de oposición, deslumbrados por el espejismo histórico, cayeron en el artificio. Olózaga y Calvo Asensio cantaron en el Congreso las mismas odas que en sus púlpitos entonaban los obispos... Decía Calvo Asensio que *el dedo de Dios nos marcaba el camino que debíamos seguir para aniquilar al agareno.* Estas y otras elocuentes pamplinas arrebataban al auditorio y encendían más la hoguera patriótica. Un representante de la nobleza, ofreciendo al Trono el concurso de sus iguales, decía, *mutatis mutandis,* lo mismo que la ínfima plebe en tabernas y mercados. Contra el pobre agareno iba el furor de pobres y ricos, de Clero y Nobleza, de niños pequeños y niños grandes. La reina, al despedir a O'Donnell con frases de sincera emoción, le echaba al cuello medallitas que tenía por milagrosas. Sentía Isabel no ser hombre para coger un arma y acudir a tan santa guerra; y era verdad lo que expresaba, pues nadie como ella sintió el intenso amor de las aventuras españolas, mezcla de fe religiosa, de locura caballeresca y de gallarda superstición. El efecto de unanimidad y de embriaguez sintética estaba conseguido. Gran triunfo del irlandés, de intención honrada y vista penetrante.

En cada mesa de cada café funcionaba un consejo de grandes tácticos y peritos estrategas. Eran, por lo común, empleados de mediano sueldo, retirados del ejército, o cesantes que llevaban su abnegación hasta el punto de alabar al Gobierno, de posponer su hambre a las altas miras de la patria y a la gloria del ejército. Allí se vio la grande generosidad de este pueblo, que olvidaba sus miserias, resignándose a comer entusiasmo y glorias, mal aderezadas con pan seco. Las madres ofrecían todos sus hijos, y los viejos querían alargar su vida para presenciar tantas victorias; los curas tocaban el clarín, y salpicaban de agua bendita los roses de los soldados, incitándoles a no volver sin dejar destruido el islamismo, arrasadas las mezquitas, y clavada la cruz en todos los alcázares agarenos. Gentes había mal nutridas, que lloraban oyendo hablar del próximo embarque de tropas, y darían su última pitanza por que nada faltase a nuestros valientes soldados. Nunca habían visto los nacidos un movimiento de opinión tan poderoso y unánime... De este sentimiento y convicciones salían tantos planes de guerra como bocas había en cada círculo de café. «Es indudable que *nosotros* desembarcaremos en Malabatah, cerca de Tánger... Tomamos Tánger, no sin pérdidas, y enseguida vamos a ocupar el monte de las Monas...»

Esto decía Leovigildo Rodríguez. Le cortaba la palabra Federico Nieto *(alias don Frenético),* diciendo con airadas voces: «Cállese usted y no extravíe la opinión. Tánger no puede ser el *objetivo*... Mi primo Joaquín, que ha estado en Ceuta y conoce aquello palmo a palmo, me ha dicho que todo lo que no sea tomar tierra en aquella plaza y subir derechitos a lo que llaman Sierra Bullones, es andarse por las ramas...»

—¡Oh, eso no puede ser! —aseguró Agustín Fajardo, pasando su dedo por la mesa como por un plano imaginario—. Fijarse bien, señores. Aquí está Tánger... Aquí está Ceuta... Aquí Tetuán... Unamos por tres líneas estos tres puntos. Resulta un triángulo de lados desiguales... ¿El lado más corto cuál es? El que une a Tetuán con Ceuta... Pues mi teoría es esta: Otras naciones irán a su *objetivo* por el camino más largo. España debe ir siempre por el más corto. Si no lo hiciera, no sería España... Esta es mi teoría, señores; es mi teoría.

Con estos desatinos fantásticos iba la gente alimentando la pasión patriótica, que a todos sostenía en un cierto estado de iluminismo alegre. Nadie dudaba del triunfo: el esplendor de nuestras armas traería después bienes sin cuento, que cada cual se imaginaba conforme a sus gustos y necesidades. El buen Halconero, que en patriótico fanatismo daba quince y raya a todos los españoles, pensaba que después de la guerra los laureles nos abrumarían. Probablemente, tras la campaña en África vendrían otras marimorenas con diferentes naciones europeas o asiáticas, y de este continuo pelear resultaría mucha, muchísima gloria y poco dinero, porque los brazos abandonaban la cosecha del trigo por la de laureles. ¿Pero qué importaba? Con tal de ver a España tosiendo fuerte, escupiendo por el colmillo en el ruedo de las naciones europeas, nos allanaríamos a sustentarnos con piruétanos y tagarninas.

Obligado el insigne paquidermo don Bruno Carrasco a tocar su pito en la orquesta patriótica conforme a la tregua concedida por el *Progreso*, no podía saciarse de política, su comidilla sabrosa y constante. Los temas desde la subida de O'Donnell hasta el Otoño del 59 habían pasado a la Historia. Ya Carrasco no podía poner en su púlpito más que el paño de gala para cantar himnos al Ejército y al *Dios de las Batallas*. Era ya fiambre manido el asunto de los *Cargos de piedra*, y la acusación y proceso contra Esteban Collantes, farsa de justicia que encubría el propósito de inutilizar a los moderados por la difamación. No era culpable el ex-ministro de Fomento en el Gabinete Sartorius: la culpa venía de arriba y de peticiones de dinero que el Gobierno no podía desatender. Fue verdad que el valor de los ciento treinta mil cargos de piedra se aplicó a objeto distinto de la reparación de carreteras; cierto que la cantidad fue sustituida por otra igual dada por Salamanca; indudable que don Agustín Esteban Collantes, días antes de la caída de San Luis, ordenó que el milloncejo se reintegrase a su primitivo destino; verdad fue que en el camino hacia la casilla del presupuesto, se perdieron los cuartos, y que la responsabilidad de tal extravío recaía exclusivamente sobre el director general de Obras Públicas, y que este trasladó a Londres su residencia. Ruidoso escándalo trajo la grave acusación, una de las mayores torpezas de la Unión Liberal, porque en el proceso salieron a relucir infinidad de suciedades de nuestra administración, y nadie a la postre fue castigado. El ex-ministro se defendió con maestría y sutileza grandes. Inmensa labor fue, para el que se sentía inocente, demostrarlo sin dirigir un solo golpe al punto delicado de donde procedía la infracción de ley...

Pues sobre este embrollo y sobre los incidentes del dramático proceso, habló don Bruno tres meses, sin descanso de su lengua ni agotamiento de su saliva. Él lo sabía todo: la inocencia de Collantes, la dudosa conducta de Mora, el origen palatino de aquella irregularidad. Las relaciones entre los partidos de gobierno quedaron rotas y envenenado el ambiente político. Si no inventa O'Donnell la guerra de África, sabe Dios lo que habría pasado. Fue la guerra un colosal sahumerio... Casi tanto como los *Cargos de piedra*, sacó de quicio a don Bruno la intentona republicana que estalló y fue sofocada en el curso del estío. En aquella locura pereció el más loco de nuestros demócratas, Sixto Cámara, joven, apuesto, de rostro interesante y algo místico. Trató de sublevar a la guarnición de Olivenza: no pudo conseguirlo; huyó, y perseguido por la Guardia Civil en los campos extremeños, murió de calor y de sed. Místico fue el martirio de aquel visionario que padeció la generosa demencia de querer implantar la República con tres republicanos.

En los claros que dejaban estos asuntos de real importancia, subía don Bruno a su púlpito para condenar los resellamientos y pasar revista a los nuevos periódicos, *La Discusión*, inspirado por Rivero; *El Estado*, dirigido por el poeta Campoamor; *El Horizonte*, hechura de don Luis González Bravo, papel impulsivo y un tanto burlesco con remembranzas de *El Guirigay*... De *El Contemporáneo*, el periódico elegante, órgano de la fracción más europeizada del moderantismo, hablaba pestes el buen don Bruno; odiaba con toda su alma a los caballeros *del guante blanco*, que derramaban sus luces en aquel diario, dándole la nota de la distinción y del saborete inglés, a los que llamaban *Sincretismo* a la Unión Liberal, y a cada momento empleaban términos tan estrambóticos como el *Self-government* y el *Habeas Corpus*... ¡Qué tendría que ver con la política el *Santísimo Corpus Christi*!

Una mañana de noviembre, hallándose don Bruno y Halconero en casa de este charlando de la movilización de tropas, entró jadeante Juanito Santiuste con la noticia de que él, también él, ¡feliz mortal!, iría... «¿A dónde, hijo mío?» ¡A la guerra! Por el marqués de Beramendi, su amigo, había conseguido una plaza en la *Sección Volante de la Imprenta de Campaña*. Ya tenía preparado su equipaje, que era de los más exiguos, y aquella misma tarde... ¡Cielo santo, Juanico a la guerra! ¡Y él también sería héroe, y a más de ser héroe, tendría la gloria de ver tantas grandezas...! Y andando el tiempo, dentro de un siglo, sus inocentes biznietos dirían: «Mi abuelo estuvo en la más alta acción, *etc...*» Fuese porque aquel día estuviera don Vicente amagado de un nuevo ataque de su mal, fuese porque la noticia de la partida del trovador colmara su exaltación, ello es que el hombre rompió en llanto. Su trabada lengua decía: «Tú vas, Juan, y yo no... Yo inútil, yo... trasto viejo... tú gloria, yo estropajo... Abrázame... te quiero... ¡Viva España...! Hijos míos... Lucila, venid... ¡Que me traigan a Donnell... que me traigan a Prim!» Dichos estos y otros desatinos, salió disparado por el pasillo, los brazos en alto, el andar tan inseguro que daba encontronazos en los tabiques, rebotando de uno en otro. Seguíanle todos asustados de aquel delirio. Al volver a la sala, su rostro amoratado indicaba fuerte congestión; su voz, ya ronca y casi ininteligible, repetía: «¡Prim... Ejército... March...!» Para mayor duelo, los chicos menores, que aquel día tuvieron la humorada de disfrazarse de moros, se habían ennegrecido la cara con tizne de la cocina, y haciendo pucheros marchaban detrás de su padre, dando al cuadro, con la mayor inocencia, un tono de trágica burla. Halconero, girando sobre la pierna derecha que de improviso se le quedó como si fuera de palo, cayó al suelo sin que Lucila ni los demás pudieran contener la caída. Pesaba mucho: la palabra escapaba mugiendo de su boca torcida, como escapan los habitantes de una casa que se desploma. Con gran dificultad, entre Lucila, don Bruno y Santiuste, levantaron en vilo el pesado cuerpo, y lo tendieron en la cama.

VI

El médico, llamado a toda prisa, no recetó más que la Extremaunción. Acudieron a la casa Virginia y Leoncio; pero este, como Santiuste, no tardó en salir, pues ambos debían prepararse para partir aquella misma tarde. El niño cojo, que arrimado al balcón había presenciado el accidente y caída de su padre, recibió tan fuerte impresión, que en largo rato no pudo moverse ni pronunciar palabra. Los pequeños, que a la cocina huyeron aterrorizados, mojaron con sus lágrimas el tizne, y diluido este en las caras como pintura de acuarela, se convirtieron en mulatos. En su aflicción y espanto encontró Lucila una ligera pausa para salir a consolar a Vicente, que junto al balcón permanecía. «Tu padre está malito... pero no te asustes... Ha sido un ahogo. Dios querrá que se le pase pronto... Me parece, hijo mío, que tú quieres llorar y no puedes. Llora un poquito, sí; aunque... ya te digo... tu padre está mejor... Ya he mandado a la Nicasia que te ponga tu silla en el comedor... Me vuelvo al lado de tu padre; pero ya saldré un ratito... te haré compañía y te contaré cosas... Tus hermanos, que hoy están muy mañosos y pintados de negro, se meterán contigo en el comedor. Tú cuidarás de que guarden silencio... Entretenles enseñándoles las vistas de batallas... Adiós, Vicente: llora un poquito... No te importe llorar...» Volvió la madre a su obligación. Durante la breve ausencia, el enfermo había recobrado el sentido, aunque solo de una manera borrosa, crepuscular, pronunciando palabras confusas. Don Bruno Carrasco a gritos le interrogaba, creyendo que de este modo sería mejor entendido. Conoció don Vicente a su mujer, y haciendo por cogerle una mano, intento que no pudo realizar, le dijo: «Luci... Di... Dile a Prim que... que pase... A Donnell que... pase... A Chagüe... pase...» A esto siguieron mugidos, como una recriminación a su propio cuerpo por aquella mala partida de no querer moverse... Solo el brazo derecho tenía un resto de vida, estirándose y encogiéndose como el alón de un ave moribunda.

Entró de la calle Jerónimo Ansúrez, que, ignorante del grave suceso, tuvo más palabras para el estupor que para el remedio, y con penetración clínica de hombre tan ducho en vidas como en muertes, juzgó desesperado el caso.

Ayudó a su hija en la aplicación de sinapismos, y viendo que a las quemaduras de la mostaza no respondía ni con vibraciones de dolor aquel madero que había sido cuerpo humano, propuso que, conforme al dicho del médico, se mandara al diablo la Medicina y se llamase a la Religión. Él mismo llevó el aviso a la parroquia, y a eso de la una dieron la Extremaunción a don Vicente, pues para otros auxilios del alma no tenía el enfermo la necesaria lucidez. No obstante, cuando sonaron en la sala los pasos del sacerdote, la consternada Lucila creyó descubrir en el moribundo una chispa de conocimiento... Cariñosa atención puso en aquellos mugidos, y hasta llegó a traducirlos libremente de este modo: «Luci... Di... Dile a Dios que... pase.»

Las tres serían cuando entregó a Dios su alma el bueno, el honrado, el sencillo labrador don Vicente Halconero, que jamás hizo mal a nadie, y a muchos bien sin tasa; varón de grande utilidad en la República, o por mejor decir, en el Reino, porque no devoraba porción ninguna del Tesoro Nacional, sino que creaba, con su labor de la tierra, nueva riqueza cada año. No aumentaba la confusión de opiniones, sino que tendía con su patriótica fe a simplificar las ideas, y a buscar la síntesis que pudiera traer a nuestro país positivas grandezas. Su trabajo agrícola era un beneficio para España, y otro su inocencia, virtud preciada contra la invasión de maliciosos. Fecundaba la tierra, fecundaba el ambiente.

Soltó Lucila las exclamaciones de su duelo con afluencia que del corazón y del alma le salía. Era un poema de gratitud, tributo al hombre que la sacó de la soledad triste, ignominiosa, y que, al dignificar su persona, le dio paz, bienestar, honor, y cuanto pudiera ambicionar la mujer menos humilde. Había sido Halconero el maravilloso príncipe de los cuentos orientales, que ofrecen su mano y su reino a la niña despreciada, víctima de las brutalidades de un genio maléfico. El buen caballero labrador, que tenía por blasón su arado y podadera, y por leyenda el *Super omnia rura*, la hizo reina de su casa, de sus abundantes cosechas, de sus ganados, que poblaban praderas y montes. En este trono, al que subió la celtíbera como por milagro, quedaron borradas las sombras de un pasado triste, y hasta los amargos dejos de sus desdichas se extinguieron en tantas dulzuras. Luego vino su coronación de reina, los hijos, las sagradas prendas de aquella unión bendita. Con los frutos de ella, la casa labradora se perpetuaba y prometía mayores bienandanzas en edades futuras...

Por las notas agudas del llanto de Lucila, que hasta el comedor llegaban, comprendió Vicentito que su padre no existía ya. Era un niño de conocimiento y alcances superiores a su edad. Su misma dolencia, que a forzosa quietud le sometía, daba mayor lucidez a su mente para las cosas graves. La falta de ejercicio corporal, entorpeciendo la acción del niño, permitía un precoz desarrollo de las facultades del hombre... Como se ha dicho, los ecos de la voz plañidera de su madre, difundidos por la casa muda, dieron al chiquillo la idea y sensación del gran infortunio de la familia: sintió el *vacío de padre*, la repentina ausencia de una suprema autoridad y custodia... Viéndole llorar, también lloraron sus hermanitos. Pero él les dijo: «No lloremos todos a un tiempo, que haremos demasiado ruido... Si la madrita nos oye llorar, se pondrá más triste... No es más sino que el padre está malo... pero ahora viene el médico y se pondrá bueno.» Con estas y otras exhortaciones les hizo callar, y él, sin limpiarse las lágrimas, dio algunas vueltas, con sus muletas, en torno a la mesa del comedor, aún sin manteles ni preparativo alguno de comida, aunque había pasado la hora. Después se sentó, estirando su pierna sobre otra silla, y permaneció pensativo un buen rato, mientras Pilarita y los pequeños, sentados en ruedo casi debajo de la mesa, repasaban las vistas de batallas, agregándoles innumerables detalles, ya con trazos de lápiz gordo, ya con la impresión de sus manos puercas... Entró en esto Nicasia llorosa. Vicente no le dijo nada, ni necesitó que ella le contase lo ocurrido. Venía, por orden de la señora, no más que a darles de comer, y a recomendarles que no hiciesen ruido, y que fuesen aquel día los niños más buenos del mundo. Puesto un mantel en media mesa, en un santiamén les dio de comer la moza, sirviéndoles sopa fría, carne y garbanzos del cocido a medio hacer, tortilla improvisada, como remedión, higos y nueces de postre. Vicentito fue excesivamente parco con el comer. Entró Jerónimo Ansúrez con rostro grave cuando aún no habían concluido, y a todos les acarició diciéndoles: «¡Qué guapos son estos niños, y qué bien se portan hoy! Les voy a traer almendras confitadas y unos candeleritos con velas de colores, con su Virgen de la Paloma y todo. Luego vendrá Virginia con su nene, y jugaréis a los altaricos.» Se fue a tratar del féretro y demás, en una tienda de la Concepción Jerónima. Vicente se puso a repasar un librillo de estampas de animales, y aún estaba en las primeras hojas, cuando vio entrar a Juan Santiuste, de puntillas, la consternación pintada en su rostro estatuario, que si era comúnmente fiel intérprete de la alegría, mejor expresaba el dolor. Llegose derecho al cojito y le estrechó las manos... Se sentó a su lado... No habló del padre muerto, ni había para qué. Había venido Juan a ver cómo seguía don Vicente. Los porteros confirmaron lo que él temía. Subió desolado. Nicasia, enterándole en breves palabras de la muerte, le dijo: «Pase, don Juan, al comedor: allí están los niños.»

No acertó el chico a decirle palabra. Dejándose acariciar de él, le miraba con arrobamiento. Juan le pasó la mano por los cabellos negros, sedosos, atusándoselos con gracia... «Vicente —le dijo—, te quiero tanto, que no siento irme a la guerra más que por no poder estar contigo y verte todos los días.»

—¡Te vas a la guerra, Juan...! Verás: antes quería yo que fueses a la guerra, y hoy me da pena de que te vayas... ¡Tanto tiempo sin verte; tanto tiempo solo!... ¿Y si cuando vengas me encuentras más cojo que ahora? No: yo no quiero estar cojo.

Oyéndole sintió Santiuste un arrebato de amor tan grande por aquel niño enfermo, prodigio de graciosa inteligencia, que no pudo reprimirse, y cogiéndole la cabeza le besó con ardor en los cabellos, en la frente, en las mejillas, y no paró en sus demostraciones hasta que el chiquillo protestó con cariñosa queja: «¡Juan, que me ahogas!» Santiuste oprimía contra su pecho la cabeza del niño, diciéndole: «No sabes cuánto te quiero, hijo mío... No te lo había dicho nunca... Ahora te lo digo, porque sí; porque quiero que lo sepas... Eres muy bueno, Vicente, y por bueno te quiero yo...»

—Pues si me quieres —replicó el chico—, escríbeme de allí todo lo que vaya pasando en la guerra, para que yo me entere. Escribes y le mandas las cartas a mi madre, y ella y yo las leeremos juntos, y nos acordaremos de ti. Mi madre también te quiere: se lo he conocido; te quiere como si fueras mi hermano, y me parece que no le hace mucha gracia que te vayas a la guerra. Podría cogerte una bala, y matarte o dejarte derrengado... O con la cara rota, sin tu guapeza natural.

—Ya cuidaré yo de que no me cojan balas; y en lo de escribiros cartas a tu madre y a ti, estad tranquilos. Todo, todito lo que vaya pasando, batallas, victorias, lo sabréis ella y tú tan pronto como el Gobierno... Déjame que te bese otra vez, criatura... La idea de que estaré tanto tiempo sin verte me vuelve loco...

En el nuevo arrebato de su cariño ardiente, no pudo Santiuste contener sus lágrimas; y viéndole llorar, Vicente también lloró. «Hoy estoy triste, Juan —le dijo—. La verdad, no debieras marcharte... voy a quedarme muy solo... Si no tienes prisa y esperas a que salga mi madre, verás cómo ella te dice también que no te vayas...» Acongojado y con un nudo en la garganta, Santiuste no sabía qué decir... «No, no estaré hasta que tu madre venga —murmuró al fin, mirando con pavor a la puerta—: tengo mucha prisa...» La presencia de Lucila le infundía miedo en aquella fúnebre ocasión. Verla y oírla era ordinariamente su encanto; mas aquel día la imagen y la voz de la celtíbera debían ser guardadas en arqueta de oro, de donde se sacarían a su debido tiempo... Tal era su temor de verla, que con súbito movimiento cogió el sombrero para marcharse. Quiso detenerle Vicentillo. «¿Quieres que llame a Nicasia para que le diga a madrita que estás aquí?»

—No, no, no —replicó Juan con mayor espanto—; madrita no puede venir ahora... Yo me voy... Déjame darte muchos besos... y también a tus hermanitos... Tú, Vicente, no te olvides de mí. ¡Mira que te quiero mucho, y pensaré en ti a todas horas...! En el corazón me llevo tu cara, que es la cara de tu madre... quiero decir, que te pareces a ella... Adiós... Recibiréis cartas, y hoy os contaré una batalla, mañana otra. No perderé ninguna, para que toda la guerra quede bien referida. Hoy sale O'Donnell; yo también. Vamos juntos a Cádiz, y allí nos embarcamos... Ya te dije que Cádiz es puerto de mar...

—Tú, que sabes tanto, le dirás a O'Donnell lo que tiene que hacer... Y tú llevarás tu fusil... Pongo que te encuentras por delante a un moro: te matará si no le matas a él...

—Naturalmente, allí me darán armas... Y yo te aseguro que si algún morazo se me pone a tiro, lo mando al otro mundo con un recadito para Mahoma.

—Dice mi abuelo Jerónimo que los moros tienen su cielo separado del nuestro, donde está Majoma con muchísimas mujeres, bailando y divirtiéndose. ¿Será verdad eso, Juan?

«Debe de ser verdad... Cuando yo vuelva te daré noticias de la tierra y del cielo moro... Adiós, niño mío; no puedo detenerme más.» El temor de que Lucila entrase, singular ejemplo de delicadeza llevada a un extremo increíble, le hacía temblar. Besó de nuevo al chiquillo con ardiente ternura, repartió besos entre los demás, y salió con pisar blando.

VII

Pero al bajar vio que subían el ataúd, y como era tan angosta la escalera, hubo de volver hacia arriba y meterse en la casa, única manera de dar paso al fúnebre cajón. En aquel instante, gran estrépito militar venía de la calle, por la cual marchaba un batallón con música, y bullicio y vítores de la gente. Favorecido de aquel estruendo, pudo Santiuste escabullirse hacia el interior de la casa mortuoria, y volvió a meterse en el comedor, después de cerciorarse por Nicasia de que los chicos continuaban solos en aquella pieza. Fascinado Vicentito por la bullanga marcial que atronaba la calle, creyó que su amigo Juan volvía para echar con él otro parrafito de cosas de la guerra.

«¿Qué tropa es esa, Juan?»

—Cazadores de *Ciudad-Rodrigo*, que van a la estación.

—*Ciudad-Rodrigo*, número 9... ¡Y no puedo asomarme!

—No, hijo mío; no te muevas de aquí. Verás a los cazadores de *Ciudad-Rodrigo* cuando vuelvan de África vencedores... Estoy aquí otra vez porque no he podido pasar... Y me alegro de volver, porque se me olvidó decirte que... Vicente, dirás a tu madre que siento mucho no despedirme de ella; que...

—Que nos escribirás, que nos quieres...

—Que siento no despedirme, Vicente: no le digas más que eso... por ahora. Y cuando llegue mi primera carta, le dirás... Eso... que os quiero mucho, que os llevo en el alma... No, no digas nada de esto... Adiós, hijo mío... Si me detengo más, me quedo en tierra. Adiós. Otro beso, otro...

Salió como un cohete, y no hallando obstáculo en la escalera, pronto pisó la calle, donde no era fácil el tránsito por la muchedumbre que al batallón aclamaba y en su marcha le seguía. Ventanas y balcones rebosaban de gente: lo que esta no podía expresar con la boca, lo expresaba con los pañuelos desplegados al viento. Subió Santiuste en cuatro brincos a su casa, cerró la maletilla en que metido había todo su ajuar, envolvió en un papel algunos objetos que en la maleta no cabían, y acompañado de un chico de la patrona que se brindó *por patriotismo* a llevarle el equipaje, se metió por la Plaza mayor, para coger la calle de Atocha, que a la estación del mismo nombre debía conducirle. Apretando el paso llegaron el viajero y su ayudante de carga al crucero de Atocha, donde era tan grande el tropel de gente, que no había medio de romperlo para pasar al embarcadero del ferrocarril. La multitud no cabía en el suelo, y se extendía por alto: los chicos, encaramados en la fuente de la Alcachofa y en los árboles; las mujeres del pueblo, subidas al cerrillo de San Blas y al techo de la ermita. Coches de lujo, con señoras y caballeros de la mejor sociedad, trataban de navegar en la masa humana, que se movía como el mar, con oleaje de estrujones y espuma de gritos. Era felizmente un mar alegre. Nadie se quejaba de las apreturas: la molestia y el vaivén penoso eran motivo de risa, de graciosos dicharachos. Poco terreno habían ganado Santiuste y la compañía, abriéndose hueco a fuerza de vigorosos codazos, cuando vieron un coche abierto en que venía O'Donnell con Posada Herrera y Armero. Apenas se dibujó sobre las olas la figura del general, los vivas a España, a O'Donnell y al Ejército formaron un ruido de huracán. Miles de manos se agitaban por encima de las cabezas. Navegaba el coche con suma dificultad, y el cochero entraba en familiar conferencia con la multitud. «Pero dejen pasar... No puedo ir por otro lado... Hagan el favor... Despejen.» Y una mujer del pueblo: «Atrás todo el mundo. Pase, Leopoldo...»

Con esfuerzo de brazos y suprema inspiración, Santiuste y su compañero levantaron en alto, el uno la maletilla, el otro su envoltorio de papeles, gritando: «Señores, que yo también voy a la guerra... Déjenme paso...» «¿Y a qué vais vosotros allá, lambiones?» Las burlas y chirigotas que oyeron no les acobardaron: entre risas y algún trastazo llegaron a poner la mano en la capota del coche del general, y con tal arrimo, náufragos asidos a una lancha, llegaron al puerto de la estación. El gabancillo de Santiuste no salió de aquel mal paso sin lastimosos desgarrones, y del envoltorio de papel, chafado y roto, se escaparon una zapatilla, una pistola y un tintero de bolsillo.

En la plazoleta de la estación, vio Santiuste más coches, y en ellos damas que lloraban y señores que hacían pucheros. La patriótica ternura se desbordaba en todas las almas. Allí los vivas eran más cultos, y nadie pedía orejas de moros, mas no era menor el estruendo. Entre mil caras, distinguió Juan el interesante rostro de Teresa Villaescusa... También lloraba, pues aunque mala mujer, era una furibunda patriota. Iría de cantinera si la dejaran.

Santiuste la vio, mas no fue visto de ella. Atendía la guapa mujer a un señor viejo que en el coche la acompañaba, y que sin duda le decía: «No es propio de las señoras llorar tanto por cosas de patriotismo, ni dar vivas. Para dar vivas estamos los hombres, y para llorar, los niños y las mujeres de pueblo. Las hembras que no son de pueblo, deben entusiasmarse con dignidad, sin lágrimas ni voces descompuestas... Pon tú cara risueña, que es lo que te corresponde, y yo grito, como vas a oír: "¡Viva España, viva la reina!".»

Alelado, primero con la visión de Teresa, después entristecido por otras añoranzas de mayor intensidad en su espíritu, Santiuste pudo sobreponer fácilmente a estas flaquezas la grande ilusión de África: este manantial de felicidad era entonces abundante y puro, y en él encontraba el alma todos los consuelos que pudiera necesitar... Despidiose de su machacante el expedicionario, y penetró en la estación. Entre el barullo que allí había, no tardó en encontrar amigos: el marqués de Beramendi, que le había proporcionado la dicha de acompañar al ejército en calidad de cronista; Manolo Tarfe, el mayor entusiasta de O'Donnell, que a todos embarcaba para la guerra y se quedaba en Madrid; el capitán Navascués, que iba en la escolta del general en jefe; O'Lean, Gallo, Pulpis, y por fin, Rinaldi, el prodigioso políglota a quien O'Donnell llevaba de intérprete. Era Aníbal Rinaldi joven de lenguas, más bien niño, nacido en Damasco, recriado en Granada; hablaba con perfección el árabe, su idioma natal, y otros doce de añadidura. Con este simpático mozo trabó amistad Santiuste, días antes de la partida, cautivado por su saber filológico y por la dulzura y franqueza de su trato. Concertáronse para ir juntos en uno de los coches destinados a intérpretes, cronistas y demás *elemento auxiliar*, y colocadas las maletas de uno y otro en dos extremos del departamento, Santiuste ocupó su sitio. Tan nervioso estaba, que temía que el tren partiera sin él si se entretenía en despedidas y salutaciones. Los minutos que faltaban para la salida se le hacían años en que todos los días fueran Cuaresma. Quería partir, correr, volar... Por fin, un clamoreo de vivas expresó la salida, y el tren dio los primeros pasos, hiriendo la calzada de hierro con las suelas del mismo metal.

«Gracias a Dios —dijo Santiuste a Rinaldi, sentado frente a él—; ya partimos, ya vamos... Será un sueño llegar al África; pero ya no lo es salir de Madrid, y salir con O'Donnell. Si él llega, llegaremos nosotros.»

—Dormiremos —dijo Aníbal requiriendo las blanduras del rincón junto a la ventanilla.

—Yo no duermo —replicó Santiuste—. No quiero dormir. Temo soñar que no he salido, que me he quedado en Madrid. Pasaré la noche mirando los fantasmas del campo, el suelo de España que corre hacia atrás, como formas yacentes y líneas acostadas...

Bufaba el tren en las cortas pendientes, echando fuego por las narices... A lo largo de las planicies fáciles, se dormía en un ritmo ternario, imitando el trote del Clavileño.

Segunda parte

África. De Ceuta al Valle de Tetuán: noviembre y diciembre de 1859. Enero de 1860

I

Seis días tardó de Madrid a Cádiz el Clavileño, que solo era ferrocarril hasta Tembleque; lo demás lo anduvo por caminos carreteros. El 14 se embarcó O'Donnell en el vapor *Vulcano* para hacer un reconocimiento de la costa africana. En Cádiz esperaban orden de embarque las tropas del Segundo Cuerpo al mando de Zabala, y allí quedó también Santiuste, quien, si por una parte se alegró de aquel descanso junto a sus buenas tías, por otra renegaba de la tardanza en pisar la tierra berberisca, objeto de sus más ardientes ansias. Por fin, regresó a Cádiz el general en jefe, pasó revista a las tropas el 19, santo de S. M., y a los pocos días partió con el Segundo Cuerpo, desembarcando en Ceuta casi al mismo tiempo que lo hacía Prim con la división de Reserva, procedente de San Roque y Algeciras. Dura fue la travesía por causa del maldito Levante, que en los meses de *erre* suele jugar con las aguas del Estrecho, alborotándolas furiosamente. El pobre Santiuste, que era el hombre menos marinero del mundo, pasó fatigas de muerte, tumbado en la cubierta del vapor, sin más consuelo de aquel terrible sufrimiento que lanzar maldiciones contra Neptuno y Eolo... Llegó a sentirse como un pellejo vacío que no podría jamás tenerse en pie... Por fin, oyó decir que ya se veía Ceuta. Transcurrido un lapso de tiempo que a él le pareció de muchas horas, oyó decir que el vapor fondeaba. Los tremendos balances no amenguaban por esto, y el pobre mareante, incorporándose con supremo esfuerzo para mirar por encima de la borda, vio el Hacho, vio la ciudad tendida en el istmo, como un gran telón que por el cielo arriba se encaramaba, después se hundía en los abismos profundos...

Las maniobras y el barullo del desembarco diéronle algún aliento. Deseaba ser de los primeros en tomar tierra; pero fue de los últimos. Con dificultad podía tenerse en pie, y el uniforme que le habían dado antes de salir de Cádiz le pesaba y estorbaba horriblemente, no acertando ni a meter los botones en sus ojales respectivos para conservar la dignidad de la persona y del traje; el ros se le perdió en las fatigas del mareo: pusiéronle otro, que se le encasquetaba hasta las orejas. Con tal facha, y viendo que cielo, mar, barco y tierra continuaban en angustioso sube y baja delante de su vista, obligándole a cerrar los ojos para reconstruir en su retina las líneas fijas del Universo, fue llevado como en vilo hacia la escala, y de allí le bajaron a un bote, que también se hundía y se encaramaba... No pudo decir lo que le pasó hasta sentirse arrojado como un fardo sobre los losetones del muelle. Su amigo el capitán Pulpis vino a darle ánimos. Sacó Santiuste fuerzas de su extenuación, y evocando su dignidad y mirándose el uniforme que vestía, se puso en pie, anduvo... Entre soldados que se reían de su facha y desaliento, llegó a un sitio donde le dieron vino y pan. Habría preferido café, caldo, cualquier bebida caliente; pero hubo de conformarse, pues no estaba el tiempo para pedir cotufas en el golfo. Vio mujeres que, al paso de la tropa, le miraron compasivas. La mirada de las hembras levantó un poco su espíritu y le entonó el desmayado cuerpo.

Oyó salutaciones, clamor de vítores. Con decir *¡viva la reina!*, lo decían todo pueblo y soldados. Llegaba la hora del sacrificio por la patria, y era indecoroso pensar en comer. Adelante, adelante. La muchedumbre militar, en cuya retaguardia iba el mísero poeta y orador Santiuste, marchaba por la población ante un abigarrado gentío. Vio casas de desigual altura, unas con tejado, otras con azoteas; vio que por encima de algunas tapias asomaban palmeras y naranjos... vio caras compungidas y caras risueñas... Luego pasó por un conducto oscuro y estrecho, semejante a los túneles del ferrocarril; pasó por un puente levadizo, bajo el cual se extendía profundo foso vestido de hierba; vio bastiones, plazas de armas con pirámides de balas negras junto a los cañones verdes, inválidos; franqueó puertas rematadas con el escudo nacional, y, por fin, vio campo, terreno inculto a derecha e izquierda, lomas áridas con algunos grupos de chumberas o palmitos, entre peñas, y ya no veía mujeres ni paisanos. La tropa, en cuyas filas iba, avanzaba silenciosa: a lo lejos, a medida que el paisaje se abría, divisó el cronista soldados de todas armas, en grupos, no en actitud de combatir, sino de descanso; acémilas que volvían descargadas, camillas que aún no transportaban heridos. De moros no veía Juan ni rastro por ninguna parte.

Agradeció mucho el poeta militar que la masa de tropa, dentro de la cual era como gota de agua en la ola movible, suspendiera su marcha, alcanzado quizás el término de ella. Difícilmente se tenía ya en pie, y necesitaba evocar toda su dignidad y todo su patriotismo para no tumbarse a un lado del sendero. Algo le consoló ver que los soldados reconocían los sitios en que debían armar sus tiendas, y observó con gozo todos los indicios de esta función doméstica que aun en la vida de campaña es indispensable. Oyó que aquel lugar se llamaba *El Otero*; le animó mucho el notar que los soldados, alegres y activos, no se recataban para manifestar su horroroso apetito. Desde la salida de Cádiz no había vuelto a ver a su amigo Rinaldi: le suponía junto al general en jefe, y a este se le figuraba en Ceuta, ordenando la situación de las fuerzas en los puntos convenientes para comenzar la campaña. La atenuación física desmedraba de tal modo las facultades mentales de Santiuste, que apenas podía discurrir, y al intentarlo no lograba traer a sus juicios la lógica fugitiva. No sabía en qué Cuerpo de Ejército se encontraba, ni si era su jefe Prim o Zabala.

El capitán Pulpis, única persona con quien hablar podía, pues los demás no paraban mientes en él ni le hacían ningún caso, le dijo que más adentro, fuera ya del campo neutral, había un caseretón llamado *El Serrallo*, que fácilmente ocupó Echagüe días antes. Rodeado aquel sitio de cerros eminentes, en estos se levantaron fuertes. Atacaron los moros; se les rechazó en cuantas embestidas dieron. Habíamos tenido pérdidas; ellos muchas más... Ya que pisaban territorio marroquí dos Cuerpos de Ejército, y el Tercero no tardaría, pronto veríamos formidables batallas... Todo esto le hubiera parecido muy bien al amigo Santiuste, si se encontrara en el estado de equilibrio fisiológico que permite la fácil apreciación de los planes guerreros, pues los estómagos vacíos oscurecen las facultades del alma, y esta no puede darse cuenta de cosa alguna referente a la gloria y al patriotismo. Más que las noticias de los encuentros, honrosamente sostenidos por Echagüe, agradeció Santiuste que Pulpis le brindara el abrigo de la tienda, acabada de armar por los soldados; allí esperaría la comida que les diesen, la cual no había de ser mucha, pues las raciones venían escasas por no poderse transportar desde Cádiz, Málaga y Algeciras todo lo necesario.

Iba cayendo la tarde. El machacante de un sargento, de la compañía de Pulpis, dio pan al extenuado cronista; este se reanimó; fue recobrando su ser, desvirtuado por el mareo, el cansancio y el ayuno, y pudo esperar, con relativa paciencia, la hora feliz en que repartieran algo caliente y sabroso. Esto llegó al fin, y devorado fue sin que nadie pusiese el menor reparo. Dio Santiuste gracias a Dios y a Pulpis por la reparación de su cuerpo, que le devolvía gradualmente las luces y el vigor del alma. Un poco de café, mal colado y caliente, iluminó más el cerebro del héroe por fuerza, poniéndole en condiciones de enterarse de todo, de apreciar los juicios que oía referentes a hechos y a personas. Recostado en la parte de la tienda donde menos estorbo podía causar su cuerpo, escuchó comentarios que los oficiales hacían de la situación y objetivos del Ejército, y pudo entender que aún no se sabía con certeza si iríamos sobre Tánger o sobre Tetuán. Dominaba entre los contendientes la opinión de que lo segundo era difícil, y lo primero imposible.

El comandante don Luis de Castillejo, hombre de historia militar y social muy cuajada de peripecias, y además despejadísimo, aseguró que si el objetivo era Tetuán, el Ejército debió tomar tierra africana en la desembocadura del Río Martín. Él conocía palmo a palmo toda la costa, por haberla recorrido a pie o en lancha, en ocasiones dramáticas de su vida. Además, había servido en Ceuta, en Alhucemas y en Chafarinas; conocía también parte del territorio de Anyera, y podía resueltamente asegurar que el mejor punto de desembarco para contener a los anyerinos y expugnar a Tetuán era el Río Martín. ¿Cómo no lo vio así el general en jefe cuando salió en el *Vulcano* a recorrer la costa? O no pudo acercarse bastante por causa del ventarrón que aquel día reinaba, o los técnicos que llevó consigo no pudieron asesorarle bien, por no haber estudiado previamente la costa entre Cabo Negro y Cabo Mazari, ni las débiles defensas que tienen los moros en la boca del río.

El sueño cerró las bocas de los oficiales, y Santiuste se adormeció pensando en su compromiso de referir puntual y rectamente cuanto viese. Su amigo y protector Beramendi le había dicho: «Hágase cuenta de que escribe para mí solo, y sea esclavo de la verdad.» Ajustando sus ideas al recuerdo de la voluntad del marqués, se durmió con este propósito: «Mañana escribiré que todavía no sabemos a dónde vamos... que quizás el Estado mayor tampoco lo sabe... que el desembarco en Ceuta es un disparate estratégico...»

Y despertando al toque de diana, que en el campamento sonaba como himno religioso, pensó que si debía ser estrictamente sincero con el simpático Fajardo, a su amiguito Vicente Halconero, hijo de Lucila, escribiría en tonos de patriotismo infantil y sonrosado, así, por ejemplo: «Todo admirable, todo conforme al ensueño... los generales acertadísimos... los soldados alegres, deseando batirse, batiéndose como leones... Como españoles bien comidos... la pitanza pronta en todo caso, y abundante... los moros iracundos en el ataque... Cayendo como moscas... El país precioso, con oasis, palmeras, camellos... higos chumbos por todas partes... las mezquitas arrasadas por los nuestros... la Cruz triunfante, y ¡viva España!»

Medio repuesto ya del gran quebranto del viaje, salió Juan a pasear por el campamento, y no fue poco su asombro al ver que, recorriendo un gran espacio de terreno, no dejaba de ver tropas y más tropas. Queriendo llegar al fin de aquel humano enjambre, siguió laderas abajo y laderas arriba hasta dar en un cerro que llamaban del *Renegado*. Desde allí se veía el mar por una parte, por otra las alturas en que se alzaban los fuertes que mandó levantar Echagüe. Internándose un poco, vio *el Serrallo*, construcción vieja, almenada, y en torno a ella más tropas... Aunque no conocía, como Vicentito, los números de los Cuerpos, pudo apreciar, por la variedad de cifras, la muchedumbre de aquellos. Cuarenta y un batallones, según alguien le dijo, ocupaban aquel territorio. Los soldados, alegres y bulliciosos, deseaban que les echaran moros para dar cuenta de ellos.

Volvió a su tienda el trovador, y se ocupó en escribir sus primeras cartas, lo que hizo con la prolijidad y cuidado de un primerizo en tales obligaciones. Aún conservaba el sentimiento de su deber, no turbado por el cansancio; aún hervía en su mente la ilusión de grandezas épicas, anunciadas por la voz inequívoca de los corazones, así como por la profética voz de los vates políticos y literarios. Dio Santiuste, en sus dos cartas, noticias desacordes: en una pintaba la realidad; en otra dejaba correr su loca fantasía. Pero ya porque no tuviese costumbre de poner la debida atención en las cosas prácticas, ya porque su cerebro no estaba aún bien firme, equivocó los sobrescritos de los pliegos, enviando a Beramendi la carta imaginativa, la real a Lucila y su niño... El cantor de glorias no se enteró del trueco hasta muchos días después, cuando vio en un periódico las lindas parrafadas poéticas que dirigió al adorado hijo de la celtíbera.

Ansiaba Santiuste ver moros, y presenciar una gallarda pelea. Poco hubo de esperar para la satisfacción de su anhelo, porque a mediodía del 30 vomitó Sierra-Bullones gran morisma. Bajaban y se escondían entre matorrales, rompiendo el fuego contra los españoles. Estos acudían hacia ellos; daban el cuerpo los berberiscos con espantosa gritería; cundía el fuego en extensión considerable. Desde la vertiente sur de la hondonada del *Serrallo*, donde se hallaba Juan, no podía ver este sino una parte de la acción. Subiendo un poco para ver mejor, sin cuidado de mayor riesgo, encontrose a unos cuantos mirones junto a un peñasco guarnecido de chumberas. Arrimose también allí. Un amigo le cogió por el brazo: era Enrique Clavería, de Administración militar, jovenzuelo muy simpático, hijo del coronel de un regimiento que había quedado en la Península. Santiuste y el joven Clavería, que también era un poco literato y enjaretaba versos como todo buen español de veinte años, pusieron toda su atención en el espectáculo que delante tenían. Vueltos de cara al Oeste, por donde se columbraba la angostura llamada boquete de Anyera, vieron que los moros salían por aquella parte como nube de moscas. Admiraba el cronista su agilidad de saltamontes; las burdas chilabas, del color de la tierra, les confundían con esta; se les veía perderse entre matorrales y salir de ellos saltando, con rápida flexión de sus zancas oscuras.

Todo lo que Santiuste ignoraba respecto a Cuerpos y personal del Ejército, lo sabía Clavería. Este le designaba los movimientos, y qué fuerzas los efectuaban. «¿Ves cómo se despliegan en línea? Allí está la izquierda; la derecha nos la tapa esa loma, que no nos deja ver el barranco del Infierno.»

—¿Y tu general dónde está?

—¿Echagüe? ¿Dónde ha de estar sino en el sitio de mayor peligro? Allí, en la derecha le tienes: no podemos verlo. Fíjate ahora en el ala izquierda... Enfila tu vista por aquel pedazo de muralla con dientes, que parece ruina de una mezquita... ¿Ves de dónde sale tanto humo? Pues allí está Lassausaye, ese inglés valiente como un gallo de pelea... Es de los que no retroceden así les parta un rayo...

—¿O'Donnell dónde está? Se habrá quedado en el Otero dando sus disposiciones.

—¡Quia!... le tienes aquí... ¿Ves el Serrallo?... Enfílate por la torre del Este... un poquito más allá...

—Ya, ya veo... Distingo la escolta... Ahora pica espuelas, sube hacia la línea de combate. ¿Será que la cosa anda mal?

—El general en jefe avanza... Va en busca de Zabala. ¿No ves a Zabala?... Allí, junto a la loma que nos tapa la vista del ala derecha.

Los otros mirones, que eran acemileros del Primer Cuerpo, y un médico del Segundo, prorrumpieron en exclamaciones de júbilo al ver la gran polvareda y el humazo que marcaban una tenacísima refriega en el ala izquierda. Aseguró uno que veía moros sin cuento cayendo patas arriba; otros, con bárbara temeridad, se aproximaban a los españoles, disparando sus espingardas casi a boca de jarro. «Ese Lassausaye es de hielo por de fuera, y por dentro todo fuego —exclamaban—. ¡Bien por *Simancas*, bien por *Las Navas*!... ¡Vaya una muestra de cazadores!...» Loco de entusiasmo, un acemilero se puso las manos en la boca formando caracol, con el vano intento de llevar su voz a tanta distancia, y con toda la fuerza de sus pulmones gritó: «*Simancas*, hijo mío, ¡bravo!... Aquí está España mirándote... ¡Bravo, *Simancas*, hijo!»

II

«¿Y *Talavera*?» preguntaba el médico.

—*Talavera* está con Echagüe... Allá... Detrás de la loma. No podemos verlo... Pero los tiros y el humo dicen que los moros cargan por aquella parte.

En efecto, los moros se corrían hacia las alturas del *Renegado*: querían envolver a Echagüe. Pero allí tenían la peor de las posiciones, por causa de los cantiles que precipitaban el suelo hacia la mar. Con todo su valor insensato, nada lograron a la postre. *Talavera* y *Borbón* les sacudieron de firme en todo el resto de la tarde, y al fin, los que no pudieron ganar el monte se arrojaron por el cantil abajo, para esconderse entre las peñas donde reventaban las olas. Ya anochecía cuando Santiuste y los demás vieron regresar a O'Donnell con Zabala hacia el Serrallo; después bajó Echagüe. Todos traían cara de haber cumplido su deber con fruto. El llamado Dios de las Batallas les había dado el éxito de cada día... No fue ciertamente victoria sin quebrantos, pues muertos quedaron siete oficiales y cuarenta y tres soldados. Los heridos fueron doscientos sesenta, contándose entre ellos tres jefes y catorce oficiales.

En marcha hacia su campamento, situado entre el Otero y la Veguilla, no lejos del Cuartel general, Juan sintió el descenso de su entusiasmo, al ver que en una camilla traían al pobre Pulpis gravemente herido. Metiose con él en la tienda, decidido a ser el primero en asistirle, y pasó una noche tristísima oyendo los lamentos del capitán, acribillado a balazos y con una grave herida en la cabeza. Aunque el médico aseguró que no había peligro de muerte, no se calmaba el afán de Santiuste ante el lastimoso estado de su amigo, ni este se conformaba con que le enviaran, como cuerpo inútil, a los hospitales de Ceuta, privándole de compartir las glorias de *Simancas* en los restantes lances de la guerra... Pero el descorazonamiento del cronista no llegó a las frialdades más negras hasta la siguiente mañana, cuando le dio por recorrer todo el lugar de la acción del 30. Los heridos que en las tiendas de sanidad veían eran cientos, y a él le parecieron miles. Los muertos que vio recoger y conducir a las sepulturas, formaban en su mente fúnebre legión. Iba el capellán castrense de un lado para otro echando responsos con militar presteza, y a su paso desaparecían bajo la tierra tantos y tantos jóvenes que horas antes fueron vigorosos, sentían intensamente la alegría de vivir, y se juzgaban mantenedores del honor de su patria. Por esta caían en el hoyo, como los musulmanes perecían también por el honor de la suya, juntándose debajo de la tierra los dos honores, que en la descomposición de la carne quedarían reducidos a un honor solo.

El noble corazón del orador y poeta sintió la misma lástima ante los muertos berberiscos que ante los cristianos. Estos eran enterrados con mayor respeto; los otros por simple ley de sanidad, para que no corrompieran el aire. Vio en los moros caras muertas de pavorosa hermosura. Muchos contraían los labios con sonrisa de burla o de orgullo desdeñoso. Las cabezas rapadas, oprimidas por el lío de cuerdas de pelo de camello, al modo de turbante, tenían el color de las calabazas de peregrino; las manos, por fuera negras, amarillas por la palma, ofrecían con sus crispados dedos las más extrañas formas... las piernas flacas y de color terroso, en algunos teñidas de sangre, mostraban, como los brazos, inverosímiles contorsiones y posturas de una gimnasia fantástica. Todo esto lo vio y pensó Juan, observando cómo los vivos se desembarazaban de los muertos. Los cadáveres moros, que yacían no lejos del mar, eran arrojados por el cantil abajo, y algunos quedaban con medio cuerpo en el agua y medio en las rocas, para el equitativo reparto entre aves y peces.

Empezó a soplar aquel día Levante furioso, que por la noche trajo abundante lluvia. Vio Santiuste que el África se envolvía en nube de tristeza, y que los vivos colores de su suelo se desleían en un medio fangoso y opaco. Del mismo modo, en el alma del solitario joven se iba marchitando y desluciendo la ilusión de guerra. Quizás, pensó, no había visto aún bastante guerra para conocer y juzgar fríamente este aspecto de la acción humana, tan antiguo como el mundo... Quizás influía en su ánimo el feísimo cariz del tiempo, la lluvia constante, la suciedad del piso y la consiguiente inacción del Ejército, que además de aburrirse, sufría escasez por no andar muy corriente el servicio de bucólica. Las operaciones, en aquellos húmedos días, de suelo enfangado y pardo cielo, no tuvieron importancia: redujéronse a tentativas aisladas de los moros contra los fuertes que dominaban el *Serrallo*.

Trasladado a Ceuta el capitán Pulpis con todos los remiendos que en su agujereado cuerpo pudo hacer la Facultad, quedó Juan más desconsolado y triste. Asistir y curar al herido, charlar con él, más en broma que en serio, cuando le veía en buena disposición mental, era inefable consuelo para el alma de Santiuste, encendida siempre en fuego de amor al prójimo... Pero Dios, que miraba por el hombre bueno y piadoso, le deparó, a cambio de la amistad perdida, otra de bastante precio; y fue que a punto de ver partir a Pulpis, hizo conocimiento con un clérigo castrense, llamado don Toribio Godino, el cual, desde las primeras palabras, se le reveló como varón sencillísimo, de corazón generoso y ameno trato.

Grandes coloquios tuvieron el cura y el desengañado poeta en aquellos días de calma tediosa, arrimados al hueco menos frío de una tienda. Franqueándose uno y otro, como si toda la vida se hubieran conocido, resultó que el señor Godino era primo de doña Celia, la señora de Centurión; que había sido muy amigo del coronel Villaescusa, padre de la famosa Teresita; que a esta y a *la Manuela*, su madre, las conocía como si las hubiera... Dado

55

a luz... Peor era la madre que la hija, pues esta tenía buen corazón, y si pecaba era por despojar a los ricos para dar a los pobres. Gracias a ella don Toribio no se había muerto de hambre en el invierno del 57, que fue de los más crudos. Teresa robaba a los ángeles su figura y modos para meterse en líos de caridad. Era un contrasentido, un disparate moral... De confianza en confianza, hizo don Toribio historia de los hechos culminantes de su vida, ya bastante larga, pues andaba al ras de los setenta. En su juventud había conocido y tratado a famosos clérigos, como Ruiz Padrón, Muñoz Torrero y otros, de quienes se le pegó el tufillo liberal, que no pudo echar fuera de sí en sucesivos años. Fue perseguido el 24 con tal encarnizamiento, que si no se refugiara en Portugal, le habrían quitado la vida. Repatriado en tiempos de la Regencia, vivió gracias a la protección del señor Garelly, y de don Javier de Burgos, que si no le estimaba mucho como sacerdote, apreciábale como latinista... Míseramente pudo sostenerse en curatos rurales, luchando con la malquerencia de facciosos más o menos encubiertos. Siguió hasta el 50 amparado de la oscuridad, sin poder aspirar a mejor acomodo; pero en aquella fecha se desencadenó contra él furioso viento de persecución, sin saber de dónde venía, y obligado a trasladarse a Madrid, se le acusó de masonismo y se le retiraron las licencias. Tales injusticias y crueldades indujeron al don Toribio a ser poco discreto en la manifestación de sus ideas, un tanto libres en todo lo que no perteneciese al dogma. Siempre fue ortodoxo; mas no lo creían así sus colegas, sin duda por ser hombre que al pie de la letra practicaba el *in dubiis libertas*. Por fin le vino Dios a ver en la persona del general Zabala, el cual, apiadado de él y juzgándole sin prejuicios ni malquerencias, le sacó de aquel anticipado Purgatorio y le trajo al clero castrense, donde el pobre señor respiró viéndose rodeado de compañeros buenos y tolerantes. En su ardiente gratitud, aplicaba al digno general el *Deus nobis haec otia fecit*, y se sentía capaz de dar la vida, si necesario fuese, por la de su noble bienhechor.

En sucesivas conversaciones, cuando lo permitía el ocio del campamento, Santiuste confió al buen clérigo algunos particulares de su vida; y una tarde, viniendo a parar a sus recientes dudas o desfallecimientos en la fe y devoción de la guerra, le dijo: «¿Cree usted, amigo don Toribio, que existe el llamado *Dios de las Batallas*? ¿Cree usted en esa confusión del Marte pagano con nuestro Cristo Redentor, que jamás cogió una espada? ¿Qué piensa usted de la Virgen, como dispensadora del triunfo en las guerras, al modo de aquellas diosas que tomaban partido por los griegos o por los troyanos? ¿Al Apóstol Santiago le tiene usted por verdadero general de españoles y matador de moros? ¿Dónde está el texto de Cristo en que dijera a sus discípulos: "montad a caballo y cortadme cabezas de los hijos de Agar?".»

Sonrió el castrense mirando al suelo, y rascándose la barba, no afeitada en seis días, respondió de este modo a la consulta: «Hijo mío, nos hemos encontrado esas tradiciones de fe, y tenemos que respetarlas sin meternos en libros de Teologías. A mí, la verdad, no me caben en la cabeza Dios guerrero, ni Jesucristo militar, ni Nuestra Señora con bastón de capitana generala; pero eso pertenece al conjunto de creencias y de actos sacramentales que me dan de comer. De todo ese conjunto como, y el alimento es cosa capital, hijo mío; pues si yo observo los ayunos y abstinencias que la Iglesia me manda, no estoy por pasar hambre todo el año. Ya sabes que *el abad de lo que canta yanta*. Yo canto todo lo que sea preciso para un yantar moderado y sin gula. Y no te digo más, que con lo dicho basta para que sepas la opinión de un capellán de tropa que sabe cumplir sus deberes... Y ya que de comer tratamos, sabrás que nos esperan fatigas y no pocos ayunos, fuera de los días de rúbrica, porque vamos hacia el Sur. ¿No lo sabías? Sí: de esta ratonera en que estamos no podemos salir más que escabulléndonos por la costa. Ya tienes al Tercer Cuerpo, que manda el general Ros, acampado en esa parte del *Tarajar*: ya han empezado allá las obras que han de proteger nuestro camino. Hacia Río Martín vamos, de donde subiremos a Tetuán, si Dios lo quiere, pues aunque no exista el *de las Batallas*, Dios hay que sobre todos los actos de los hombres impera, así moros como cristianos...»

Recluido Juan en el campamento del Otero, apenas se dio cuenta de la acción del 12, en que Prim, con los regimientos del *Príncipe*, de *Granada*, cuatro compañías de *Almansa*, cazadores de *Vergara* y otras fuerzas, acudió a la defensa del camino que abrían los ingenieros junto al reducto del príncipe Alfonso, para franquear la marcha a lo largo de la costa. Atacaron los moros con fiereza; pero pudo más Prim, que los destrozó y dispersó, secundado por el coronel del *Príncipe*, don Cándido Pieltaín, y el coronel de *Granada*, don Miguel Trillo... En esta rápida y vigorosa acción, murió el coronel de Artillería don Juan Molíns. Gran duelo hizo todo el Ejército a este ilustrado y valiente militar... La acción del 15, parte por lo que pudo ver, parte por lo que le contaron, la relató Santiuste en las dos cartas que escribió a Madrid, con corta diferencia en el sentido y tono de una y otra. El nubarrón de moros que descargó por el boquete de Anyera parecía como un diluvio de hombres. Tras los de a pie, que no bajarían de catorce mil, se desgajaron de la altura como unos mil de caballo, turbamulta vistosa, pintoresca, de pasmosa agilidad y gallardía en sus movimientos. Se creyó, y luego quedó plenamente confirmado, que al frente de los gallardos jinetes venía Muley el Abbás, hermano del Emperador y caudillo de su Ejército.

El incansable inglés Lassausaye y el general Gasset, con fuerzas del primer Cuerpo, reciben dignamente a toda aquella caterva; mientras avanza O'Donnell hasta el centro de la línea de combate, el general García desbarata la falange mora, haciéndola retirar hacia el mismo boquete por donde había entrado en escena; hasta muy cerca de la bahía de Benzú persigue Lassausaye a los jinetes, que huyen, con la fantástica presteza que ponían en todos sus movimientos: se les ve como una nube de saltamontes que levanta el vuelo... Tendidos sobre el cuello de sus veloces caballos, al viento los alquiceles blancos, parecían visiones de hipogrifos que tornan a sus cuadras mitológicas, entre el cielo y la tierra. ¡Hermosa y teatral acción, tan decisiva y brillante para los españoles, que algunos pudieron creer reproducida la milagrosa intervención del Apóstol Santiago! Por esto decía Santiuste en su carta a Lucila y Vicentito: «No vimos a Santiago; pero allí estaba... yo sentí estremecido el suelo por las herraduras de su caballo.»

III

En las acciones del 20, 22 y 25 de diciembre, repitieron los moros su intento de interrumpir los trabajos del camino de Tetuán. Pero en el espacio que mediaba desde el boquete de Anyera al campamento del Tercer Cuerpo, no lejos de los bosques donde aquellos se guarecían, O'Donnell puso doce piezas de montaña, y ocho de artillería rodada. Decir que los pobres hijos de Mahoma fueron barridos, no expresa bien la rapidez pavorosa de su fuga. Otros intentaron atacar el frente del Tercer Cuerpo; pero Ros de Olano, que les aguardaba prevenido, mandó avanzar su vanguardia, protegida por cuatro cañones de montaña, y no fue menester más para que los enemigos tornaran con pie ligero a los altos de Sierra-Bullones. Del reconocimiento que hizo Prim el día 22 en el camino de Tetuán, habló también Santiuste en sus cartas, ateniéndose a lo que le contaron, pues nada vio de aquel suceso. Ello fue que Prim batió y dispersó a la caballería mora, en la entrada del Valle de los Castillejos. Fiados en la ligereza de sus caballos, los árabes hacían simulacro de retiradas, volaban hacia los montes, volvían de improviso con veloz carrera y vocerío formidable...

De la prodigiosa táctica de los jinetes berberiscos, que suplían la fuerza con la agilidad, habló Santiuste a su amigo Vicentito Halconero, añadiendo teorías militares impropias de la débil comprensión de un niño. Pero el triste poeta no sabía lo que hacía: sin equivocarse en los sobrescritos, trocaba los asuntos, transmitiendo a Beramendi relatos e ideas infantiles, mientras al amado nieto de Ansúrez endilgaba las consideraciones más sutiles que la campaña sugerían. A uno y otro amigo les contó que O'Donnell había mandado repartir a la tropa castañas y batatas, para que el 24 celebraran el Nacimiento del Niño Dios. Concedió asimismo dos horas de esparcimiento, después del toque de retreta, para que los soldados se divirtieran, recordando el bullicio y alegría de sus hogares en tan memorable noche. Era quizás la primera vez que en la casa misma del Islamismo sonaba el *Gloria a Dios en las alturas*, transformado en rudas coplas por dieciocho siglos de poesía cristiana. Se permitió a los soldados que encendiesen hogueras; tocaron las músicas, y el campamento español, en toda su largura, desde el Otero hasta la Concepción, resplandecía con rojas luminarias, que lo mismo que las alegres voces eran expresión del regocijo familiar. Reían, bailaban y se divertían los pobres soldados a dos pasos de un enemigo feroz, y sobre un terreno por conquistar.

Con forzado júbilo disimulaban los españoles la tristeza de la patria ausente, y así, cuando las cornetas, a las diez en punto, tocaron a silencio y se dio por terminada la huelga, los más divertidos cayeron en opacas añoranzas. La Noche-Buena prosiguió dentro de las tiendas, ya en meditaciones sobre la suerte que Dios nos deparará en Marruecos, ya en apagados coloquios que traían a los labios de los combatientes nombres y dichos de seres amados... Y no bien apuntó el día, vinieron los moros a despertar a los durmientes y a sacudir de su modorra a los cavilosos. El tiroteo de las trincheras anunció batalla; el enemigo, que creía habérselas con un Ejército embriagado, lo halló bien prevenido. Toda la mañana se tirotearon españoles y marroquíes, empeñando hacia la mitad del día combates encarnizados. Repetían los moros su táctica de sorpresa y fingida retirada; mas el juego, descubierto por los de acá, era completamente ineficaz... Acababan desbandándose, sin ganar una pulgada de terreno... Escasas pérdidas tuvo España el día de la Natividad; los moros cayeron en gran número, unos acribillados por las bayonetas, otros despeñados en los cantiles. En su azorada fuga corrían hacia el mar, y en las peñas o en medio de las olas encontraban los más de aquellos infelices la muerte, los menos su salvación.

El día 29 de diciembre, hallándose el trovador con ganas de sacudir la inacción en que le tenían sus murrias, montó en el caballejo que le habían destinado, y después de subir a las alturas para ver trincheras y fortines, dirigiose al campamento del Tercer Cuerpo, donde tenía buenos amigos, que no había visto desde que pisara el suelo africano. No era mal jinete Juan, y su figura escueta, en un caballo de pocas carnes como el que montaba, no carecía de donaire estético. Podía pasar por un Don Quijote en la flor de su edad (veinticinco años), caballero en un Rocinante desmedrado por la mala vida más que por los años... Salió mi hombre del *Otero*, y faldeando el cerro que divide las alturas del Serrallo del arroyo de Anyera, se dirigió al campamento de la *Concepción* con ánimo de seguir adelante, para enterarse de las obras del camino de Tetuán. El día era espléndido: un Sol brillante pintaba de oro y siena los montes; cielo y mar sonreían ante las alegrías de la Naturaleza. Sintió el poeta en su alma como una disipación de las nieblas que la envolvían, y esta claridad se le convirtió en regocijo cuando vio venir por el cerro abajo a Leoncio Ansúrez. Este le llamaba con fuertes voces, adelantándose a los soldados con quienes venía... Paró Juan su caballo al reconocer a su amigo; hizo por abrazarle desde la altura de la silla; el armero le echó los brazos a la cintura. ¡Qué feliz encuentro! No se habían visto desde que llegaron al África. «¿Pero qué es de ti?... ¿Cómo te prueba esto? ¿Estás contento? ¿Qué noticias tienes de Madrid?...» Estas y otras preguntas fueron el exordio de una conversación que de lo familiar pasó a las cosas de interés militar y público.

«Dime, Juan, ¿te has batido?»

—Yo no, Leoncio. Mi misión aquí no es hacer la Historia, sino contarla. Soy español de paz, por no decir moro de paz. ¿Y tú? No habrás matado solo conejos.

—He matado moros... No creas que uno ni dos...

—Como eres gran tirador, te habrán dejado meter baza...

—Tú lo has dicho. Me arrimo a *Cazadores de Baza*, que son mis amigos... ¡y qué quieres!... Doy gusto al dedo. Muchísimos moros me deben el encontrarse ya en el paraíso del señor Mahoma... Por cierto que esos perros tienen amigos que les han traído armas mejores que la espingarda... Mejores para ellos; para nosotros, todo lo contrario. Mira.

—¿Qué es eso?

—Balas que he recogido en el campo de las acciones últimas. Veníamos notando en sus tiros mayor alcance. El general me ha mandado recoger balas, y aquí llevo las que he podido encontrar... Por el hilo se saca el ovillo, y por el proyectil el arma... Yo digo y sostengo que el nuevo armamento de algunos moros es el *rifle inglés de espiga*. Ya verá el general Ros, ya verá el general en jefe, ya verá España que hay aquí mano oculta...

—El oro inglés, como solemos decir...

—Pero no les vale, no... En Tetuán hablaremos, señores ingleses.

—¿Crees tú que llegaremos a Tetuán?

—Como creo que llegamos a mi campamento... Ya estamos en él... Entremos por allí, que es la puerta más próxima. Llamamos a esa entrada *la Puerta de Alcalá*.

Era el fortificado campamento como un pueblo con calles de tiendas, en líneas cruzadas a escuadra. Gran animación había en la ciudad de lona. Todo el vecindario estaba en las avenidas y calles, gozando de la hermosura del día y del calorcillo del Sol. Unos ponían a secar ropas recién lavadas; otros se fregoteaban el cuerpo, desnudos de la cintura arriba. En el barrio de provisiones humeaban los peroles sobre las trébedes; en estos ardía la leña verde con alegre estallido. Más allá, los caballos comían su ración en sacos colgados de su propio cuello... Monturas, camas, mantas, todo salía en busca del beneficio del Sol...

Se apeó Santiuste, entregando su rocín a unos ordenanzas, amigos de Leoncio, y dijo a este: «Quiero estirar mis piernas ateridas. Te participo que no me voy de tu campamento sin ver a Perico Alarcón. Tú me dirás dónde puedo encontrarle.» Respondiole Ansúrez que Alarcón, si no estaba en su tienda, estaría en la del general o en la del duque de Gor. Siguieron andando, y en esto observaron que las alturas que dominaban la costa, sobre la ensenada llamada Uad Arrial, estaban pobladas de curiosos, oficiales en su mayor parte, vueltos hacia el mar, algunos provistos de anteojos. ¿Qué pasaba en el mar? Corrieron hacia allá los dos amigos, y antes de que llegaran a las alturas, voces alegres de los que volvían les enteraron del caso. ¡Era la escuadra, la escuadra española, que navegaba hacia el Sur para bombardear los fuertes moros de Cabo Negro y Río Martín! Se veían perfectamente, sin anteojos, las gallardas naves... Por allí, por allí... ¿Cuántos buques son?... ¡Seis, siete... Son nueve, entre vapores y de vela!... Ya se veía la nave delantera desaparecer tras la punta del Cabo; ya iban entrando una tras otra en la ensenada de Río Martín; pronto se oirían cañonazos...

Pasó algún tiempo, y un silencio religioso se cernía como nube sobre los grupos de mirones. Entre ellos estaba el general del Tercer Cuerpo, el coronel duque de Gor, los brigadieres Cervino y Mogrovejo: allí multitud de jefes y oficiales; pero Alarcón no parecía. Después de mirar detenidamente en todos los grupos, supieron, por referencias de un amigo de Enrique Clavería, que el cronista del Tercer Cuerpo había ido al Cuartel general, a que don Leopoldo le diera informes oficiales de aquel movimiento de la escuadra, para poder escribir su próxima carta *De un testigo* con el debido conocimiento de las operaciones proyectadas... En esto sonó tiroteo próximo... De improviso todos los curiosos volvieron más que deprisa al campamento. Sonaron las cornetas llamando a formación. Con rapidez eléctrica, los hombres dispersos en las calles de la ciudad de lona se agruparon en haces guerreros. Oyó Santiuste que gritaban: *¡Baza, Baza!* Iban a salir los Cazadores de este nombre para rechazar a los moros, que ya zancajeaban dando alaridos de peña en peña. El enjambre corría no lejos del campamento, extendiéndose por las alturas que descienden hasta el mar, cerca ya de los Castillejos... Sale *Baza* con mágica presteza; le siguen fuerzas de *Llerena, Granada* y *Zamora*... El enemigo embiste a los soldados de *Vergara* que protegían los trabajos del camino... Y cuando el tiroteo es más sonoro, óyense los zambombazos de los barcos de guerra, hacia el Sur, repercutiendo en los aires como truenos lejanos...

Fascinado Leoncio por la marcha de los de *Baza*, corrió tras ellos, dejando solo a su amigo. Pensaba este retirarse, y cuando iba en requerimiento de su caballo, que pastaba en un padrillo del Tarajar con otros jamelgos y dos burros de los cantineros, vio venir a Perico Alarcón presuroso, en dirección a su campamento. Los dos amigos se reconocieron y gozosos se juntaron. No se habían visto desde Madrid; anhelaban referirse mutuamente sus impresiones de la guerra... Mas la ocasión de charlar no era la más propicia, porque el uno quería volverse a su campamento; el otro, ardiendo en curiosidad, se iba con el alma y con los ojos hacia el camino de Tetuán, donde sonaba el vivo tiroteo. «Déjame aquí, Pedro —dijo Santiuste, oponiendo su pesada inercia a la viveza de su amigo—. Estoy enfermo. Vete tú, y si no tardas en volver, te aguardaré donde me indiques.» No necesitó Alarcón más licencia para salir disparado, diciendo a Juan que le esperase en tal tienda de *Ciudad-Rodrigo*, una de las más próximas al sitio donde se separaron.

En cuanto estuvo solo Santiuste, dejó al Acaso que guiara su ambulación incierta: lleváronle sus pasos ante una gran tienda, que al punto reconoció como Hospital de Sangre, por el número de camillas que en su interior desde fuera se veían y por los olores farmacéuticos envueltos en exclamaciones de dolor que en la puerta recibían al visitante. Entró Juan, a punto que sacaban en parihuelas un soldado muerto para llevarle a enterrar. Tres heridos graves yacían sobre colchonetas, rígidos, en posición supina, alguno de ellos con la cara tan cruzada de vendajes, que no se le veían las facciones, y más parecía envoltorio que ser humano. Hacia el fondo de la tienda, un oficial agonizaba: tenía puesto el ros, desnudo el pecho de ropa, mas no de bizmas y vendajes, pues toda la región torácica era una criba. Además, le habían amputado un brazo. A una señal del médico, un auxiliar sanitario quitó el ros al moribundo y le cubrió con sábana y manta hasta la boca. Los ojos tenía muy abiertos... El cura, después de mascullar latines para encomendar el alma, rezaba en silencio... Retirose el médico para arrimarse a otros en quienes aún podía ser eficaz la ciencia. Aproximándose al expirante, Juan le vio dar las boqueadas, con que pasó de la vida a la muerte. El castrense dijo a Santiuste: «¡Lástima de chico! Es hijo del coronel Gallo, y acabadito de salir de la Academia de Toledo le trajeron a esta campaña.»

Acongojado estaba Juan ante el espectáculo de aquellos martirios; pero no sabía salir del hospital. Viendo a un herido que en su delirar ardiente cantaba coplas obscenas, a otro que se condolía de su suerte con ahogados acentos, observándolos a todos, y el entrar y salir de médicos o asistentes de Sanidad, se le pasaba el tiempo sin sentirlo. Menos espanto le causaban aquellas lástimas que el horrible tiroteo, a cada instante más nutrido y cercano... Cuando ya la tarde declinaba y los sirvientes del hospital encendieron velas, el ruido de tiros se iba apagando, perdiéndose en invisibles lejanías. De pronto vio Juan que llegaban a la tienda camillas con nuevas víctimas, en número tal, que tuvo que echarse fuera para hacerles hueco. Heridos llegaron silenciosos, que parecían muertos; otros blasfemaban, increpando al cielo y a la tierra; algunos bromeaban, comentando su mala estrella con picantes dicharachos... La sangre derramada y las vidas en peligro, de sí mismas se burlaban.

Fue y vino Santiuste un rato entre las tiendas próximas, viendo soldados ilesos que en grupos alegres volvían al campamento, hasta que tuvo la suerte de ser encontrado y detenido por Pedro Antonio de Alarcón, que haciendo presa en su brazo le dijo: «Palomino atontado, ya te cogí: pensé que te habías ido... ¡Vaya un julepe que se han ganado los moritos!... Ven y te contaré. Esta noche la pasas conmigo. Cenaremos juntos... tengo provisiones muy ricas... Ven... No chistes; no te me escapas... Eres mi prisionero.»

IV

Aunque era de soldados la tienda de Perico Alarcón, ofrecía dentro de sus paredes de lona refinamientos epicúreos. Dos velas podían lucir colocadas en botellas vacías; había mesa de tijera, como un catre, para comer; dos y hasta tres sillas del mismo sistema de abre y cierra. Las latas que contuvieron sardinas o carne salada de buey hacían veces de vajilla para servir diferentes manjares; las camas de dos dobleces eran muy cómodas, con grupas de cabalgaduras por almohadas y buenas mantas de abrigo. Del mástil que sustentaba todo el artificio de la tienda pendían objetos de puro lujo en campaña: estuche de afeitarse, abrigos impermeables, gorros para dormir, un saquito con castañas y nueces, la máquina de daguerrotipo, un manojo de chorizos y otras cosas de uso común en la vida. En una cesta, cariñosamente colocada entre dos camas, se guardaban botellas de Jerez y algunas de *champagne*, obsequio del general del Tercer Cuerpo al amigo que ilustraba la guerra con sus admirables narraciones y comentarios.

En el compañerismo más ecualitario descansaban allí vanos soldados y un oficial, a más de Pedro Alarcón. Todo era común, la comida y los avíos domésticos. Apenas entró el oficial, acostose rendido: no era para menos la acción de aquella tarde, después de doce horas en el servicio de trinchera. Se quitó el uniforme, quedándose con la camiseta de tartán rojo y los calzones interiores de lo mismo; se lió a la cabeza un pañuelo de hierbas; se comió un chorizo; luego bebió del café caliente que de la hoguera próxima trajeron los soldados, y tartamudeando las buenas noches se entregó a un sueño profundo. Alarcón y su amigo, decididos a regalarse con una cena opípara, se sentaron junto a la mesa: comieron carne de lata, huevos duros, almendras, pasas, y polvorones de Ceuta. De todo partían con los soldados. A estos les tiraba más la sociedad de sus compañeros que la de personas de superior clase, y se fueron al amor de la hoguera, donde asaron batatas y se regalaron con café y charla sabrosa, hasta que el sueño les llevó a la querencia de sus camastros.

«No sabes, Perico, cuánto me alegro de verte —dijo Santiuste—, ni qué ganas tenía de charlar contigo. Solo con oírte me siento animado y se me abre un poco esa puerta de la nutrición que llamamos apetito, y se me cierra la de esos desvanes que llamamos melancolías.»

—Tú estás enfermo, Juan —contestó el otro—; tienes la malaria de los campamentos, quizás nostalgia de personas y afectos que has dejado allá, en esa Berbería bautizada que llamamos España. La malaria castrense es achaque de los que no tienen costumbre de dormir al raso, o en estos palacios de lona con pavimentos de tierra húmeda. Pero te aclimatarás, y como no te dé el cólera, te harás una naturaleza militar y un temple guerrero. No te creas: más *confort* hay aquí que en las buhardillas donde tú has vivido... y por mi parte, juro en Dios y en mi ánima que Granada la morisca y Madrid la cortesana han sido para mí más esquivas en la cuestión de bucólica... En ciertas épocas, Juan, en ciertas épocas... Más esquivas, digo, que este campamento, donde no solo comemos gloria, sino longanizas, batatas de Málaga y hasta jamón de Trevélez... Como lo oyes... En fin, cuéntame, Juan, cuéntame...

—En pocas palabras te lo cuento todo, Perico. Estoy desilusionado de la guerra. Te reirás de mí, acordándote de aquel entusiasmo mío que más parecía locura... Pues sí, en mi espíritu se han marchitado todas aquellas flores que fueron mi encanto... ya sabes... Yo me adornaba con ellas, yo me tragaba su aroma y lo echaba por los ojos, por la boca... Me servían para hacerme pasar por elocuente y para que lloraran oyéndome las mujeres y los chiquillos... Esas flores eran el Cid, Fernán González, Toledo, Granada, Flandes, Ceriñola, Pavía, San Quintín, Otumba... Pues bien, Pedro: de esas flores no queda en mi espíritu más que una hojarasca que huele a cosa rancia y descompuesta... Vine a esta guerra con ilusiones de amor. La guerra era mi novia, y yo el novio compuesto y lleno de esperanzas. Imagínate lo que habré sufrido al ver que mi amada se me vuelve fea y hombruna, que sus azahares apestan tanto como su boca... ¿Casarme yo con esa visión?, ¡quia! En vez de decir *sí*, he dicho *no*, y he vuelto la espalda. La guerra, vista en la realidad, se me ha hecho tan odiosa como bella se me representaba cuando de ella me enamoré por las lecturas... ¡Ay!, querido Pedro, ese mundo vivido en los libros, en páginas de verso y prosa, ¡cuán distinto es del mundo real! Es aquel un mundo que parece haber nacido en los libros mismos, por virtud de los caracteres de imprenta. Lo que ahora me parece sueño, ¿fue verdad alguna vez? Voy creyendo que no... ¿Y cómo me explico que siendo para mí tan antipático y repulsivo el ver a hombres matando sin piedad a otros hombres, me hayan encantado las carnicerías de Clavijo, Calatañazor y las Navas de Tolosa? ¡Matar hombre a hombre! ¿Y yo adoré esto, y yo rendí culto a tales brutalidades y las llamé glorias? ¡Glorias! ¿No es verdad, amigo mío, que muchas palabras de constante uso no son más que falsificaciones de las ideas? El lenguaje es el gran encubridor de las corruptelas del sentido moral, que desvían a la humanidad de sus verdaderos fines... ¿Te ríes, Perico? ¿Me tienes por loco?

—¡Con cien mil de a caballo!, como diría Manolo Fernández y González —replicó el granadino—, si no estás loco, lo pareces. Juraría yo que tus facultades están alteradas por el no comer. Si te alimentaras como yo, no padecerías esos desmayos del pensamiento... Come más carne, Juan: tengo otras dos latas... y bebe de este Jerez que limpia los cerebros mohosos... Vamos a cuentas. Cierto que el hombre no debe matar al hombre por el gusto de matarlo... ¿Pero qué harás tú, mi querido Santiuste, si viene alguno contra ti con intenciones de quitarte la vida? ¿Te cruzarás de brazos?... Digan lo que quieran los primitivos legisladores de la humanidad, nos vemos obligados a matar a los que quieren ser nuestros matadores... Muy bonito, muy bonito es eso de no derramar sangre humana. Pero los hombres, por ley natural, se han congregado en familias; las familias en pueblos; los pueblos en naciones, y estas tienen sus territorios, sus intereses... Surge la lucha por los dones de la Naturaleza, la lucha por los caminos de la tierra o del mar, ¿y cómo se han de ver y sentenciar estos pleitos, señor Don Pacífico? ¿Por asambleas de filósofos?... Me maravilla que tú, que das ahora en no creer en la guerra ni en la gloria militar, creas en la Edad de oro. Bueno: pongámonos en la Edad de oro. Figurémonos que no hay *tuyo* y *mío*, que comemos bellotas y nos vestimos de verdes lampazos... ¡Muy bonito, señor, muy bonito! Pero un día, en pleno éxtasis paradisiaco, dos hombres de mal genio o dos grupos de hombres se disputan el fruto de una encina o el chorro de una fuente. Pues ya tienes en planta la guerra: o los hombres riñen, o dejan de ser hombres; ya tienes un vencedor y un vencido. Adiós, Edad de oro... El hombre no se contenta con vivir de bellotas: inventa el pan, el vino, el azúcar, y de invención en invención llega hasta el *Pavo en galantina con trufas*, o el *Pastel inglés con pasas de Corinto, ron de Jamaica, canela de Ceilán y nuez moscada de Madagascar*. Figúrate tú las guerras y conquistas que hay debajo de estos sabrosos ingredientes alimenticios...

—Ya sabía yo —dijo Santiuste triste, pero comiendo y bebiendo de lo que Perico le ofrecía—, que ibas a tocar esa cuerda... Es la única que los cantores de la guerra tienen en su lira.

—También te digo que en principio, fíjate bien, en principio, creo que la guerra es un mal, y que sería muy bueno que llegáramos a la paz universal y perpetua... Pero hay que esperar un poco, Juan. Cántame esa canción de la paz dentro de veinticuatro siglos, y me tendrás resueltamente a tu lado... Dentro de veinticuatro siglos; que no ha de pasar menos tiempo de aquí a que los pueblos y las razas ventilen sus diferencias en consejo de ancianos o en cátedras de filósofos... La Humanidad es joven. ¿Qué te crees tú?, ¿que es vieja? Está casi en la infancia todavía... Para verla en la mayor edad y en estado de plena razón y juicio sereno, hemos de esperar hasta el siglo *Cuarenta y tres*, que es, como quien dice, pasado mañana por la tarde.

—Pues en el Siglo nuestro, Perico, y sin necesidad de dar un brinco hasta el *Cuarenta y tres*, yo sostengo que la guerra es un juego estúpido, contrario a la ley de Dios y a la misma Naturaleza. Yo te aseguro que al ver en estos días el sinnúmero de muertos destrozados por las balas, no he sentido más lástima de los españoles que de los moros. Mi piedad borra las nacionalidades y el abolengo, que no son más que artificios. Igual lástima he sentido de los españoles que de los africanos, y si pudiera devolverles la vida, lo haría sin distinguir de castas ni de nombres... Y más te digo... Creo que has sentido tú lo mismo que yo: creo que en el moro muerto has visto el prójimo, el hermano. Sin quererlo, tu piedad ingénita ha reconocido el gran principio humanitario y la ley soberana que dice: «no matar.»

—Cierto, Juan, que llevamos dentro el principio; y que este principio asoma la cabeza cuando menos lo pensamos, no lo puedo negar; pero luego salen los hechos, la historia, el concepto de patria y de nación, y aquel principio vuelve a meterse para dentro y se agazapa en el fondo del alma, donde vivirá, esperando que pasen los veinticuatro siglos... Te confieso ingenuamente que ante los cadáveres moros veo la Humanidad; pero ante los moros vivos, que brincando y aullando vienen contra nosotros, veo las naciones, veo las razas, el Cristianismo y Mahoma frente a frente... Celebro, pues, con toda el alma que nuestros soldados les maten, único medio de impedir que ellos nos maten a nosotros... Ahora tomemos café, Juan, y luego te voy a dar un cigarro habano, que ha de saberte a gloria...

—Eres aquí el poeta de la guerra. España trae artilleros para los cañones, y poetas que conviertan en estrofas sonoras los hechos militares, para fascinar al pueblo... Porque en el fondo de todo esto no hay más que un plan político: dar sonoridad, empaque y fuerza al partido de O'Donnell. Yo respeto esa idea; pero digo y repito que no amo la guerra, que me es odiosa, y me planto en el principio de no matar. Ya sé que voy contra el pensar y el sentir de mi país... ya sé que me gano el desprecio o el desvío de cuantos me conocen. Perderé mis amistades; seré un solitario, un extravagante, un loco... Mi destino lo quiere así. De dentro de mi alma ha salido este movimiento, que al modo de terremoto ha trabucado mis ideas, poniendo arriba las que estaban debajo. Me siento hombre distinto del hombre que yo era. ¿Debo entristecerme o alegrarme?

—Ahora fumemos... Pues te diré, querido Juan. No sé si tu cataclismo debe alegrarte o entristecerte. Eso el tiempo te lo dirá. En ti veo una cosa, y es que, a mi parecer, en este quiebro repentino que das ahora, vas para San Francisco de Asís. Tienes mucho talento, Juan, y un alma que quiere elevarse a las alturas. Antes de ahora te he dicho: «Juan, en ti hay algo extraordinario que no sé lo que es. Ya veremos por dónde sales.» Como tu maestro Castelar, tienes dentro un pedazo muy grande de la divinidad. En Castelar esa divinidad es la elocuencia, un poder de palabra que sube por encima de toda realidad y se mece en los serenos espacios ideales... Pues ahora veo que tú también te remontas, y tengo que decirte lo mismo que al otro amigo del alma. «Emilio —le he dicho, no una vez, sino cien—; Emilio, tú debes hacerte cura. Serías un apóstol, un conquistador de pueblos y el catequizador más grande que ha visto el mundo. Tu palabra, ineficaz para la política por demasiado grandilocuente, sería el rayo del Evangelio...» Pues lo mismo te digo a ti: «Juan, hazte sacerdote... Serás el apóstol de la paz y de los más bellos ideales humanos...»

—No es eso, no es eso —dijo Santiuste dando golpes en la mesa, mientras su boca chupaba con deleite el puro—. No me llama el sacerdocio... y si me llamara, no podría ir a él, por una circunstancia... ¡Pero si lo sabes, Perico; te lo he dicho mil veces! Es que me aterra el celibato, no entro por el celibato... Es cuestión de temperamento, de sangre, y contra esto nada podemos... Conoces muy bien mis arrebatos y los terribles incendios que levanta en mí el fuego de amor... Mis pasiones son exaltadas, delirantes. Divinizo a la mujer amada, y llego a creer que solos ella y yo existimos en el Universo. Cuando estuve enamorado de la Villaescusa, mi vida era un torbellino en que alternaban los goces celestiales con los suplicios del Infierno... En fin, ya te lo conté... lo sabes todo...

—Pero aquello pasó.

—Pasó, es cierto... Pero ¡ay Pedro Antonio!, después... he vuelto a enamorarme.

—¿Cuándo, Juan?

—No hace mucho. Otra vez ese estado de locura y candor, de pasión ardiente, que anhela en un punto la gloria y el sacrificio.

—¡Vaya con Juan! ¿Y es, como Teresa, mujer de cabeza ligera?

—Todo lo contrario: cabeza bien firme.

—¿Casada?

—Casada... Digo, no... Es viuda... Enviudó horas antes de salir yo de Madrid.

—¿Hermosa?

—Su imagen entiendo yo que es única en el mundo.

—¡Con quinientos mil de a caballo, Juan!, eres el hombre de la suerte si esa dama te corresponde.

—Entiendo que sí.

—¿Pero no lo sabes de seguro?...

—Perico, nada más puedo decirte por hoy... Dime tú ahora si tiene sentido común que me recomiendes el sacerdocio, siendo yo como soy el eterno enamorado... Por mucho tiempo pensé que a ninguna mujer podría yo amar como a Teresa... y después... Aquí me tienes loco otra vez... Y algún día, ¡quién sabe!, si esta muere o me retira su cariño, yo... Seguiré amando, enloqueciendo... Mi ternura es un filón inagotable. Ya ves que estoy incapacitado para la vida religiosa que me recomiendas.

—No, no —gritó Alarcón con súbita idea conciliadora—. No hay la incompatibilidad que crees, Santiuste. Eres místico, místico *a nativitate*... Amor y misticismo van de la mano en el espíritu del hombre. Yo veo en ti el apóstol que comienza su predicación elocuente condenando el celibato, y estableciendo el amor de Dios... El amor divino sobre la base...

—¿Del casamiento de los curas?

—No te rías, Juan. ¡Si estoy cansado de decírselo a Emilio!... «Emilio, tus discursos no son humanos; tu oratoria es el lenguaje de los ángeles y el aliento del espíritu divino. Predica la fe, predica la paz, el amor y la igualdad, y te llevarás detrás de ti a todas las gentes. Todo el mundo americano será tuyo. Predica el nuevo verbo, que es la Democracia, según Cristo, y la Democracia según Cristo no puede privar al sacerdote de las dulzuras del amor humano...» Con que ya ves, Juan, si te resuelvo el problema. Cierto que serías un sacerdote revolucionario; pero para eso has nacido tú, para las ideas que se desbordan del vaso común en que todos bebemos, para las empresas difíciles, no intentadas de otro alguno... Apóstol de la paz, tu camino es bien claro: fe, igualdad, amor.

V

Quedose meditabundo Santiuste, la barba en la palma de la mano, el mirar fijo en las rayas de la mesa. Alarcón, retirado el cabo de vela ya moribundo, erigió un cabo más grande, que casi era sargento, en la boca de la botella. Quitose luego el ros; se lió un largo pañuelo en la cabeza con muchas vueltas, quedando las orejas tapadas, y de un estuche que a prevención tenía, sacó papeles, tintero y pluma. «Ha sonado la hora —dijo a su amigo, poniéndole la mano en el hombro—; la hora del descanso para ti; para mí, del cumplimiento del deber.»

—¿No duermes tú, Pedro?

—Échate en mi cama, Juan; arrópate bien y descansa, que buena falta te hace. La paz poética duerme, la poesía militar vela. Tengo que escribir esta noche mi carta de *Un testigo*...

—Pondrás en endechas de prosa las carnicerías de ayer y hoy... Tú eres el único para esto, Perico. Verdad que encuentras el lenguaje muy acomodado a la expresión épica del valor castellano, y al impío desprecio con que se mira a los pobres moros. Nuestra lengua es una hoja bien afilada para cortar cabezas mahometanas, y un instrumento sonoro y retumbante para dar al viento las fatuidades y jactancias históricas... Pero tú has descubierto y has empleado antes que ningún escritor el arte de suavizar ese instrumento, tocándolo con gracia inaudita. Tú sabes quitar a los sonidos épicos su vana hinchazón, dándoles una elegancia incomparable, haciéndolos simpáticos a nuestros oídos y acomodándolos a los nuevos modos de lenguaje... Yo no podré nunca imitarte en esto. He usado y abusado de la trompa, sin cuidarme de atenuar la ronquera de su sonido, y ahora, en esta transformación de mis ideas y en esta repugnancia de la épica militar, me he quedado sin instrumento, pues aunque soplara la trompa, no sacaría de ella más que lamentos desacordes. ¿Qué pito tocaré yo ahora? Esta es mi confusión... Entiendo que ya no hay pito ni flauta para mí.

Esto decía, despojándose para acostarse del ros, poncho y calzón militar, que con tan poco garbo llevaba. Alarcón, poniendo sus cinco sentidos en lo que escribía, solo le contestó con medias palabras. Ambos callaron. Cubierto ya de la manta y con más cansancio que sueño, Juan contemplaba el rostro de su amigo, iluminado de lleno por la luz de la próxima vela. Con las vueltas del pañuelo de colores en su cabeza, Perico Alarcón era un perfecto agareno. Viéndole de perfil, la vivaz mirada fija en el papel, ligeramente fruncido el ceño, apretando uno contra otro los labios, Santiuste llegó a sentir la impresión de tener delante a un vecino del Atlas. «Si no estuviera yo despierto —pensaba parpadeando—, creería que uno de esos caballeros de zancas ágiles, de airosa estampa y de rostro curtido, se había metido en esta tienda para escribir en ella la relación épica de los combates, trabucando irónicamente el patriotismo... Así le sale historia de España lo que debiera ser historia marroquí... Perico, moro de Guadix, eres un español al revés o un mahometano con bautismo... Escribes a lo castellano, y piensas y sientes a lo musulmán... Musulmán eres... El cristiano soy yo.»

Se durmió repitiendo entre dientes *el cristiano soy yo*. Toda la noche anduvo esta afirmación revoloteando dentro del cerebro, como el murciélago que al querer salir del recinto en que se ha refugiado, vuela y choca en las paredes sin encontrar agujero que le conduzca al espacio negro y libre. Paredes y bóvedas dolían cuando la idea chocaba en ellas, buscando un escape que no podía encontrar... Durmió al fin Santiuste hasta muy entrada la mañana; Alarcón, que había trasnochado por causa del trabajo, dejó el camastro a hora más avanzada. Las diez serían cuando salió a despedir a su amigo. Ambos fueron a caballo hasta el campamento del Segundo Cuerpo, donde se separaron, prometiéndose pasar juntos la noche de San Silvestre, y celebrar con otra cenita el paso del 59 al 60.

Pero en la mañana del 31, cuando fue Juan al Tercer Cuerpo en busca de su amigo, enterose de que sufría una fuerte contusión, hallazgo de la curiosidad en las refriegas del 30. No perdió Perico su buen humor por aquel contratiempo, que si en un hombre de armas habría sido insignificante, en el hombre de pluma era mucho más de lo que a sus funciones correspondía. Un amigo de Alarcón, Carlos Navarro y Rodrigo, escritor agregado al Cuartel general, le instaba para que se retirase a Ceuta, donde el descanso y la esmerada asistencia le repondrían en un periquete. No se avenía Pedro Antonio a separarse del Ejército, al cual le unían su caldeada imaginación y su arrebato patriótico. Insistió Navarro, y como al hablar de esto se fijara en el demacrado rostro de Juan, que oía y callaba, le dijo: «También usted, Santiuste, mejor estará en Ceuta que aquí... Su cara me dice que no le prueban estos aires guerreros...» Replicó Juan que él no retrocedería, y que las penalidades no le asustaban. Aunque sin entusiasmo militar, le fascinaba el brío de tantos hombres tocados de la locura de hacerse daño. Quería ver hasta dónde llegaba este delirio y la máxima extensión del mal que a sí misma se causaba la humanidad, como si cifrara su orgullo en desaparecer de la tierra... Estas filosofías del trovador desengañado provocaron a los tres a una enmarañada discusión de principios y hechos. Como sucede siempre, de esta discusión no nació ninguna luz, sino el propósito de comer juntos y pasar alegremente el día. Nada digno de notarse ocurrió al expirar el año 59. Navarro se fue al Cuartel general, y Alarcón y Santiuste quedaron en *La Concepción* aguardando los sucesos que en un gran saco repleto traía el 60, y que este empezó a lanzar al espacio histórico desde el primer día de su existencia.

Sin esperar a que sonara la diana del 1.º de enero, la Historia, impaciente, empezó a moverse y hacer de las suyas, ganosa de marcar aquel día con signo que lo distinguiera y perpetuara. Aún no apuntaba la aurora, cuando don Juan Prim, designado para delantero y batidor en la marcha de las tropas hacia Tetuán, pasó por la playa en aquella dirección, llevando Ingenieros y Artillería, los cazadores de *Vergara*, el regimiento del *Príncipe*, batallones de *Cuenca* y de *Luchana*, con *Húsares de la princesa*. La marcha era lenta y cuidadosa. Santiuste, que se había levantado a la madrugada, bajó a la playa con Leoncio, y juntos siguieron a las tropas de Prim. De una playa pasaban a otra, salvando un cerro divisorio, y así dos o tres veces, costera y monte, hasta llegar a la vista de un valle que recibió el nombre de *Los Castillejos* por dos grupos de carcomidas ruinas que en él no lejos del mar existían.

A una distancia que no podía llamarse prudente, vieron Leoncio y Santiuste que los soldados de *Vergara* y *Príncipe*, mandados por don Cándido Pieltaín, se posesionaron de las alturas próximas al mar, echando de allí sin dificultad a los moros, y que *Cuenca* se encaramaba en un cerro, distante como dos tiros de fusil tierra adentro. Por el camino que la vanguardia había recorrido desde el campo de *La Concepción*, vieron Leoncio y Juan que avanzaban más y más tropas. Se las veía bordear la costa de playa en cerro, y en aquel sube y baja con ondulaciones de culebra, la fila de hombres se perdía en los descensos para reaparecer en las alturas.

Tanto Leoncio como Santiuste tenían amigos en la vanguardia mandada por Prim. En *Vergara* estaba el comandante Castillejo, de ambos conocido; en *Húsares de la princesa* servía Vallabriga, a quien Leoncio trataba en Madrid, y con varios oficiales del *Príncipe* había entablado relaciones Santiuste en el campamento del Otero. A uno de estos oficiales, el teniente José Ferrer, gallego de buen humor, le vio y habló repetidas veces, y se hicieron amigos, movidos quizás de la disparidad de sus caracteres, porque todo lo que el gallego tenía de bromista y gracioso, lo tenía el otro de taciturno y grave... Acercándose a los húsares, que formaban detrás del general, hablaron con Vallabriga. Después fueron hacia donde estaba el *Príncipe*. Ferrer les dijo que no podían seguir las cosas tan por la buena. Como gallego fino, desconfiaba de que durara el chiripón con que habían estrenado el año, tomando aquellas posiciones como quien toma un cuarto desalquilado... Tanta felicidad era el mejor barrunto de un disgusto muy gordo. Confirmó esta idea Leoncio, que con su prodigiosa vista exploraba las próximas colinas y lejanos picachos, ya iluminados por el Sol naciente. «Por allá arriba me parece que distingo el nublado de saltamontes... ¡Jesús!, y por allí una nube, por más acá otra. Se esconden en la montaña... Salen otra vez, vuelven a esconderse... Y aquí, por nuestro camino, viene el general en jefe. ¿No veis su escolta? Ahora se para... Aquí llega un ayudante con órdenes.»

La orden era que bajase Prim al llano y se apoderara de un edificio al modo de ermita llamado la *Casa del Morabito*, y que la artillería batiera los matorrales donde se ocultaban grandes masas de moros. Sonaron las cornetas... las filas de hombres y caballos se estremecieron; aire de pelea circulaba por entre ellos, moviendo crines, frunciendo bocas y apretando puños... «¿Qué hacemos?» preguntó Santiuste a su compañero. Y la respuesta fue: «Arrímate a mí; no temas nada. Vamos a ver qué pasa. Sospecho que no será cosa mayor. Si disparo mi carabina, tú la cargas, mientras yo hago fuego con mis pistolas. Si fuese menester, dispararemos a un tiempo. Vamos detrás del

Príncipe...» Desaparecieron... El torbellino los envolvió en las ondulaciones de su cola: la cabeza era Prim.

La casa del condenado Morabito, ¡confúndale Alá!, quedó tomada en poco tiempo. En razón inversa de la duración del combate estuvo su intensidad. Las tropas, más que nunca despabiladas aquel día, pusieron espacio cortísimo entre el pensamiento del jefe y el brazo que lo ejecutaba: verdad que tuvieron el auxilio de las fuerzas sutiles de la Marina, que en el momento más oportuno, aproximándose a la costa, cañonearon de firme a la morería que bajaba de la montaña. Y entre tanto, parte de la tripulación de los cuatro vapores y de los cañoneros saltó a tierra, y carabina en mano se agregó a los soldados, ayudando a poner en dispersión a las gavillas de infieles que defendían el valle de los Castillejos. Pero con todo este buen resultado, más aparente que real, ni Prim ni el general en jefe, que junto a la casa del Morabito se hallaba con su Estado mayor, conceptuaron segura la posesión del valle, porque en los manchones de arboleda se ocultaban aún centenares de hombres, y otros no se retiraban de las alturas lejanas, como en espera de fuerzas mayores para reconquistar lo perdido. Antes que O'Donnell se lo mandara, Prim, al frente del *Príncipe* y de *Vergara*, corrió a desalojar el valle de aquellos inquilinos molestos que aún no querían marcharse. Una, dos, tres cargas a la bayoneta con gradual empuje, despejaron las alturas, y ya dictaba el general las órdenes para que empezaran las obras de atrincheramiento del campo conquistado, cuando por una hendidura de los montes de la izquierda brotó como un chorro de infantes y jinetes árabes, y contra ellos cargaron dos escuadrones de *Húsares de la princesa*, obligándoles a volver la espalda.

Llevados de un ímpetu ardoroso, los húsares no se contentaron con repeler a los musulmanes, sino que siguieron persiguiéndolos y acuchillándolos por el mismo camino estrecho y tortuoso que llevaban en su fuga; y corriendo tras ellos, en una de las revueltas vieron el campo moro asentado entre cerros muy altos, blancas tiendas cónicas, y en derredor de ellas gran gentío de peones y caballeros. Sin encomendarse a Dios ni al diablo, los de la *Princesa* seguían adelante con guerrero furor, metiéndose de lleno en la trampa que los taimados hijos de Mahoma les habían armado. Tras de los escuadrones lanzados a esta temeraria aventura, acudieron los demás, anhelosos de auxiliar a sus compañeros y de salvarlos o perecer con ellos... Esta singular hazaña de los húsares fue de las más audaces que en guerras humanas se han visto; acto de sublime demencia, en que el valor personal, acumulado en un punto por la temeridad de unos cuantos hombres, altera la normalidad de los principios de la táctica y descompone toda la lógica militar. Los intrépidos jinetes que volaron en auxilio de los primeros que habían caído en la celada, infundieron a estos los alientos necesarios para que, reunidos todos, se desliaran del inmenso remolino de bárbaros que les envolvió por todas partes. Combate fue cuerpo a cuerpo, con eléctrica rapidez, a usanza de griegos y romanos, dando al heroísmo toda la tensión posible en menos que se piensa y que se dice, y sosteniéndola sin dar espacio ni tiempo al enemigo para poner una pausa en su estupor y recobrarse del pánico.

VI

Los que vieron partir a los escuadrones para aquel lance de inaudito arrojo, creyeron que no volverían. Volvieron, sí, enteros, trayendo su bandera y la que el cabo Mur arrebató al Imperio marroquí con increíble tirón de una mano de gigante; volvieron con orden, sin dejarse allá ningún prisionero, con los dos comandantes de los primeros escuadrones, Aldama y Fuente Pelayo, gravemente heridos, y pérdida de dos oficiales y unos veinte soldados...

Poco después de la vuelta de los húsares, a quienes todos contaban ya en la eternidad, el pensamiento de O'Donnell era este: «Mantener las posiciones conquistadas fortificándolas convenientemente, y no avanzar ni un paso más hasta que no sepamos qué fuerzas de moros, todavía intactas, se esconden en la encañada del río de los Castillejos y de su afluente, así como en los demás recodos de esas montañas.» Esta disposición revelaba al general en jefe, que, sin perder de vista sus deberes ni su responsabilidad, no quería fatigar a sus tropas, ni lanzarlas a combates duros sin que antes se alimentaran bien... Un ayudante de O'Donnell llevó estas órdenes al general Prim; un ayudante de Prim llevó a O'Donnell este recadito: «Que si me manda un par de batallones y dirige una brigada por la izquierda, me apoderaré hoy del campamento enemigo.»

Es fama que don Leopoldo puso mal gesto al oír la petición del general de su Vanguardia. «¿Qué contesto, mi general?» le preguntó Gaminde, ayudante de Prim.

—Dígale usted que allá voy yo.

En un instante de ruidosa confusión, Leoncio perdió de vista a su compañero. Habían seguido los pasos de los batallones del *Príncipe*; vieron de cerca los diferentes ataques a la bayoneta que *Vergara* y *Luchana* dieron a los moros; corrieron luego a ver si volvían o no los húsares que se metieron por la angostura, y en esto, Santiuste desapareció. ¿Había escapado hacia lugar seguro, temeroso de que la curiosidad le costara la vida? Buscándole y llamándole a voces, bajó Leoncio hasta la *Casa del Morabito*, y a poco de estar allí vio a O'Donnell partir a la carrera con su Estado mayor hacia el punto en que Prim activaba el atrincheramiento de las posiciones conquistadas. Fue cuando O'Donnell dijo: «allá voy yo.»

Echó a correr Leoncio hacia donde la curiosidad y el patriotismo le llamaban; de lejos vio a O'Donnell inspeccionando con Prim los trabajos de fortificación. Sin duda no se pasaría de allí, ni era prudente meterse en mayores aventuras. Avanzaba el día, y las tropas estaban sin comer, rendidas de cansancio. ¿Y quién aseguraba que los malditos muslimes no tenían encajonadas detrás de los montes fuerzas mucho más grandes que las presentadas durante la mañana? Porque ya era evidente que su falta de ciencia militar la suplían con la astucia y el arte de las sorpresas... Esto pensaba Leoncio Ansúrez, minúsculo táctico y estratégico de afición, cuando un rumor venido de la sierra le dejó suspenso y aterrado. Era como el silbo de un huracán que de improviso se desencadenara en las alturas. Por todas las que rodean el valle de los Castillejos aparecían moros formando nube: sus voces desconcertadas, que en nuestra lengua conservan el nombre de *al-garabía*, eran de lejos como el zumbido de infinitas abejas abandonando infinitos colmenares... Todo el Ejército vio con mudo estupor el tempestuoso nublado.

Razón tenía O'Donnell al creer que el enemigo no había presentado en los combates de la mañana más que una parte mínima de sus muchedumbres a pie y a caballo. Contra aquel aluvión se prepararon a luchar los fatigados y hambrientos hombres de *Luchana*, *Vergara* y el *Príncipe*, y los quebrantados

Húsares de la princesa. De su flaqueza sacaban alientos, y de su amor a la bandera el coraje preciso para no permitir que el enemigo se la llevara. En momentos de tanto ardor y peligro, muchos habían de morir, hasta que la suerte decidiera quién salía vencedor. Era forzoso matar todo lo que se cogía por delante, con gran riesgo de la propia pelleja; retroceder era condenarse a muerte segura. Cargó Pieltaín con los del *Príncipe*, cargaron *Vergara* y *Cuenca*. Las posiciones más altas que ocupaban los españoles hubieron de ser abandonadas. En la segunda posición hizo Prim esfuerzos sobrehumanos para sostenerse, y lo consiguió gracias a dos batallones de *Córdoba* (del Segundo Cuerpo) que llegaron como enviados por la Providencia de los españoles. Pero la Providencia de Mahoma desgajó de los montes nuevas masas de tiradores árabes, con lo que aumentaba su fuerza el enemigo, en proporción mayor de lo que creía la de los nuestros. Las dos Providencias, la musulmana y la cristiana, redoblaban su ira, y los combatientes se enzarzaban con la ferocidad de las guerras primitivas.

No sabiendo Prim de dónde sacar más fuerzas con que contener la creciente avalancha, echó mano de la artillería de a pie, mandándola desplegar en orden abierto, táctica bien distinta de la de su arma. Los artilleros fueron a donde se les mandaba, batiéndose como la infantería ligera. Mas no haciendo nada de provecho, tuvieron que retroceder, buscando maquinalmente el orden cerrado para el cual se les había instruido. Su coronel, Berroeta, viéndose obligado a perder terreno, maldecía la hora en que nació... En tanto, Prim poníase al frente de un batallón de *Córdoba*, Gaminde al frente del otro, y mandando a los soldados que soltaran las mochilas para ir más ligeros, avanzaron con terrible decisión en busca de la muerte o la victoria. Ronco estaba Prim de las voces que les daba, inflamando su patriotismo con el nombre mágico de la reina cien veces pronunciado. Pero no había nombres de reinas ni invocaciones patrióticas que multiplicaran a los hombres, y solo multiplicándose y convirtiéndose cada uno en seis, podían romper los apretados haces de moros ensoberbecidos, rugientes, feroces. Un momento más sin que se efectuara el milagro de la multiplicación de hombres, y todo se perdía sin remedio.

El suelo estaba lleno de cadáveres, el aire de un alarido en que las dos lenguas, árabe y española, juntaban sus maldiciones y los acentos de la fiereza humana, lenguaje animal anterior al de los hombres. Retrocedían los de *Córdoba*, empujados por los moros, y casi tocaban ya al sitio en que habían soltado sus mochilas... Ya no había más salida de aquel laberinto, ni más remedio del desastre, que no prodigio del Cielo, o de los hombres por divina inspiración. Prim, lívido, vibrando de pies a cabeza, imagen de la desesperación altanera que no admite la derrota y borra la idea de muerte del espacio mental en que se pintan las ideas, arengó por milésima vez a su gente. Gaminde había desenfundado la bandera de *Córdoba*, para que, desplegada, fueran sus vivos colores como latigazo en la retina de los soldados, casi ciegos ya del humo, atontados por la fatiga, y a punto de sentir apurada y nula su brutal fiereza. Prim empuñó el mástil de la bandera; al viento dio la tela, y con la tela unas palabras roncas, ásperas, como si las soltara con un desgarrón de su laringe... Más por la expresión que por el sonido las entendieron los que le rodeaban... Coger la bandera, echar la tremenda invocación, hincar espuelas al caballo y saltar este sobre el tropel de moros, fue todo un instante...

Del lado allá de este instante, que era como vértice en los órdenes del tiempo, estaba el milagro. El milagro fue que los hombres se multiplicaron. Ya no se vio más que el cruzarse de bayonetas y yataganes, el brillar de los ojos como brasas, el hervor de un mar en que sobresalían miles de brazos agitando las armas. La masa española se incrustó en la mora. El fiero caballo del general, aunque herido, descargaba sus patas delanteras sobre cuantos cráneos a su alcance cogía. Las bayonetas segaban los haces enemigos. Morazos de tremenda estatura caían hacia atrás, elevando al cielo los remos inferiores como si fueran brazos; españoles caían también, de bruces, heridos de muerte, agujereados vientre y pecho. Otros pasaban sobre ellos... Seguían creciendo y multiplicándose, a cada momento más esforzados, con mayor desprecio de la vida... El general, siempre delante, echando rayos de su boca, a todos deslumbraba con su locura increíble.

Sin duda, la figura de Prim, arrojándose a la muerte y ofreciéndose con cierta voluptuosidad de sacrificio heroico a las cuchillas y a las balas enemigas, debió de producir en el ánimo de los moros una fascinación inaudita... Sobrecogidos los que recibieron terribles golpes; desalentados los que veían la inutilidad de su bravura, corrieron todos en querencia de lugares seguros... Les llamaba el interior plácido de su país... Iban a sus aduares, a sus casas, a sus mezquitas, bien como los animales acosados que siempre buscan la orientación de sus viviendas. En bandadas huyeron. Las posiciones quedaron rescatadas; el suelo limpio de moros vivos, no de muertos, pues tantos eran que daba horror ver el campo. No pocos españoles yacían entre los despojos de tan horrible matanza. Las dos patrias, las dos religiones, semejantes, en aquel empeño de honor, a las antiguas divinidades iracundas que no se aplacaban sino con holocaustos de sangre, ya podían estar satisfechas. Y los muertos, el sin fin de hombres sacrificados en el ara sacrosanta, ¿qué pensarían de aquel furor con que los degollaban como carneros para que desarrugase el ceño la diosa implacable?... ¿Será verdad que la diosa, cuando bebe mucha sangre, se pone muy contenta, y en su seno acoge con amor a las innumerables víctimas de la guerra? Así por lo menos se dice en todas las odas que consagran los poetas a cantar batallas...

Y así pensaba el buen Santiuste cuando echó la vista al terreno de las victoriosas cargas, iniciadas por Prim. Sintió escalofrío ante el espectáculo de tantos muertos caídos en trágicas posturas, y aunque por un momento le movió la curiosidad de ver si estaban en aquellos montones sus amigos Leoncio, Vallabriga, o el galleguito Pepe Ferrer, no se atrevió a meterse entre los cadáveres: el miedo de encontrar a sus amigos le sobrecogía más que le interesaba el deseo de saber su suerte. En lastimoso estado de cuerpo y espíritu, tomó la dirección de la *Casa del Morabito*, adonde iban todos los que no quedaban en el cuidado y defensa de las trincheras. El molimiento de sus huesos era tal, que andar no podía con el garbo propio del uniforme. Todo había sido contratiempos y desdichas para el pobre trovador desde que la casualidad le separó de su amigo Leoncio. Por dos veces fue atropellado por los soldados del *Príncipe* y *Vergara* cuando les hizo retroceder a sus posiciones el empuje de los moros. Cara le costó su curiosidad al buen poeta de la Paz, porque en la segunda de aquellas caídas, centenares, a su parecer millares de pies, pasaron por encima de su asendereado cuerpo. ¡Cómo quedarían los huesos, y sobre los huesos la piel, y sobre la piel el uniforme, con estos pisotones y carreras! El poncho y ros quedaron manchados de fango revuelto con sangre. Cuando le vieron levantarse del suelo, alguien creyó que era un cadáver que resucitaba para espanto de los vivos.

A estos desperfectos exteriores se unieron, para mayor suplicio de Santiuste, el hambre que demacraba su rostro y el frío que mantenía sus manos en continuo temblor... Concluía de anonadarle el no encontrar entre tanta gente un rostro conocido, y su desairado vagar por el campo, donde no se batía ni prestaba ningún servicio...

Anochecía. Las sombras nocturnas, indiferentes a los actos heroicos de aquel día, se dejaban caer amorosas sobre los despojos trágicos de las batallas... Camino del *Morabito* iba Santiuste, cuando vio una fila de soldados conductores de camillas. La procesión de heridos no tenía fin, y avanzaba con esa prisa lúgubre de los entierros que llegan tarde al camposanto. Quiso Juan ser útil, y se brindó a relevar a uno de los hombres que llevaban camillas. Pero su oferta no fue admitida... Más adelante vio que un camillero, rendido de inanición y cansancio, no podía con su cuerpo y menos con el del herido. Al punto acudió Juan a sustituirle, y echando mano a las parihuelas, arreó camino abajo gozoso del humanitario servicio que prestaba. No había andado veinte pasos, cuando el herido que transportaba se incorporó en la camilla, y con una varita que esgrimía en la mano derecha, tocó a Juan en el hombro diciéndole: «Arrea, bruto; arrea pronto, que me estoy desangrando.» Sin para volviose Santiuste a ver quién hablaba, y reconoció a Leoncio Ansúrez.

VII

«¿Es grave tu herida, Leoncio?»

—¿Yo qué sé? Una bala me pasó el muslo, y un tajo de yatagán me lo acabó de arreglar... Ahora me sale mucha sangre. Si no me curan pronto, no sé qué será de mí. Arrea, Juan.

Juan y el zaguero avivaron el paso, y Leoncio calló. Pasado un buen rato, dejose oír de nuevo su extenuada voz: «Juan, ¿viste la hombrada de Prim? ¡Qué tío más valiente! Creí que a él y a todos nos acababan esos perros.»

—Vi la hombrada, Leoncio... la vi y creí que era sueño... También te digo que si no llega en aquel momento por la derecha el general Zabala con cuatro batallones, y sacude a los moros como les sacudió, la hazaña de

Prim quizás no habría sido más que un heroísmo inútil, y con hablar de *muerte gloriosa*, ya estaba el asunto despachado... Yo pongo en su lugar de honor a mi general, al general del Segundo Cuerpo, don Juan Zabala, gran soldado, de valor sereno, de vista penetrante para la oportunidad. Si no es por él, Leoncio, todo se pierde... ¡Y cuántos muertos, Dios mío! De infieles y cristianos ha quedado el campo lleno. Quítale a la guerra el poquito interés que le da el ser arte y el ser ciencia, y no queda más que un pasatiempo de caníbales... ¿Qué dices?... ¿Por qué callas?

—Con cada palabra que echo de la boca, se me va un gran pedazo de vida... Estoy admirado... De la sangre que tenemos en el cuerpo... porque con salirme tanta, todavía queda sangre dentro. Arrea, Juan.

Llegaron por fin a la tienda-hospital; mas era tanta la afluencia de heridos, que los médicos no tenían manos para curarlos. Mientras los propios soldados aplicaban a Leoncio un vendaje provisional para contener la hemorragia, Santiuste consolaba a su amigo con frases afectuosas y esperanzas de pronta curación, y viéndole más animado con el vino y pan que le dieron, se permitió reprenderle en esta forma: «Esto te pasa por meterte a farolear, Leoncio, pues tú no has venido aquí a combatir, sino a componer las armas de los que combaten... Lo que hoy te ha pasado te servirá de escarmiento... y no volverás a pintar el diablo en la pared, que maldita gracia tendrá que dejes viuda a *Mita* y huérfano a tu hijo.»

El recuerdo de su cara familia ausente afligió a Leoncio: algunas lágrimas mojaron su rostro antes de la cura. En esta desahogó su dolor con gritos más que con llanto, y estuvo muy firme. Allí quedó con la pierna sepultada en parches y vendas, condenado a inmovilidad absoluta durante luengos días. «Mira, Juan, vas a hacerme un favor —dijo a su amigo—: vete por ahí, y búscame a *Señá* Ignacia... ¿No sabes?, es la cantinera del Tercer Cuerpo; una mujer muy buena y muy socorrida para todo. Le dices que estoy con una pata hecha cisco; que venga a verme, y me traiga de aquel aguardiente de caña que alegra y cría sangre. Después de la soba que me ha dado el físico, tengo una sed horrible, y necesito del aguardiente para que el agua no me encharque... Corre, hijo, y tráemela prontito.»

Corrió Juan por las calles del campamento, y aunque no tardó en encontrar a la hombruna y bondadosa Ignacia, esta, con muy buena voluntad, pero sin poder zafarse del sinnúmero de parroquianos que la asediaban, no acudió a Leoncio hasta mucho después de recibido el encargo. Vagando en acecho de la Ignacia, Santiuste vio al coronel del *Príncipe*, don Cándido Pieltaín, en la entrada de una tienda, con el brazo derecho en cabestrillo, fumando, en conversación con dos o tres oficiales. Más allá, otra tienda, en cuya puerta se agolpaban curiosos atrajo su atención: el bloque de gente, en su mayor parte artilleros, que cerraba la entrada, no le permitió ver más que las botas de un hombre yacente, al parecer muerto... Alargando más el hocico, vio el cuerpo hasta la cintura... le alumbraban más velas de las que para el uso común se encendían en el campamento. Era el coronel don Francisco Barroeta, jefe de la Artillería que se batió aquella tarde en orden abierto. Tal ira y turbación le causó el ver a sus valientes artilleros retroceder una y otra vez ante el ataque de los moros, que la serenidad no volvió a su ánimo, y al retirarse a la tienda se pegó un tiro... Exaltación insana del sentimiento del honor militar le precipitó a la muerte. ¡Qué desdicha! Oyendo contar el lance, Santiuste lloraba, maldecía con toda su alma las brutales guerras, y las vanas historias que de ellas se escriben para inducir a los hombres a poner sus preciosas vidas en un punto caballeresco... Cuando al Hospital de sangre volvía, ya capturada la cantinera, llegaban a su oído aquí y allá los comentarios del gran suceso reciente, burbujas de la acción heroica, que aún hervía en todos los corazones... ¡Qué oportunidad la de Zabala!... De los veinte hombres que formaban la escolta de infantería de Prim, no habían quedado más que seis... ¡Ah, España, cuánto sacrificio por ti!...

Con la excelente cura que se le hizo, y el remedio de aguardiente de caña sobre la gran cantidad de agua que había bebido, pasó regularmente la noche el buen Leoncio. Por indicación apremiante del herido, Ignacia le dejó media botella del bendito licor, y Juan, que no se había de separar de él, quedó en darle las tomas con la periodicidad conveniente. Horrible fue la noche en la lúgubre tienda: de los ocho heridos graves que había en ella, murieron tres, y dos, según opinión de los médicos, no pasarían de la mañana siguiente. El castrense que allí prestaba servicio fue relevado por don Toribio Godino, a quien su amigo Santiuste, por confortarle el estómago desmayado, obsequió con una copita del bálsamo de caña. «No sabes, hijo mío —le dijo el cura—, cuánto te agradezco este precioso sostén de las facultades. Con el trabajo de esta noche... y cuenta que ya he despachado para el Purgatorio a más de cincuenta... Con tanto ajetreo de Sacramentos, sin parar, sin parar, a este, al otro, al de más allá, hasta las palabras rituales se me helaban en la boca y no querían salir... Dios te lo premie, hijo... y te lo aumente.»

Ya la luz del alba clareaba en la entrada de la tienda, cuando Leoncio, que había caído en hondo letargo, despertó con cierta inquietud llamando a voces a su amigo. «Aquí estoy —dijo incorporándose Santiuste, que también descabezaba un sueño—. ¿Te sientes mal? ¿Te molesta la herida?»

—No es la herida: es una idea, una idea, Juan, que me atormenta y no me deja descansar...

—Dímela... Será una idea de las que trae la fiebre... y las ideas de la fiebre son locas... No hagas caso.

—Arrímate más a mí, Juan... Más. Que no oiga nadie lo que tengo que decirte.

—Nadie lo oirá, Leoncio... Los más próximos están muertos, y los más lejanos duermen.

—Pues lo que me atormenta... A ti, a ti solo te lo digo... lo que me atormenta es que hoy... poco antes de que Prim cogiera la bandera, cuando los moros venían hacia acá y nos arrollaban... vi a mi hermano Gonzalo... No se me despintó... Era él...

—Tu hermano moro... El que se hizo moro... ya sé.

—Le vi primero vivo entre los que mandaban... A caballo venía muy arrogante, con un albornoz de tela vaporosa... Debajo llevaba un traje de seda verde... Turbante blanco... Era él, te digo... No sé el tiempo que pasó hasta que volví a verle. Fue antes de caer yo herido, en el momento más terrible de la carga de los de *Córdoba*... Le vi muerto, la cabeza partida por un tremendo sablazo; el caballo muerto también y todavía pataleando... Mi hermano tenía los ojos vidriados, fijos; la boca muy abierta y rasgada, mostrando todos los dientes, blancos... una boca de risa que daba mucho miedo... El albornoz se había desgarrado, y era todo hilachas manchadas de sangre y barro. Se veía el pecho ensangrentado... Ensangrentado el magnífico traje verde...

—¿No sería azul, Leoncio?... Recuerda bien. En esos momentos de emoción trágica, es cosa muy fácil confundir los colores.

—No, Juan; era verde...

—Pues yo sostengo que era azul, Leoncio —dijo Santiuste con pleno convencimiento de lo que decía, poniendo toda su atención en aquel asunto.

No puede omitir el historiador que después de media noche, sintiéndose el buen poeta de la Paz muy desconsolado del estómago, y además falto de calor en todo su cuerpo, probó el precioso licor de Ignacia. Tan bien le supo la media copita, y tan eficaz reparo notó en sus entrañas después de beber, que repitió la medicación dos o tres veces en el curso de la madrugada, disputándola por droga de maravillosos resultados. «Pues te digo que azul y no verde, y en ello insisto —prosiguió Santiuste bajando más la voz—, porque yo también he visto a tu hermano... Le vi, como tú, vivo y muerto, y toda la descripción que me has hecho de su figura y arreo concuerda con lo que yo vi, menos lo del traje verde.»

—Pues sería, como dices, azul; que nada de particular tiene que, trastornadas mi vista y mi cabeza, trabucase yo los colores... Pero dime, Juan: ¿cómo conociste a Gonzalo si no le has visto nunca?

—¡Ah!... yo me entiendo... Respóndeme: ¿se parecen tu hermano Gonzalo y tu hermana Lucila?

—Todo lo que pueden parecerse un hombre con barbas y una mujer sin ellas. Cuando Gonzalo era mozo, parecía mi hermana vestida de hombre.

—Los ojos son los mismos, ¿verdad?

—Tan iguales, que creíamos que se los prestaban el uno al otro para mirar...

—Y la carita hermosa de tu sobrinillo Vicente ¿no es igual a la de su tío Gonzalo?

—Tan es la misma, que, según mi padre, Vicentillo es Gonzalo que ha vuelto a nacer.

—Pues figúrate ahora si me habrá sido fácil conocerle, y si habré tenido un sentimiento grandísimo al verle cadáver... No olvidaré nunca aquel rostro noble, los ojos vidriados, la carcajada esculpida... Ha muerto por su nueva patria...

Después de una pausa en que cada cual sondeaba sus propios sentimientos, Leoncio suspiró y dijo a su amigo: «¿Crees tú, Juan, que mi hermano estará en el paraíso de Mahoma, gozando de Alá?»

—No sé, no sé —respondió Juan, poniendo una cara enteramente estúpida—; pero yo te aseguro que si no en ese paraíso, en algún otro paraíso tiene que estar.

Pasado más tiempo que el de la anterior pausa, el herido cambió de un salto la conversación diciendo: «Veo la botella caída. Es que se nos ha concluido el *Sanalotodo*... En cuanto aclare bien el día, te vas a buscar a Ignacia. Ten cuidado, Juan, y no compres a ese otro cantinero que llaman *Borrascas*... Todo lo que ese vende es veneno... Créeme a mí: como mujer de conciencia y que sepa mirar por el Ejército español, no hay otra Ignacia.»

El día se presentaba espléndido. Brillaba el Sol alegrando los ánimos. Fácilmente se olvidaban los horrores del trágico día de los Castillejos, para no pensar más que en la indudable gloria de la jornada. Ocho mil hombres escasos habían luchado contra más de treinta mil. Aprovechando el buen tiempo, seguiría el Ejército su marcha hacia Tetuán... Ya sabían los moros cuán caro les costaba entorpecer el camino... Aunque la herida de Leoncio no era grave ni exigía la intervención quirúrgica, se pensó en mandarle a Ceuta en el primer convoy de heridos que saliese, lo que supo muy mal al armero, pues abandonar al Ejército era su mayor pena. Santiuste trató de ver a Pedro Antonio el día 2; pero al dirigirse al campamento de la *Concepción*, encontró este levantado. El Tercer Cuerpo marchaba de vanguardia por el camino de Tetuán. Alarcón había partido para Ceuta. De otra novedad importante tuvo noticia Juan aquella tarde, y era que el general Zabala, jefe del Segundo Cuerpo, estaba enfermo. Al regresar a su tienda en la noche del memorable día de los Castillejos, su cansancio era tan grande, que se arrojó en la cama de campaña sin quitarse la ropa mojada del rocío. A la siguiente mañana despertó con todo el lado derecho paralizado. Consecuencia de este percance fue que el Segundo Cuerpo quedó a las órdenes de Prim. Todo esto lo supo Juan por su amigo don Toribio, que acabó diciéndole: «Bueno es el general que ahora nos manda; pero yo me siento huérfano, porque en todo el Ejército y fuera de él no hay para mí otro don Juan Zabala...»

Al regresar a los Castillejos encontró Santiuste a su amigo Ferrer, teniente del *Príncipe*, en un corro de oficiales que rodeaba a la sin par Ignacia. Esta, sin cesar en su ordinario despacho de bebidas, vendía castañas recién llegadas de Ceuta, y cigarros puros de los llamados *de dos manos*, porque las dos eran necesarias para fumarlos: una para tener el cigarro, y otra para el fósforo. Abrazó Juan a su amigo con verdadera efusión, pues le creía muerto en los terribles combates del día 1.º «Yo también me tuve por muerto —respondió el galleguito—, y no se me quitó de la cabeza la idea de estar en el otro mundo hasta que vi que vivaqueábamos en las posiciones... y hasta que vi venir *el pote*... Calentito... ¡Batallas... potes... la muerte, la vida!... Esta que llevamos no es para llegar a viejos.» Don Toribio se entristeció después con el relato de los innumerables responsos que había echado sobre tantos y tantos muertos. La tierra estaba henchida, harta: se indigestaba de cadáveres cristianos y moros. El Infierno y el Cielo recogerían las almas... «Eso... Allá Dios... No sabemos, querido Juan, no sabemos... Me preguntas por el *Dios de las batallas*. Ya te he dicho que no sé dónde está ese señor... No le conozco. ¿Y ese *Allah*, qué pito toca? Para mí, ninguno. Yo mando a todos mis muertos a donde me ordena mi ritual... Cada cual lleva su pase; van bien encomendados a la Misericordia del que hizo los Cielos y la Tierra. Para mí que la encuentran...»

VIII

Ya el Tercer Cuerpo acampaba en el cerro de *La condesa*, como a una legua del valle de los Castillejos; ya se había recorrido más de la mitad del camino de Ceuta al valle de Tetuán; los africanos, no repuestos aún del susto que les dieron Prim, Zabala y O'Donnell el 1.º de enero, atacaban tímidamente y en corto número, asomándose por los montes y volviéndose a meter en ellos. Guardaban sin duda sus ardides astutos para *Monte Negrón*, fortaleza natural de pura roca, con picachos y cavernas de inestimable valor en las emboscadas y sorpresas. ¡Adelante, adelante! España, que tan formidables obstáculos había vencido, no se detendría ya por un monte más o un monte menos interpuesto en su camino... El avance del Ejército traería la forzosa incomunicación terrestre con Ceuta. Una escuadrilla mercante y algunas goletas de guerra llevarían las provisiones a puntos abordables de la costa.

Confiaba Leoncio en que su pierna se portaría como una pierna decente, no poniéndole en el duro trance de ser retirado de la campaña. Santiuste, que desde el 3 empezó a sufrir calenturas, se avino a ser transportado con su amigo en la impedimenta. En las horas que la fiebre le acometía, su espíritu se aplanaba en una indiferencia perezosa y lúgubre, y lo mismo le importaba separarse del Ejército que permanecer en él. Considerábase como un fardo inútil, y ni aun se sentía con alientos para escribir a sus amigos y cumplir el único deber que al África le llevara. Perezoso era de la acción muscular, no de la mental, ni tampoco de la palabra, pues llevado con su amigo en lomo de mulas por ásperos caminos, discurría con extraordinaria fecundidad, y no daba paz a la lengua para sacar al exterior sus alambicados pensamientos. Apóstol convencido de la Paz, todo lo de la guerra le tenía ya sin cuidado... Oían por el camino tiros lejanos. ¿Qué pasaba? Que el general Ros rechazaba gallardamente al Moro en las alturas de *La condesa*; que el general García, jefe de Estado mayor, hacía un reconocimiento en el imponente paso de Monte Negrón... Nada de esto le interesaba, y por decirlo con honrada ingenuidad, tenía con su amigo Leoncio fuertes peloteras.

El radical cambiazo en los sentimientos y en las ideas de Santiuste, llevándole del nacionalismo épico a las amplias miras humanas, no secó en él la vena rica de la elocuencia. Y aunque esta y los tópicos de patriotismo parecían de igual naturaleza y tan trabados entre sí que no podían separarse, ello es que las ideas cambiaron sin que la expresión de las nuevas fuera menos hermosa. Elocuente era Santiuste aun después de arrancar de su cerebro lo que él llamó después talco y lentejuelas históricas; elocuente al desechar ese tono colérico que informa las manifestaciones del patriotismo agudo, y al adoptar los tonos tranquilos del que excluye en absoluto de su doctrina la muerte airada de nuestros semejantes.

Tanto como en él aumentaba la pereza de escribir, acrecía la facultad oratoria. Escribiendo no esperaba convencer a nadie; hablando, a todo el mundo convencería. ¡Ah, si él pudiera explicar verbalmente a Lucila su metamorfosis, mostrarle su corazón inflamado en el amor de la paz, desplegar ante ella los mismos razonamientos que él se había hecho para llegar a su presente estado mental, cuán fácilmente la persuadiría! Porque Lucila y él, sin haberse declarado su conformidad y semejanza, eran dos almas parejas y armónicas, con un solo sentimiento para las dos. Pensando en esto, el pobre poeta se lamentaba de su incapacidad para convencer a su amiga por escrito... Además, para escribirle de estas cosas necesitaba una confianza que aún no tenía; ponerse en concierto de amor, declarando él el suyo, y esto no debía intentarlo mientras no estuviese más avanzada la viudez de la dama. Aún no era tiempo de romper la delicada etiqueta con que se trataban. Por el momento bastaba con graciosas insinuaciones que la llevaran gradualmente a conocer la verdad. Esto lo hacía en todas sus cartas, meditando mucho lo que decía para que el agudo Vicentito, picado de curiosidad, no hiciese a su madre preguntas que habían de turbarla. Una sola vez había Lucila contestado a las cartas del trovador, y se mostraba muy afectuosa, interesada vivamente en la salud del fiel amigo. Y entre otras expresiones de ternura disimulada, le decía: «Por Dios, Juan: no se ponga en ningún sitio donde corra peligro, que su vida es más preciosa de lo que usted cree. Usted no es militar, sino cantor de las glorias militares; y si en la guerra no puede ver estas para cantarlas, cántelas por lo que le cuenten; y en último caso, mande las glorias a paseo, que antes que ellas es usted y el deber en que está de volver acá sano y salvo.»

Esto le decía la hija de Ansúrez, ¡y con cien mil de a caballo (como decía Alarcón), que era bastante expresivo! ¿Cómo dudar que en esta frase se dejaba caer del lado de la paz, y que ponía las glorias en el secundario lugar que les corresponde, siempre más bajas que la vida humana? Cuando Santiuste se veía solo y abrumado de tristeza, no tenía más consuelo que pensar en aquel ídolo distante, y anticipar con la imaginación los hermosos conceptos con que, después de conquistarla para su amor, la conquistara para sus ideas.

«¿No escribes, Juan? —le dijo Leoncio una tarde, cuando llegaron al descanso de la tienda tras un molesto viaje—. Te recuerdo tus obligaciones, porque veo que te descuidas en ellas. La goleta *Rosalía*, que pronto llegará con víveres, llevará tus cartas y la mía, porque yo escribiré también. Cuidado, Juan: si en tu carta me nombras, di lo mismo que yo: que estoy bueno, y que no he tenido ni un rasguño. ¡Buen susto se llevaría mi pobre *Mita* si dijeses otra cosa!»

En esto franquearon las tropas, sin ningún tropiezo, el desfiladero entre Monte Negrón y el mar, tránsito arriesgadísimo que facilitó el general García con la batida impetuosa que dio a los moros aquella mañana. Ya llegábamos al valle de Asmir o del Río *Capitanes*, planicie baja, fangosa, encharcada en parte, en parte poblada de juncos, lugar de desolación, donde la hispana Providencia se despidió de nuestras tropas diciéndoles: «Caballeros, ahí os quedad ahora, y yo me voy, que todo no ha de ser bienandanzas y chiripones... Y para que hagáis prueba de vuestro tesón y cristiana paciencia, voy a desencadenar hoy mismo, con permiso de Dios, uno de los más terribles Levantes que aquí tenemos para uso de los providenciales designios, y el viento y la mar no permitirán que os llegue el auxilio de víveres que de España se espera. Resignaos, y llevad como podáis el ocio de vuestras armas y de vuestros dientes en esa inhospitalaria marisma.»

Violencia horrible trajo el temporal desde su primer soplo. Trataban los soldados de armar las tiendas, y una mano airada, invisible, arrebataba las lonas y palitroques de que aquellas frágiles casas se componen. Ninguna fuerza humana podía contrastar el empuje del viento, que para causar mayor estrago se traía torrentes de agua, torrentes de granizo, con fragor espantable que sobrecogía los más firmes corazones... Y los hombres desdichados que sufrían estas iras de la Naturaleza, igualándose todos en el padecer, pues las jerarquías se borraban ante tamaña desventura, perdían la última esperanza viendo el mar tan inclemente como el cielo. Desde su mojado campamento miraban las olas furiosas; veían estrellarse contra las peñas, a media legua por el lado Norte, la goleta de hélice *Rosalía*, cargada de víveres para el Ejército... Lo más que pudo hacerse fue salvar la tripulación y papeles. Todo lo demás se lo tragó el mar a la vista de los hambrientos y ateridos soldados españoles.

Y como el aspecto del mar era cada hora y cada día más imponente, ¿de dónde había de venir el socorro, si España no podía mandarlo? Las raciones se acortaban; pronto se acabarían en absoluto. Hombres y caballos se veían amenazados de inanición, de muerte... La sangre se empobrecía, la pólvora se mojaba, los corazones eran un puro estropajo, los rayos de la guerra se convertían en pajuelas húmedas, y las almas guerreras en espectros que se asustaban unos a otros... La desolación tomó al segundo día de huracán caracteres siniestros. Los individuos más decidores apenas hablaban; cada cual consideraba en sí mismo el pavoroso infortunio, sin pedir impresiones a los demás por miedo a recibirlas peores que las propias... Los sanos parecían enfermos, y los enfermos y heridos, cadáveres que por milagro hablaban y se movían.

Arrojados de su tienda, que el viento desgarró, Leoncio y Juan se refugiaron en otras mal sostenidas con refuerzos de madera y cuerdas; las destinadas a hospitales no podían ya con más inquilinos; mezclados estuvieron los heridos con los coléricos, hasta que se ordenó separarlos, sin que la separación, por entorpecimientos materiales, pudiera ser un hecho. Prefería Santiuste salirse al campo envuelto en su manta, y aguantar allí el azote de la lluvia y el viento, a permanecer en un estrecho local donde solo se oían quejidos de enfermos y moribundos, y el continuo lamentar y maldecir de los que no recibían lo preciso para satisfacer su hambre. Las raciones de galleta húmeda amenguaban de la mañana a la tarde, y los cocineros anunciaban la terminación de toda comida caliente por las dificultades de encender lumbre y de encontrar combustible en aquellos pantanos. Algunos soldados que querían vivir a todo trance, bajaban a la playa en busca de mariscos, y escurriéndose entre las peñas, encontraban lapas, erizos y caracoles con que engañar su rabioso apetito.

Hecho un ovillo, arrimado al socaire de una de las tiendas que parecían más sólidas, Santiuste conllevaba cristianamente su honda tristeza, su inanición y su calentura. La quietud en que se mantenía, ayudábale al adormecimiento que le hacía olvidar la realidad o apartarse de ella. Entregábase con deleite a la modorra febril, deseando que no tuviera fin y que le llevase al descanso eterno. Los efectos combinados de la calentura y el pensar producían en él un estado parecido al nirvana, o el éxtasis que transporta al cielo las almas semíticas sacándolas temporalmente de sus cuerpos extenuados.

Flotaba el desdichado poeta y orador en regiones aéreas, donde veía las cosas humanas en distinta forma y sentido del que abajo tienen. La gallardísima temeridad del general Prim, el día de los Castillejos, que más de una vez se había reproducido en el cerebro de Juan, inflamado por la fiebre, reapareció aquella tarde con mayor fijeza y colorido más real. El soñador se reconocía moro, sin recuerdo ninguno de haber sido español, y entre los moros combatía... Ya tenían los muslimes acorralados a los castellanos; ya les llevaban por delante, haciéndoles retroceder más allá de sus primeras posiciones, cuando de improviso vieron que se les iba encima, como descolgándose de los aires, la figura de Prim a caballo, blandiendo en una mano la espada fulgurante, en otra la bandera de Castilla... Y no era la figura del tamaño común de los hombres y de los corceles, sino veinte veces mayor: cada casco del caballo, al caer sobre los moros, aplastaba un gran número de ellos. El mismo efecto de magnitud olímpica hacía Prim entre los españoles, que, viéndose conducidos por caudillo sobrenatural, se creyeron de la misma talla, y de vencidos se convirtieron al instante en vencedores... En este punto, el soñador no era moro ni cristiano, sino un vulgar espíritu crítico, que diputó el engrandecimiento de la figura del conde de Reus como un efecto subjetivo en la retina y en el alma de los combatientes embriagados por la lucha, y esta idea le llevó prontamente a *ver claro* que la aparición del Apóstol Santiago en Clavijo fue un caso semejante. Sin duda, en el Ejército del Rey de León hubo un Prim, que en un momento propicio a las alucinaciones, produjo en todos, moros y cristianos, la ilusión perfecta de lo sobrenatural, terror para unos, enardecimiento para los otros... El furor del combate ciega y enloquece a los hombres... Los hombres que creen firmemente en los milagros, los hacen...

Una mano vigorosa, sacudiendo a Santiuste, cuyo flácido rostro en el lío de la manta casi desaparecía, le hizo al fin despertar... Al abrir los ojos vio un rostro desconocido, y oyó una voz que le decía: «Juan, ¿qué es eso? ¿Estás muerto, o quieres estarlo?»

La cara del que así hablaba no fue tan desconocida para Juan al poco rato de fijarse en ella: habíala visto alguna vez; pero no acertaba, no daba con el nombre correspondiente al rostro que veía... Como el otro siguiera tratándole en tono familiar y cariñoso, el poeta frustrado le dijo: «Tenga la bondad, caballero... la bondad de decirme quién es usted... porque yo... Maldito si lo sé.»

—Soy Rinaldi, Aníbal Rinaldi... intérprete del general en jefe.

—¡Ah!, ya voy recordando... Hablas muchas lenguas... ¿Y qué se ofrece con tantas lenguas?

—Se ofrece que te he buscado toda la mañana... Ese chico armero, Leoncio, me dijo que te había perdido de vista. Yo te busco para favorecerte, para darte algún socorro... El general Ros de Olano ha dispuesto repartir entre los enfermos más necesitados los pocos víveres selectos y algunos vinos superiores que le quedan de su repuesto particular. Lo mismo ha hecho el general en jefe... O'Donnell y Ros de Olano, como buenos padres del Ejército, quieren que en esta calamidad tan espantosa no haya distinción entre pobres y ricos, que todos sean iguales, y que los más desvalidos sean los primeros en disfrutar lo poco que Dios y el temporal nos han dejado. Ven... No tienes que andar mucho... levántate... Apóyate en mí...

IX

Si consideramos al Ejército español empantanado en las marismas del río Capitanes como un gran cuerpo de hombre, y en todas las partes de este cuerpo, entrañas, miembros, sangre y piel, suponemos el cruel padecimiento resultante de la horrible situación moral y física, debemos afirmar que el dolor más intenso y vivo estaba en el cerebro; y el cerebro era O'Donnell. Hombre bien templado para el infortunio, lo soportaba con estoica entereza. Pudo decir a su Ejército, imitando a Felipe II: «Os he traído a luchar con los hombres, no con las tempestades.» Pero más justo y más filósofo que aquel Rey, pensaba que si era suya toda la gloria de haber iniciado aquella guerra, no debía culpar del desastre a la casualidad, sino a sí mismo. ¿Cómo no vio que la marcha de Ceuta al valle de Tetuán por la costa representaba un enorme desgaste de fuerza y de tiempo? ¿No previó que a la mitad de este arduo camino tenía que adoptar una de estas resoluciones igualmente desastrosas: o dejar a la espalda la mitad de su Ejército para sostener la comunicación con Ceuta, o aprovisionarse por mar, corriendo el riesgo de que las tormentas le interceptaran el pan y las municiones? ¡Y el enemigo siempre en posiciones altas, desde las cuales, con fuerza inferior a la de los españoles, podía precipitarles al mar!

En verdad que si O'Donnell tuviera pecados, bien purgada quedaría su alma con aquel intenso martirio, suficiente a franquearle de par en par las puertas de la gloria eterna. Pero en los pecados del general no podía buscarse la razón suprema de lo que parecía horrendo castigo, porque era hombre puro, de una sencillez y rectitud admirables en su vida moral; y en cuanto a la vida política, los actos de los gobernantes no constituían estados éticos bien definidos. En todo esto y en la pavorosa situación de su Ejército, incomunicado por el mar furioso y por la tierra, plagada de enemigos, pensaba el general. Si alguna luz de consuelo podía brillar en su angustiada mente, era la que una y otra vez expresaba con esta idea: «La única ventaja mía en el presente desastre es que jamás general alguno, en guerras antiguas o modernas, mandó soldados tan resistentes, tan sufridos, tan dispuestos al sacrificio como estos que yo he sacado de España...» Pero inmediatamente después de reflexión tan consoladora, venía la contraria, la negra, la que tomaba su fatídica fuerza de la claridad de la anterior: «Si este temporal dura días, y no hay medio de traer víveres, y los moros nos atacan, toda esta noble juventud, esta flor de España, perecerá...»

Contra tal idea se rebelaba su fe cristiana, su fe española, virtud grande de una raza aventurera que confía en salir de todos los atascaderos que pone en su camino la fatalidad, y al fin sale; no se sabe cómo, pero sale. Hay una Providencia especial para los locos... Como hombre sereno, de los que no cuentan con la colaboración del Acaso, O'Donnell no podía confiar extremadamente en la Providencia de los locos. Algo pensó en ella, pero sin darle agasajo en su pensamiento, y este lo consagró por entero a buscar y resolver los medios de salir de aquel pantano mortal. ¡Adelante o atrás...! Dos muertes probables pesaban menos que una muerte segura.

En su tienda permanecía el caudillo dando órdenes, recibiendo partes de los jefes de Cuerpo, partes de Sanidad, partes de Provisiones. Algunos ratos, quedándose solo, porque sus ayudantes habían ido a convocar para el Consejo de generales que debía celebrarse aquel día, se paseaba con las manos a la espalda en el sentido más largo de la tienda, el cual solo permitía tres o cuatro medidas de compás de sus largas piernas. Sin mover los labios, creyérase que hablaba con el suelo; volviendo en torno las miradas, dijérase que quería interpretar como lenguaje las sacudidas convulsas de la lona, y la trepidación de los mástiles que sostenían la tienda. Cansado de andar, a la puerta salía... interrogaba al viento, que respondía con silbos aterradores; a la mar, que no paraba en su mugir hondo...

El primero que llegó al Consejo convocado por O'Donnell fue Turón, el general más soldado que en aquel Ejército había, y se dice que era el más soldado, porque siempre se resistió a politiquear, y consagraba todo su ser a la devoción de la milicia y al culto de la ordenanza. De carácter adusto y seco, y de pocas palabras, solía tener en algunas ocasiones chispazos de gracejo. «¡Dichoso tiempo, Turón —le dijo O'Donnell—, y dichoso valle de *Capitanes*!» Y él replicó: «Llamémosle el valle de Josafat.» Inapreciable general de división, era la misma exactitud en el cumplimiento de las órdenes que se le daban; brazo inflexible, con cuya ciega obediencia podía contar siempre el pensamiento que dirigía los actos de la campaña... Tras él llegó el general García, jefe de Estado mayor, en quien descollaba el arte de organización y el conocimiento estratégico, carácter duro y esencialmente militar como el de Turón. Su colaboración técnica fue para O'Donnell de gran provecho en la tan heroica como desatinada marcha de Ceuta al Río Martín, cortando divisorias y marismas. Como conductor de tropas a la lucha, García ilustró su nombre con uno de los actos más eficaces para el éxito de aquella escabrosa marcha, protegiendo con el Segundo Cuerpo, en los riscos de Monte Negrón, el paso del resto del Ejército por los desfiladeros de la costa... Acompañados de los generales de división Orozco, Gasset, don Enrique O'Donnell, Quesada y Rubín, llegaron Ros de Olano y Prim, ambos con el cuello del capote subido hasta las orejas, la risueña cara del primero enrojecida por el fresco húmedo; la del segundo sombría en su color pálido verdoso.

Ya están en Consejo... La tarde, hosca y ceñuda como la cara de Prim, redobló la furia de los elementos. Estos dirían: «¡Consejitos a mí!...» Mientras deliberan los señores, conviene advertir que la Providencia de los cristianos no dejó a estos en completo abandono como las apariencias indicaban. Aquella Providencia, o la que llaman *de los locos* (no sé cuál sería), hizo tan solo un medio mutis, quedándose al paño entre los montes, fija la atención en los desgraciados hijos de España. Si es cierto que no les protegió de un modo ostensible sosegando las olas, hízoles el precioso favor de oscurecer el entendimiento de la morisma, para que a esta no se le ocurriera desembarazarse de cristianos, cosa facilísima en la precaria situación de estos. La Providencia musulmana debía de estar durmiendo en aquellos tres días, pues no se explica de otro modo que los moros dejaran pasar tan hermosa coyuntura para caer sobre los españoles y aniquilarlos, sin que quedara uno para traer la noticia. Que Mahoma se volvió tonto, quizás por bebedizos que le dieron las Providencias de acá, no podemos dudarlo. La cabeza de Muley el Abbás, o de los que dirigían entonces el cotarro moruno, no dio de sí en aquellos días más resolución que soltar algunas gavillas de berberiscos a robar las mulas y caballos que pastaban en las marismas (y a pacer se les echó, ¡animalitos!, por economía de la cebada), mientras otros hostilizaban las avanzadas del Segundo Cuerpo. Pero el general Prim los espantó con los cazadores de *Alba de Tormes* y *Chiclana* y algunas fuerzas de *Castilla* y *Toledo*. Salieron estos infelices pisando fango, empapados los ponchos, a pelear por aquellos cerros, y gracias que la humedad no había inutilizado los cartuchos. Como insistieran los moros, unas cuantas granadas certeras les persuadieron a tomar el portante, dejando en poder de nuestros soldados las caballerías que ya tenían por suyas... ¿Quién pudo dudar que Mahoma se había dormido en las deliciosas ociosidades de su Cielo...?

En una tienda-cocina del Cuartel general, hallábanse, ya entrada la noche, el comandante Castillejo y Leoncio heridos leves, dos Oficiales y Juan Santiuste enfermos de calentura, y Aníbal Rinaldi, el único sano de la reunión; el único no, que también allí estaba en perfecta salud don Toribio Godino. Sanos y enfermos habían puesto un reparo a su extenuación con los bocadillos y tragos de lo añejo que generosos les repartieran O'Donnell y Ros de Olano. Ya era público en el campamento que el Consejo de generales había determinado que, al amanecer el día siguiente, salieran para Ceuta en busca de víveres todas las acémilas, escoltadas por algunos batallones al mando de Prim.

Con excepción de Santiuste, que liado en su manta se dejaba caer nueva-mente en el nirvana, todos comentaron el suceso, viendo algunos los peligros antes que las ventajas, y confiados otros en que el conde de Reus triunfaría de los astutos marroquíes y de los elementos desencadenados. Castillejo, que era el más pesimista, veía dificultosa la ida, y mucho más la vuelta, pues no era de creer que los moros perdiesen el sentido, y con el sentido, las ocasiones de hacernos daño. Rinaldi, que a sus pocos años debía la feli-cidad del optimismo, confiaba en el éxito de la operación; según él, con poco que protegieran la marcha del convoy Echagüe por el Norte y O'Donnell por el Sur, las acémilas llegarían felizmente. En lo que todos estaban conformes era en que el temporal no tenía trazas de ceder, y su duración sería de nueve días, cómputo de los prácticos: faltaban todavía siete... El único que discrepaba de este vaticinio fue don Toribio, y no tardó en manifestarlo: sus articulaciones, así como sus callos, le anunciaban cambio de tiempo. El buen señor se sentía barómetro, y no necesitaba para las predicciones meteorológicas más instrumento que su propio cuerpo... Este le decía que los fuelles del Levante desmayarían pronto, y que ya había corrido Eolo las órdenes para que viniesen los fuelles del Norte a orear la tierra y aplacar las aguas.

No todos se burlaron del empirismo del capellán: algunos de los presentes sentían en su naturaleza la indicación higrométrica y barométrica, y otros se atenían a la tesis popular y marinera de los nueve días, como duración de los fuertes Levantes. En esta y otras discusiones entreveradas de somnolencias, pasaron parte de la noche, y a la madrugada sintieron el barullo de la salida de Prim con sus batallones y la recua de mulas. Quiso Dios que acertase don Toribio en sus predicciones, porque al rayar el día calmó notoriamente el viento, y hallándose Prim con su convoy como a una legua del campamento de *Capitanes*, los soldados que iban de vanguardia dieron la voz de *¡barco, barco!*, y en efecto, a poco de este aviso vieron todos claramente el humo de un vapor que doblaba la punta del Hacho. Desde el Cuartel general se vio también la embarcación que desafiaba el oleaje, todavía imponente, y creyéndose ya seguro el socorro, un ayudante de O'Donnell salió escapado a decir a Prim que retrocediera.

El barco que allá lejos navegaba con tremendas cabezadas y balances, era el *Duero*, vapor destinado al transporte de víveres: tras él vendrían otros. El viento seguía calmado; pero la mar, aún alborotada y ceñuda, no quería deponer su braveza, y la aproximación de buques a la costa parecía poco menos que imposible. Con todo, el aspecto del cielo, que rápidamente se despejaba de nubes; los rayos del Sol, que se desenfundaban de celajes, traían a todos los corazones alegría y esperanza. De hora en hora mejoraba el tiempo; la vista lejana del barco, que valiente acometía las olas como el hermano fuerte que acude al socorro del hermano moribundo, a todos daba la impresión de la Providencia, sin que nadie se metiera a discernir si era la cristiana o la de los locos.

A medida que avanzaba el día, la esperanza se iba metiendo más en los corazones de aquella gente infeliz... Ya no veían un barco solo, sino muchos. El júbilo del Ejército elevaba su número al infinito. Todos ellos cabeceaban gallardamente sobre las olas. Inmensa muchedumbre de soldados y oficiales los contemplaba con risueña expectación, midiendo los espacios que las atrevidas naves recorrían en cada instante, y acortando las distancias más con el deseo que con la vista... Por fin, viéndolos frente a *Capitanes*, desde tierra los aclamaban, agitando pañuelos, toallas y hasta sábanas para significar el gozo de la visita. Llegaron los buques a tan poca distancia de la costa, que desde esta se leían fácilmente los letreros que en sus costados habían puesto para anunciar lo que traían: *Arroz*, *harina*, *cebada*, *heno*, *patatas*, *tocino*, *tabaco*...

¡Comer, vivir! Buena es la gloria; pero no queráis encender esta divina luz en una lámpara sin aceite... Y O'Donnell, ¿qué decía, qué pensaba? Descollando por su lucida estatura en el grupo de Oficiales generales que contemplaban los vapores despenseros, no dejaba traslucir en su rostro alegría, vibrante, como tampoco en las horas de incertidumbre dejó entrever la desesperación. Si algo expresaba su sonrisa sutil era el convencimiento de que el socorro no le causaba sorpresa. Lo esperaba, lo tenía por seguro. Un caudillo de tropas regulares no podía recibir sus elementos de guerra de manos de la casualidad... Y volviendo la corva espalda al mar y los azules ojos a la tierra, dijo a Turón, que a su lado iba: «No hay que descuidarse... Ya tenemos víveres... Pero el enemigo querrá que los partamos con él.»

X

Sucedió lo previsto por el general en jefe: vieron los moros desde sus altas atalayas los barcos, y enseguida les dio en las narices olor de galletas; olor y vista que les pusieron en ganas de meter la mano en el plato de los españoles. Aún no había empezado el desembarco de comestibles, que se hacía con enredosa dificultad en barricas flotantes, cuando las primeras partidas berberiscas obligaron a nuestros soldados, hambrientos y ateridos, a entrar en faena. Un batallón de *Saboya* y otro de *Córdoba* salieron con Prim a decir a los africanos que no podíamos darles parte en el festín, y algunas horas de la tarde empleamos en persuadirles a que fueran a buscar en otra parte el bendito alcuzcuz. Esto no se logró sin algunas bajas, y los hospitales acabaron de llenarse de heridos y enfermos. Daba pena, y al propio tiempo causaba grande admiración ver a los pobres soldados, hundidos los pies en el fango, batiéndose con tanto tesón como cuando sus estómagos llenos se aplomaban sobre terreno firme. El extenuado poeta Santiuste, que con lágrimas en los ojos les vio de lejos en tan heroico compromiso, se decía para su manta: «Odio la guerra, y admiro a los que sin esperar ningún beneficio de ella, inocentes piezas del ajedrez militar y político, se lanzan a empeños heroicos por un fin que solo a los jugadores interesa. Cada día veo con más dolor de mi alma estos horrores inhumanos; pero también digo, despojándome hasta del último plumacho de la fanfarronería que fue mi encanto antes de venir aquí; también digo que no hay en el mundo soldados que hagan esto... batirse mojados y muertos de hambre por un ideal colectivo, la gloria, de que solo les corresponderá parte inapreciable. O son ellos la misma inocencia, o llevan dentro un poder anímico de extraordinaria intensidad. Si el poder anímico produce estos actos en la guerra, ¿qué actos produciría en la paz? Falta saberlo; falta verlo. Pero no lo veremos, porque no hay caudillos que arrastren a los soldados a las hazañas pacíficas... No sé en qué consiste que el patriotismo es casi siempre un sentimiento guerrero; no concebimos la patria sino incrustada en la idea de conquista; no pronunciamos su nombre sin que en el aire repercuta con son de trompetas y tambores.»

El día 10 llegó de Ceuta Perico Alarcón en el vapor *Barcelona*. Siglos se le habían hecho los días de ausencia, y de buena gana habría cambiado el descanso de allá por compartir con su querido Ejército las fatigas y angustias del valle de *Capitanes*. Trajo noticias del general Zabala, que iba mejorando, pero aún tenía la pierna derecha sin gobierno. De los demás enfermos y heridos que allá quedaron en los hospitales dio también referencia, y de la mortandad que causaba el cólera. Uno de sus primeros cuidados fue buscar a Santiuste; se aterró de verle tan agobiado de la fiebre, y vio con alarma los estragos que había hecho en su cerebro la debilidad. Las ideas del poeta de la Paz se habían sutilizado desdichadamente, llegando a ser, según Alarcón, una bandada de pájaros que se alimentaban de moscas en los espacios del delirio. Le oía con calma divagar en sus tesis utópicas, y trataba de traerle a la razón y al buen sentido.

De las conversaciones que ambos tuvieron, sacó al fin en limpio Pedro Antonio que Juan no debía continuar en el Ejército. Su endeble naturaleza se quebraba en los trajines de la guerra, como la caña que quisiera hacer veces de espada; las frecuentes conmociones que el terror trágico producía en su cerebro, acabarían por darle a todos los demonios. Convenía, pues, que a España se volviese, para reparar su salud y poner en remojo sus ideas recalentadas... Oídas las razones de su amigo, convino Santiuste en que debía retirarse, aunque le desconcertaba volver a España desilusionado y en tristísimo desacuerdo con las ideas dominantes en toda la Península... Con gran sentido dijo el de Guadix que desde el punto en que se encontraban no convenía volver a Ceuta, sino esperar a que el Ejército llegase al valle de Tetuán, de donde le separaban no más que algunas leguas y otras tantas victorias. A Río Martín había de llegar pronto una nueva División, al mando del general Ríos, y con ella un tren de batir y material de guerra y boca, lo que significaba sinnúmero de barcos yendo y viniendo entre la costa africana, Málaga y Algeciras. En uno de estos barcos, en el mejor de ellos, sería devuelto Santiuste a la madre patria.

No sabía el melancólico paladín de la Paz si alegrarse o entristecerse de su regreso a España... ¿Cómo iba él a vivir allí, sin la interna armazón épica que era su único sustento en tierra española? Sería como un cuerpo desmayado y vacío, cuerpo sin alma, o con un alma exótica no comprendida de sus coterráneos. Por otra parte, la idea de ver pronto a la sin par Lucila y al amado Vicentito, le regocijaba. Cierto que a la divina mujer y al niño divino les encontraría en plena embriaguez de patriotismo militar, en esa devoción ardorosa y sedienta que pedía más y más sangre de moros con que satisfacerse. Pero ya cuidaría él, con la virtud de su palabra, de desmoronar aquel ideal, sustituyéndole por otro esencialmente religioso y humano.

Como un alelado durmiente, o más bien como sonámbulo, vivió Santiuste en los días que mediaron entre la salida del atascadero de *Capitanes* y la gloriosa conquista de la altura de Cabo Negro, que dio a España la clave del valle de Tetuán. Se dejaba ir, se dejaba llevar en la retaguardia del Ejército, indiferente a las operaciones, oyendo tiros de fusilería y disparos de cañón, sin que se le ocurriera indagar los incidentes de la lucha. Aunque a la salida del pantanoso *Azmir* remitió la fiebre de Juan, había este tomado tal gusto a la envoltura y calorcillo de la manta, que no sabía ya desembozarse de ella, y su aspecto era el de un mendigo, moro por añadidura, pues habiendo renunciado a la dureza del ros, que le lastimaba la cabeza, se lió un pañuelo cuyas vueltas abultaban como las de un flaco turbante. La querencia de la comodidad, estimulada por la pereza, le llevó también a desechar el poncho, sustituyéndolo por un chaquetón pardo que le dio Leoncio, muy holgado y de abrigo... Su amistad única en aquellos días, del 10 al 14, fue don Toribio, pues a Leoncio apenas le veía, y de Clavería y de Pepe Ferrer solo tuvo noticias vagas. El venerable capellán, cuyo nombre abreviaba graciosamente Leoncio Ansúrez llamándole *don Toro Godo*, cuidaba de Santiuste, le procuraba los mejores alimentos, y hacía por levantarle los espíritus con su ingeniosa charla, entreverando burlas y veras al referir los incidentes de aquella parte de la campaña. El día 12 había hecho el gasto el Segundo Cuerpo, saliendo de guerrillas *Arapiles* y *Simancas*, o si se quiere, de capeo y banderillas... La artillería puso a los moros bastantes picas, y luego salió Prim con el segundo de *Cuenca, Llerena, Figueras* y el *Infante*, y los mató de una estocada superior arrancando... No se reía Juan con estas irreverentes aplicaciones de la tauromaquia al arte noble de la guerra...

El 14 rompe la marcha la División Orozco hacia las alturas de Cabo Negro; la sigue la segunda División, al mando de don Enrique O'Donnell. Atraviesan bosques y malezas, desfilan por entre rocas que imponen pavor... Hasta las diez de la mañana todo iba bien. Después de esta hora empezaron a llover moros, y no hubo más remedio que abrir los paraguas... Siguió *don Toro Godo* relatando en serio la acción del 14 para dominar la divisoria del valle de Tetuán... Pero la atención de Santiuste, solicitada por imágenes e ideas de un orden fantástico, no se fijaba en la palabra del castrense. Si en las batallas vistas puede el espectador encontrar variedad grande, y notar en cada una desarrollo y colorido propios, las referidas son casi siempre iguales, y así lo pensaba Juan. ¿Qué le importaba que estuvieran *Cuenca* y *Saboya* en el ala derecha o en la izquierda? ¿Qué más daba que las hazañas del centro fueran obra de *Córdoba* o del *Provincial de Málaga*? Los actos heroicos resultaban los mismos en todas las narraciones, y fatigaban al oyente, que ya conocía de antemano la furibunda carga de caballería, o la oportuna intervención de los cañones, vomitando muertes. Lo importante era que habíamos triunfado; que el campo quedó sembrado de cadáveres de enemigos, cosa muy bonita, que siempre relatan con hinchada satisfacción los narradores de batallas, diciendo a menudo con injuriosa y sacrílega frase que *mordieron el polvo*.

Con todo su cariño y amenidad no lograba *don Toro Godo* aliviar las melancolías de Santiuste, ni curarle del terror que e infundían los cadáveres, así de cristianos como de agarenos. Huía de todo espectáculo desagradable, y siendo estos lo común y corriente en un Ejército que se batía de continuo y luchaba con el mal tiempo y la epidemia, el pobre hombre apenas tenía momentos de tranquilidad. Más de una vez se le vio requiriendo el sueño durante el día, como quien no tiene otro anhelo que ausentarse de la realidad. Durmiendo en el rincón de cualquier tienda, mientras las tropas descansaban, o arrimado a la impedimenta cuando se batían, era un hombre que dejaba su cuerpo inerte en medio del trajín de la guerra, y se iba, todo alma y pensamiento, a las distantes regiones de la Paz.

Cuando más abstraído estaba en sus divagaciones, se le aparecía Lucila rodeada de luz, no en calidad y empaque de Belona, sino con los arreos más vulgares, que en ella resultaban divinos. Ya se le representaba como Dulcinea del Toboso ahechando trigo, ya dando de comer a los pollitos recién salidos del cascarón... La dama labriega imperaba en su casa de la Villa del Prado, y nada se advertía en ella que revelase aficiones militares ni gusto de matanzas guerreras. Como matanza, allí no había más que la del cerdo, y aun el sacrificio de animales sería menos cruel y brutal que en otras casas... Gozaba el trovador viendo a Lucila, aunque la dama no le hablara. Sin mirarle se le aparecía, ¡cosa más extraña!, y aunque él la llamaba ceceando con cierta angustia, *«Luci, Luci, que estoy aquí»*, la dama no hacía caso, y continuaba con más atención en sus menesteres domésticos que en el pobre desterrado de África... Despierto o a medio despertar, continuaba Juan cultivando el sueño, y le ponía en cuidado que habiéndosele aparecido tres veces la madre, no se viera en derredor suyo ni rastros de Vicentito Halconero... ¿Qué hacía el precioso niño mientras la madre daba de comer a los pollos?... En una de las transformaciones de su pensamiento o de su delirio, pues todo era lo mismo, *vio* y *pensó* que el chicuelo había muerto *abrazado a la bandera de la patria*, llevándose al otro mundo su pasión guerrera y las precocidades de su genio militar. Esta idea era intolerable suplicio para Santiuste, que al punto buscaba nuevas ideas, nuevas imágenes con que olvidar aquella tan desastrosa y terrible.

XI

Paseando con *don Toro Godo* una tarde por las lomas de Cabo Negro, en dirección a la cuenca anchurosa de Río Martín, se arrancó Santiuste con unas ideas tan peregrinas, que su venerable amigo le tuvo por hombre sin seso, o a punto de perderlo. «Ya sabe usted, *don Toro* —dijo el poeta—, que tengo por gravísimo mal el celibato eclesiástico. La Iglesia lo puede todo en el terreno dogmático; pero no alterará jamás las leyes de Naturaleza, ni la fundamental hechura de nuestras almas. Cegada la fuente del amor humano, ¿cómo hemos de apreciar y comprender el divino? Si nos sacáis los ojos, ¿cómo hemos de distinguir los colores? Cerradnos el oído, y no sabremos gozar de ninguna clase de música.»

—Esa es una cuestión, Juanito mío —dijo el ladino capellán—, sobre la cual un viejo de setenta años no puede opinar discretamente; que no está bien pedir dictamen al polo frío sobre los calores tropicales. Quien ha perdido hasta el compás no puede hablar de baile, ni su opinión vale de cosa alguna. Yo estoy en el caso de decir, con referencia a nuestro celibato, que así lo encontré y así lo tengo que dejar. Si me hubieras consultado cuarenta años ha, quizás, y sin quizás, te habría dado algún parecer ajustado a los hechos y a la realidad del vivir... Pasemos a otro asunto.

—Paso a decir que si estimo como un mal el celibato de los sacerdotes, peor me parece el de los ejércitos en campaña. ¿Qué razón hay, mi respetable *don Toro*, para que no acompañen mujeres a los pobres soldados traídos a esta vida de perros?

—La razón es que esa impedimenta impediría demasiado la acción militar, apagando la bravura de los hombres, y llevándoles a una vida muelle y viciosa, incompatible con la actividad y virtud necesarias en estas empresas. ¡Bonita cosa sería un ejército con mujeres! ¿Quién las aguantaría en campaña; quién podría someterlas a la disciplina, ley dura para los hombres, para ellas imposible?

—Cierto es que el sexo femenino, siguiendo a los hombres a la guerra y consolándoles de sus penalidades, traería disgustillos, piques, y quizás alguno que otro rifirrafe escandaloso. Pero este mal tendría compensación en el bien grande de la alegría del soldado, en su mayor coraje para la lucha... Con el estímulo de ser visto y alabado por ellas. Crea usted que con mujeres existiría en los campos de batalla el complemento de la vida, y las guerras serían menos sanguinarias... los ejércitos llevarían consigo el *elemento de compasión*, que ahora falta en absoluto...

—Hijo mío —replicó *don Toro*, tomando un tonillo de unción—, también en esto del celibato militar en campaña te respondo, como al tratar del otro celibato, que no pidas su opinión a un viejo como yo, dispensado por su edad de discurrir sobre nada referente a mujeres. El frío de los años trae la indiferencia de esas cuestiones, que no pueden debatirse sino con calor de la mente. Si me hubieras hecho esa consulta treinta años ha, yo te habría respondido que el *elemento femenino* está en el pensamiento del soldado, ¿me entiendes?... y ya sabe el soldado que para ser dueño de él, tiene que ir a buscarlo al campo y a las ciudades enemigas... Siempre se ha entendido así el negocio de amor en las guerras, y no puede ser de otro modo. Tu teoría es disparatada, absurda. Apliquémosla a esta campaña española en África: suponte que traemos hembras, a las cuales hay que llamar soldadas, sargentas y oficialas; supón que contra el orden natural sufrimos un revés... Nos arrollan los moros, y después de matarnos y de quitarnos las armas, cargan con las señoras... ¡Bonita cosa, Juan!

—Cierto que sería triste; pero usted ha dicho que cada ejército busca sus damas en el campo contrario... Los hombres morirían defendiéndolas. Pasarían ellas de una mano a otra, como hoy pasan las plazas fuertes, los cañones. Se cumplía la ley de humanidad; la total armonía no se alteraba por eso. Las naciones tendrían un motivo más para no lanzarse a guerras desatinadas y de pura ambición; ya se sabía que corrían el riesgo de perderse todos los elementos de vida de un pueblo, los hombres, las ciudades, la riqueza, y las mujeres... Entretanto, yo digo y sostengo que no puede estar esta masa de hombres en tan larga ausencia y privación del bello sexo. A la larga, sin él la vida de campamento se vuelve árida, tristísima, y la Gloria es una imagen hombruna que acaba por causar espanto. Esto digo, esto siento, y miles de hombres hay aquí que seguramente sentirán lo mismo.

En tonos de humorismo siguió *don Toro* la polémica, cuidando de acentuar poco la inflexión burlona para no irritar a su contrincante. Lo que verdaderamente sacaba de quicio al pobre poeta era la narración de batallas o de cualquier lance de guerra. Si con sus protestas no hacía callar al castrense, se tapaba los oídos, y se echaba en tierra boca abajo gritando: «No quiero, no quiero; cállese, o perdemos las amistades.» Y divagando por el campo de la última acción tan gloriosa para Ros de Olano y Prim, a cada paso hallaban despojos de la caballería y de los infantes moros, espuelas, riendas, fragmentos de gualdrapas y frontiles, algún arma, algún cantarillo portátil de peregrina forma... Todo lo recogía y guardaba cuidadosamente *don Toro*, con idea de venderlo en Madrid a los aficionados que coleccionan baratijas exóticas.

El mayor encanto del largo paseo de aquella tarde fue la repentina emergencia de un inmenso y luminoso panorama, que les saltó a los ojos al revolver de una loma pedregosa, como a media legua del campamento. Era el valle de Tetuán, ancho y risueño, término de la fatigosa marcha costera, y principio de una etapa militar más brillante y gloriosa. Lanzó Santiuste de su pecho exclamaciones de júbilo, y quedó absorto, saciando bien los ojos antes que la admiración descendiese a la palabra. No estaba menos sorprendido y alelado *don Toro*, que al instante hizo gala de los conocimientos geográficos adquiridos en el campamento. «Estos montes que vemos a nuestra derecha —dijo al poeta—, son los llamados Sierra Bermeja, estribación del Atlas que se corre por aquí hasta asomarse al mar... Hacia esta parte, entre riscos ásperos, verás allá lejos una cinta de blancos muros almenados. Por San Toribio, mi patrón, que aquella es la opulenta Tetuán, objetivo de nuestra campaña... Allí está el reposo, allí la recompensa de tantos afanes... Quiera Dios allanarnos estos verdes caminos, como nos allanó los pedregosos de esa maldita costa, alternados de marismas fétidas...» Por un momento creyó Santiuste en la elocuencia del buen capellán, y con sorna le dijo: «¿Qué es eso, *pater*? Estáis preparando un sermoncico para endilgarlo después de la primera misa de campaña que se celebre.»

Y *don Toro* prosiguió: «Echaré sermones, o guardaré silencio si así me acomodara. La palabra del Señor suena en los corazones, y no es menester que mi voz clueca la traduzca en sonidos usuales... Entérate bien de lo que estamos viendo, Juan, y alaba conmigo a Dios por dejarnos ver tanta belleza. Este nuevo aspecto del África será regocijo y orgullo de nuestro Ejército, porque ¿quién duda que conquistaremos a Tetuán y todo lo que sigue tierra adentro? ¡Hosanna! ¡Lástima grande que no puedan ver esto los pobrecitos españoles que se han quedado en el camino! ¡Pobres cuerpos, pobres almas!... Fíjate, hijo mío, en aquella masa de verdor que se extiende como alfombra más acá de la ciudad blanca. Pues hay allí naranjales tan hermosos, según dicen, como los de Murcia y Valencia... Las casitas blancas, salpicadas entre lo verde, parecen tiendas. ¿No crees que en una de esas descansarían muy bien los huesos de este cura? Pues vuelve los ojos a la otra parte, a mano izquierda, y verás el mar, adonde lleva sus aguas el río grande que serpenteando baja de la ciudad, y otro pequeño que corre más cerca de nosotros, y también en la mar se vacía. Hay un tercero que si no me engañan los ojos desagua en el grande... Este es el Río Martín, o *Río Dulce*: se me ha ido de la memoria el nombre arábigo, que pienso ha de ser uno de los célebres lemas de la historia de nuestros días... Sigue la dirección de mi dedo, Juan, y verás un caserón blanqueado, que debe de ser (no quiera Dios que yo mienta) la Aduana de esta región... y más allá, pegadita al mar, verás una que no sé si es torre o palomar grande, construcción estrambótica, cuyo cuerpo inferior parece que lleva miriñaque. Es el fuerte con que la morisma defiende la entrada de ese río: allí guardan (yo no lo he visto) cañones del año Mil y quinientos, y otras máquinas de guerra anteriores al tiempo en que Satanás inventó la pólvora... Tú, que tienes mejor vista, mira bien en la extensión del mar. ¿No distingues un barco, quizás dos, tres?... ¿No alcanzas a ver en el horizonte muchos puntitos, que son la flota en que viene el general Ríos con ocho batallones, un tren de batir, gran acopio de alimentos y bebidas, y otras cosas de grande utilidad en la república, como quien dice, en los Ejércitos?...» Afinando su vista, Santiuste exploraba el mar azul, sin distinguir escuadra próxima ni lejana; y como se habían alejado del campamento más de lo regular, *don Toro*, inquieto, propuso a su acompañante una prudente retirada: «Volvámonos a casa, Juanito mío, y desde mañana seguiremos en la retaguardia de nuestro ejército, *viendo venir* las cartas de este juego histórico.» Empezó a lloviznar: el hermoso paisaje que atrás dejaban *don Toro* y Juan se empañaba, se deslía en una atmósfera lechosa y terne. Así el alma desconsolada de Santiuste veía en sí misma el deslucimiento de las glorias guerreras, como colores que se deslíen y rayos de Sol que se mojan.

XII

Al siguiente día, el Sol se declaró francamente español desde las primeras horas de la mañana (15 de enero), rasgando las nieblas y alegrando con su claridad y su lumbre así los montes y valles como los corazones. Las naves que traían la nueva División echaron anclas en la rada anchurosa. Las fragatas *Blanca* y *Princesa de Asturias* inutilizaron con pocos tiros el fuerte Martín y sus anexos militares. Los pobres moros que defendían con artillería vieja, del tiempo del Diluvio, la entrada del Río, huyeron a la desbandada, imprimiendo en el fango de las marismas la huella inequívoca de sus babuchas. Desembarcó infantería de Marina para posesionarse del Fuerte; desembarcó en la playa del Norte, entre Río Martín y Río Lil, la División del general Ríos, compuesta de ocho batallones de Línea y Cazadores y un escuadrón de Caballería; pisaron tierra sin dificultad las acémilas y todo el matalotaje de impedimenta. Continuaban llegando barcos con el nuevo tren de sitio, y copiosas remesas de provisiones para todo el Ejército. ¡Día lisonjero para España, que olvidaba las horrendas fatigas de la marcha por la costa! «¿Por qué no empezamos la guerra por aquí?» era la pregunta que todos se hacían a sí mismos y a los demás. Consolábanse con la idea de que el paso de Ceuta a Río Martín había sido un aprendizaje necesario, un ejercicio de gloria y muerte, por el cual llegaban al pie de los muros de Tetuán dotados de una fuerza invencible.

Al paso que se efectuaba el desembarco de hombres, víveres y municiones, Ros de Olano avanzaba hacia el llano; Prim le cubría la retaguardia. De lo alto de la Torre Geleli, donde el Imperio tenía su Cuartel general, se destacó gran caterva de moros a pie y a caballo; mas no contaban con las piezas rayadas que en batería mandó colocar O'Donnell en punto muy bien escogido, cubriéndolas con fuerzas de Infantería y Caballería. Avanzaron los árabes con la chillona algazara que les sirve de música, y cuando se les tuvo a conveniente distancia, se abrieron las filas que cubrían los cañones, y estos empezaron a escupir granadas. Los moros de a caballo, que no bajaban de ocho mil, y los doce mil infantes, no aguardaron a que los cañones echaran de sí toda su saliva, y retrocedieron con horroroso pánico, refugiándose en las fragosidades de Sierra Bermeja... Los españoles no tuvieron aquel día ni una sola baja: día y acción memorables.

Ya era don Leopoldo dueño del llano bajo de Tetuán. Al siguiente día, molestados por un furioso aguacero, armaron los españoles sus tiendas en los puntos conquistados. El Cuartel general acampó junto al Fuerte; a su derecha, en el sitio más próximo al mar, Prim con el Segundo Cuerpo; río arriba, junto al caseretón de la Aduana, también abandonado por los moros, Ros de Olano con el Tercer Cuerpo, Ríos con su División y la de Reserva. El grupo de tiendas de esta gran masa de tropa, con los parques, acémilas, maestranza, *etc.*, formaba una ciudad populosa y animada. Corta distancia la separaba de aquella en que moraban O'Donnell y Prim. Alguien dio a los dos campamentos los nombres de *Carabanchel de Abajo* y *Carabanchel de Arriba*.

Extremaba Leoncio la broma dando el nombre de *Leganés* al fuerte que se empezó a construir en un sitio llamado *La Estrella*, a la orilla izquierda del río Alcántara, afluente del Martín. Por cierto que iba muy bien de su herida el simpático armero con los puntos de sutura que le dio el Físico, y los emplastos y la quietud. Andar podía ya sin dolor y con marcada cojera, y consagrar al trabajo algunas horas. Recobró su alegría, y se le encendió más el entusiasmo por el buen giro que a su parecer llevaba la campaña; escribía largas epístolas a su mujer, y guardaba en el pecho como escapularios las que de Virginia había recibido. «Oye tú, Juan —dijo a su amigo una mañana, sentados a la puerta de la tienda—: en mi carta he participado a *Mita* que no puedes seguir aquí, que no te prueban los aires de África... Ya puedes ir liando tu petate... Por lo que me ha dicho Alarcón, entiendo que te despachan, con las pipas vacías, en el primer barco que salga.» Nada respondió Santiuste; mas con un mohín de su rostro demacrado, expresó un asentimiento fatalista. En esto se aproximó al grupo Enrique Clavería, risueño, zumbón, y soltó, no diremos bomba, pero sí esta carretilla de pólvora, ruidosa como una explosión de risa picaresca: «¿No saben qué cargamento ha venido en los barcos, con los sacos de harina y las cajas de galleta? ¿De veras no lo saben?»

—¿Qué nos han traído? ¿Mazapán de Toledo, carne de membrillo, jamón en dulce?

—Es mejor carne y mejor pastelería que todo eso. Anoche llegó un vapor abarrotadito de mojama, y de otro artículo superior...

—¿De qué, hombre? Vomita pronto...

—Lo sabéis, y os hacéis los tontos... ¡Hipócritas! No finjáis disgusto por lo que os alegra. Lo que trajo el barco es un bonito cargamento de mujeres.

—Ya, ya... Eso decían; pero no cuela... ¡Mujeres al campamento!

—Cierto es —indicó un alférez, convaleciente del cólera—. Pero no las han traído, sino que han venido ellas de su *motu proprio* y por querencia natural.

—Pero, señores —dijo el comandante Castillejo, que se arrimaba siempre a las tertulias de muchachos—, ¿para qué nos traen mujerío, si en Tetuán, allí... tenemos los harenes?... A los harenes vamos, y podremos mandar a España cargamento de huríes... En fin, si han llegado las huríes de pega, sean bien venidas... ¿Y dónde, dónde han metido ese simpático ganado?

—Para mí, que las han encerrado en el polvorín...

—¿Por qué tú, Clavería, y tú, Santiuste, no vais allí, y hacéis un reconocimiento? Traednos noticia de si son muchas o pocas las cabezas de ese ganado; si viene en buen estado de carnes, y si es el Cuartel general quien lo suministra, o es cosa de arreglarse cada uno para el consumo particular... ¿Trae ese ganado pastoras?... ¿Nos repartirán boletas como las de alojamiento?... En fin, que sepamos a qué atenernos, porque esto no es cosa de juego... ¡Cáscaras!, todo no ha de ser batirse y exponer uno la pelleja a cada triquitraque.

Esto decía Castillejo, que siempre de buen humor convertía en espuma picaresca las amarguras y penalidades de aquella vida. Llevaba un brazo en cabestrillo, y habíanle sometido a un régimen riguroso por complicaciones de enfermedades internas. También apareció por allí *don Toro Godo*, que reprendió a la partida por sus licenciosos apetitos, diciendo con buena sombra: «¡Que no pudiera daros yo mis setenta años para que con el frío de ellos se os apagaran esas liviandades!... ¡Puercos, disolutos, almas de cántaro! ¡No os parece bastante penosa la vida de campaña, y queréis traer a ella el Infierno, o dígase niñas!... Cuando yo era joven, los soldados iban a buscarlas en los serrallos libres del enemigo... Pero vosotros, gandules, queréis que os las traigan al Ejército, como parque del vicio y ambulancias de corrupción... ¿Y para qué? ¡Para llevar con vosotros dos guerras en vez de una, y duplicar las muertes que han de acabaros!... Y ahora, libertinos, sacos de podredumbre, decidme... ¿dónde, dónde están esas desgraciadas?»

Las risas avivaron más el humorismo del castrense, que, como Castillejo, gustaba de platicar con gente moza, y de encender en ella el regocijo y amor de vida que él no podía disfrutar. Santiuste, sin decir palabra, embozado siempre en la taciturnidad como en su manta, se fue a las tiendas de *Ciudad-Rodrigo* en busca de Alarcón, que por Clavería le había llamado con urgencia. En *Ciudad-Rodrigo* le encontró y hablaron, manifestándole Pedro Antonio que estuviera dispuesto para embarcar al día siguiente, en un vapor que de retorno llevaba heridos y enfermos a Málaga o Algeciras. En el campamento no se quería gente ociosa, consumidora de víveres, sin producir ninguna fuerza. Mejor estaba él en España que en África. El mismo Beramendi, que tanto le apreciaba, se haría cargo de la razón de su vuelta a España, le sostendría en su destinillo del Ministerio de Fomento, y le abriría las puertas de un periódico para que *propter panem* escribiese de la guerra, de la paz o de *la inmortalidad del cangrejo*. Nada objetó Santiuste a las palabras cariñosas de su amigo. Teníase por un ser inútil, lanzado a las corrientes del Acaso, sin rumbo ni norte. Iría, pues, a donde cualquier fuerza extraña le empujase, a menos que alguna fuerza interior suya surgiera del seno mismo de su enervante debilidad.

Díjole también Alarcón, mostrándole unos líos de telas, que con él enviaba a sus amigos de Madrid regalo de dos chilabas, parda la una, azul la otra; dos yataganes cogidos en el campo de batalla, un tapiz y varios pares de babuchas para señora y caballero. Le previno que haría con todo ello un fardo bien acondicionado, envuelto en una tela cosida, y a su tienda se lo enviaría con una carta para la persona a quien debía entregarlo. Firme en su fatalismo, aceptó Juan la comisión sin decir nada en contrario, lacónico, frío, insensible. Volviose a su tienda, donde halló notificación escrita y orden verbal para que estuviese en la Aduana a las primeras luces del día siguiente, dispuesto a embarcar en el vapor *Ter*... A todo dijo *amén*, y luego se echó a dormir, poniendo por almohada el fardo que Pedro Antonio había confiado a su buena amistad.

En su nebuloso sueño, se le apareció Lucila, que por lo visto no tenía otra cosa que hacer en el mundo más que aparecerse aquí y allá... Hacia él llegaba sin mover los pies, con andar trémulo, semejante al de las imágenes en las procesiones... Vestía negra túnica de Dolorosa, y su rostro expresaba compunción grave. ¿Lloraba la muerte de la épica militar? ¿Lloraba la muerte de su hijo Vicentito? Esta idea fue para el soñador una gran congoja. Viviera el niño y viviera con su pepita, esto es, con su delirio por las glorias del soldado español. Creyó Santiuste que la mujer aparecida clavaba en él una mirada rencorosa. ¿Por qué le miraba con odio? ¿Qué había hecho él más que amar a la madre con platónica y casta fe, y al hijo con pasión semejante a la de San José por el Niño Dios? Si alguna desgracia había ocurrido, él, pobre poeta y trovador desengañado, no tenía la culpa. Algo de esto debió de decir a la figura o espectro de la celtíbera, porque ella tomó actitud de escuchar, llevando al oído su mano ahuecada, y luego habló con palabra iracunda. Lo que entonces dijo Lucila fue para Santiuste como si un rayo cayera sobre su cabeza... Del estremecimiento despertó, quedándose un mediano rato entre la realidad y el sueño. Despierto y alucinado aún, decía: «Yo no le he matado, Luci... ¿Cómo había de matarle yo, que tan de veras le quiero?... Lo que hay, Luci, es que se ha venido abajo el castillo de la epopeya, y si al caer todo ese matalotaje quedó Vicentito enterrado entre los escombros, no es culpa mía, Luci... Luci, no es culpa mía... ¡Vicente entre las ruinas!... Pero ¿qué culpa tengo?... Yo no derribé el castillo vetusto... Se cayó él solo... porque quiso caerse... Yo no he sido, Luci...»

XIII

No se sabe lo que duró este delirio, y sí que a la madrugada, cuando aún no mostraba el Oriente ni presagios de aurora, salió Juan de su tienda, solo, sin más compañía que un palo, llevando a cuestas los dos petates, el suyo y el que le había confiado Pedro Antonio. Atravesó casi todo el campamento, recogido en medio de la plácida oscuridad; pasó por las tiendas de *Baza*, de *Segorbe*, del *Primero de montaña*, de *San Fernando*, de *Bailén*, de *Soria*, de

Iberia, hasta llegar a la Aduana. A las guardias dijo: «Voy a la Aduana para embarcarme», y ningún obstáculo halló en su camino... Reconociendo el disforme edificio que le habían designado como depósito de los que volvían a la patria, y en el cual vio como un vasto panteón de muda blancura, erigido en las tinieblas, torció a mano derecha y anduvo un corto trecho hasta dar en la margen del río Alcántara... Por la ribera pantanosa, chapoteando en el fango, llegó a un puentecillo jorobado que había visto de día... Detúvole el temor de tropezar con centinelas o escuchas; pero cerciorado de que no había nadie, pasó a la otra orilla, donde un lugar seco, entre juncales, brindábale a cambiar tranquilamente de vestido. Quitose el chaquetón; endilgó sobre la camisa la chilaba parda; de cintura abajo quedó desnudo de pie y pierna, calzadas las babuchas amarillas, después de refregarlas en la tierra húmeda para que tomaran aspecto de prendas muy usadas. Con todo lo demás, lo que se quitó y lo que no se puso, hizo un envoltorio que arrojó al río. Desliado y vuelto a liar con esmero el pañuelo retorcido y nada limpio que llevaba en su cabeza al modo de turbante, creyó que su facha moruna era de intachable propiedad... Echando a andar resueltamente río arriba, no se le ocultaban las dificultades de su situación... Podría engañar su figura, que con la corta barba que se había dejado crecer podría pasar por rostro agareno; pero desconociendo el árabe, ¿cómo engañar con la palabra? Ocurriole la salvadora idea de fingirse mudo...

Enfermo y sin palabra podría mendigar, hasta que el Acaso, en quien confiaba ciegamente, le llevase a donde pudiera descubrirse y hacer vida de paz... Hallábase en aquellos instantes el infeliz poeta y orador en un estado de absoluta confusión. Si alguien le preguntara cuál era su objeto al disfrazarse, y a dónde iba, no habría podido dar respuesta. Una inquietud mecánica le movía; su voluntad se encaminaba hacia un fin abstracto, nebuloso, como las promesas de ultratumba. No obstante su estado mental de éxtasis ambulatorio, cuando aclaró el día y pudo distinguir los contornos del paisaje, a su derecha los cerros en que suponía las avanzadas moras, a su frente la torre Geleli, Cuartel general de Muley el Abbás, tuvo una visión vaga del peligro que corría... Pero sus piernas, como si funcionasen en franca independencia, seguían llevándole adelante por la margen derecha del Río

Martín, de curso perezoso, con lentas ondas, de las cuales dijo Santiuste que eran el paso de un río pensativo.

Constituidas en cabeza directora de todo el ser, las piernas de Juan seguían impávidas su camino; la vista recelaba; el oído no estaba tranquilo; el corazón dejábase caer en la indiferencia de la vida y la muerte... Ya era día claro; ya distinguía los verdes naranjales que alfombran la vega de Tetuán; pasó junto a chozas que parecían abandonadas, junto a huertos con cerca de cañas, y ningún ser viviente encontraba en su camino... Llegó a un lugar apacible, como glorieta rústica formada por cipreses viejos y arbustos lozanos. Sentándose a reposar, contempló la bella Naturaleza que le rodeaba, y en tal contemplación sintió hambre, mas no vio con qué podría repararla... Tras un descanso que él no podría decir si fue largo o breve, las piernas recobraron súbitamente su poder directivo, y se lanzaron a un andar acelerado, sin pedir permiso al corazón ni a la mente. Los ojos miraban a la otra parte del río, considerando que si hubiera en éste un vado seguro, el hombre procuraría recabar de sus piernas que le pasaran a la orilla derecha... En esto oyó rumor de voces humanas... Eran voces de mujer, confundidas con ladridos de un perrillo juguetón. Se sobrecogió; mas no quisieron parar las piernas, por más que el hombre les ordenó que contuviesen su marcha rítmica...

Vio Santiuste tres figuras extrañas que por la vereda marchaban hacia él: se componía cada cual de un pesado envoltorio de tela blanca, que por debajo dejaba ver dos piernas gordas y amoratadas, los pies con babuchas; por encima una mofletuda cara medio cubierta con la misma tela burda, a manera de embozo sostenido por un brazo gordinflón. Por un momento dudó Juan si eran hombres o mujeres las estantiguas que veía; luego, recordando noticias y cuentos del personal marroquí, cayó en que eran moras viejas y fuera de uso. Tras ellas venían dos chicos ágiles, morenos, las cabezas rapadas, conservando un mechón junto a la oreja: jugaban con un perro. Llevado de sus piernas autónomas, Santiuste se vio muy cerca de aquella gente, y con maquinal impulso, movido del hambre que sentía, alargó una mano en demanda de algo de comer; pero, sin olvidarse de que debía parecer mudo, solo echó de su boca sonidos inarticulados, que a su parecer imitaban perfectamente el ladrido de los que perdieron o no adquirieron

113

jamás el uso de la palabra. Rodeado por aquella caterva, que no le mostraba compasión, oyó Juan un lenguaraje que para él no tenía ningún sentido; mas por los ademanes y el rostro de las feas y vetustas mujeres comprendió que le reñían, que le increpaban, que le preguntaban su nombre, nacionalidad y condición...

Tan acosado se vio el vagabundo, y tal temor le entró de aquellas, más que mujeres, bestias en dos pies, que no se opuso a que los suyos echaran a correr hasta ponerse a distancia de tan bárbaros gestos y de las voces airadas, incomprensibles. Metiose Juan por un prado, entre arbustos, sin saber a dónde saldría, y en su retirada recibió la horrorosa pedrea con que le despidieron los dos moritos acompañantes de las endiabladas hembras. En el momento de agachar la cabeza para guardarla del nublado, recibió detrás de la oreja una peladilla que le hizo ver el Sol y la Luna. La descalabradura no era cosa de juguete: de ella salió un hilo de sangre que puso el cuello del pobre Juan como si le hubieran degollado. La mano se llevó a la parte dolorida, retirándola ensangrentada... Y al punto las piernas, azuzadas por el desastre, dieron todo el impulso posible a sus musculares resortes, lanzándose a la carrera por un terreno desigual, aquí blando y cubierto de hierba, allá pedregoso... Ello es que fue a parar, jadeante, a otro sitio despejado, donde igualmente oyó voces de mujeres... Creyérase que el bello sexo, objeto siempre de sus afectos más vivos, le perseguía, tomando las formas menos gratas a la vista y la imaginación, como emblemas de remordimiento o de castigo.

La carrera que llevaba el prófugo terminó frente a un extraño grupo, formado por tres mujeres, un hombre y un asno... Una de las hembras estaba en pie, las otras a gatas, arrancando hierbecillas de entre la espesa vegetación de un extenso prado que abrillantaban las gotas del rocío. En la misma actitud, cuchillo en mano, había visto Santiuste, en campos españoles, a las aldeanas cogiendo verdolagas y cardillos. La mujer que estaba en pie, más vieja que las otras, parecía también de superior categoría, aunque no se marcaba mucho la diferencia: las tres eran ordinarias, nada limpias y de dudosa belleza. Vestían faldas azules, calzaban babuchas rojas, y en la cabeza llevaban pañuelo de colorines, liado con un arte nuevo a los ojos de Santiuste. La que parecía principal era la única que llevaba medias, y en el busto un chal amarillo, de crespón, muy usado... El burro pacía con avidez de atrasado apetito, y el hombre, tan pequeño que bien podría llamarse enano, vestía un haraposo balandrán azul, y se cubría la coronilla con un gorrete del mismo color. Calzaba viejísimas babuchas que parecían de tierra; su rostro era lívido, con bigote lacio; su edad difícil de precisar.

Al llegar Santiuste junto a tan extraña gente, el lenguaje que hablaban a español le sonó... La mujer principal le vio venir entre curiosa y asustada... Temeroso él de ser mal recibido, señaló con la izquierda mano su herida, que manaba sangre, y se llevó al pecho la otra, inclinándose como persona humilde que pide socorro a un prójimo desconocido... La del chal habló así: «¿Quién sodes tú, desdichado? ¿Qué es tu demanda?»

Y otra de las que gateaban, dijo: «Tírate atrás, que atemorizas. Por el Dio de Israel dinos tus coitas... que bien se cata que has trocado tu ley para venir ende acá.»

Y la del chal siguió: «Ya sabemos quién te ha ferido. Oye de mí: so mujer buena, y mi corazón sabe apiadar de ti mas que seas culposo...»

Absorto quedó el pobre fugitivo ante lo que veía y oía. Aunque ya se preparaba para soltar los mugidos que le harían pasar por mudo, contestó en habla de cristiano a las expresiones afectuosas de la señora con medias. Preguntado de nuevo por su nombre, patria y condición, no repuesto aún del trastorno mental que el hambre y la fiebre le producían, habló de este modo: «Yo soy *Juan el Pacificador*... Si sois amantes de la guerra, matadme, porque yo enseño a condenar los males de la guerra; si sois gente piadosa, curadme esta herida y dadme algún alimento, que por Dios vivo os juro que no puedo ya con mi alma.»

Las dos que cogían hierbas dejaron esta operación para ponerse a lavarle la herida con agua de un cercano arroyuelo. Entre tanto, la del chal le dijo: «Agora veréis que hais topado con familia bondadosa. Afloja tu pena, y ven a mi casa, do toparás remedio y paz... Monta en el asno, y seguro venrás a la cibdad...» Al enano, luego que Juan se encaramó en la cabalgadura, le dijo: «No intraremos por *Bab-el-aokla*, que allí fincan hombres recios de mucha guerra... Daremos güelta por porta alta, donde no mancarán los portaleros amistosos... No tener cuidado, y vámonos aina... Arre, adelantre vos; noso- tras adetrás con hierbas de curación... Arre... Arre, hijos, sin amedranto...

que naide haberá que pesquise... Porta alta, Esdras... Ca por allí salvamos sin peligración.»

Ved aquí por qué extraño modo penetró *Juan el Pacífico* en la poética *Tettauen*, dulce nombre de ciudad, que significa *Ojos de Manantiales*.

Tercera parte
Tettauen, mes de Rayab de 1276

I

En el nombre del Dios Clemente y Misericordioso.

He aquí la historia que para recreo del *Cherif Sidi El Hach Mohammed Ben Jaher El Zebdy*, escribe su amigo y protegido *Sidi El Hach Mohammed Ben Sur El Nasiry*.

Es esta la guerra del Español desde que apareció en el valle de Tettauen, y se refiere con verdad y estimación natural de todos los hechos presenciados por el narrador, para que los venideros conozcan la brava defensa que de su religión venerada hacen los hijos de *El Mogreb El Aksá*.

Nuestros aborrecidos hermanos, los de la otra banda, los hijos del *Mogreb El Andalus*, avanzaron desde *Sebta* hasta *El Medik*, sosteniendo combates terribles con nuestros valientes montañeses y tropas regulares. El número de cristianos que perecieron en aquellas refriegas no se puede calcular; los moros perdimos escaso número, y en casi todos los encuentros quedábamos vencedores. El avance de los españoles, tras tantos descalabros, y su paso de un terreno a otro, no se explica sino por combinaciones astronómicas, mágicas y cabalísticas, cuyo secreto tienen aquellos generales y que los nuestros no han podido penetrar. El enemigo consulta de día la marcha del Sol; de noche las posiciones de los astros que esmaltan de bellas luces el firmamento, y combinando estos signos con las cifras y figuras que en unos deformes libros traen, del estudio de todo ello sacan la pauta de sus movimientos, que siempre resultan hacia adelante, nunca hacia atrás.

Pero estas artes mágicas no les valdrán: para desbaratarlas y confundir a los infieles, nos basta con las dotes singulares de nuestro caudillo Muley El-Abbás, asistido de las bendiciones de Allah, que le tiene por ejecutor de sus altos designios. Si es fuerte con su espada, no lo es menos con sus oraciones. En ellas dice: «*¡Oh profeta, excita los creyentes al combate! Veinte hombres tuyos aniquilarán a doscientos infieles...*» En el alto de *Kallalin*, que los enemigos llaman *Torre Geleli*, tiene su campamento el hermano del Sultán, y desde allí, con el milagroso anteojo de aumento que le regaló el Inglés, observa las posiciones y movimientos de los infieles. Nada se le escapa; no se mueve una mosca en el campamento cristiano, sin que nuestro general se entere, asistido además por referencias que le traen numerosos espías, ora renegados, traicioneros a su patria, ora fieles berbiriscos que, fingiéndose locos o enfermos, van a mendigar al campo español.

¡Loor a Allah único! He visitado al príncipe marroquí en su lujosa tienda: la confianza brilla en su noble rostro; ha preparado tan bien sus planes, que ya no tiene nada que hacer, y espera tranquilamente que el enemigo se mueva, para disponer salirle al encuentro y atajar sus pasos. Confiado en la protección del Cielo, no solo practica la oración mañana y tarde a las horas que marca la ley, sino que recomienda a sus *ascaris* y a los jefes de ellos que ante todo cuiden de practicar la oración... En el momento del combate, mientras unos pelean, otros deben rezar... Alternando en la matanza y en el rezo. Por eso les dice: *Allah es vencedor...*

Los infieles ocupan su tiempo en ridículos preparativos. Han levantado un fuerte que llaman de *la Estrella*, donde se les ve afanados en trabajos semejantes al trajín de las hormigas... Sabemos que al campo de O'Donnell ha llegado un príncipe francés, emparentado con la familia Real de España;[1] es hijo de un hermano del esposo de la hermana de la reina, y parece que trae la misión de instruir a los españoles en ciertos particulares de la guerra del Francés en Argelia... inútil ciencia, pues lo que venció a los argelinos fue su falta de fe y no el valor de la Francia. No hay semejanza entre la Argelia y El Mogreb, pues este antes que militar es creyente, y perdura en las vías de Allah... Allah es la fuerza; Allah es la astucia militar y el amparo de las naciones... Aguardamos, pues, tranquilos el choque de armas que ha de poner fin a esta guerra... Los infieles perecerán en las lagunas de *Guad-el-Gelú* como en las aguas del mar Bermejo pereció Faraón, cuando iba en perseguimiento de los hijos de Israel, conducidos por Moisés o *Mouçá*.

Alabanzas a Dios Misericordioso, que ayer ordenó el movimiento de nuestros Ejércitos. Queriendo ver de cerca la gloria del Islam, me agregué al séquito del victorioso Muley El Abbás... El día era hermoso, día dispuesto por Allah con todo esplendor de luces y limpieza de ambiente para que el triunfo fuera más visible en la tierra y en el cielo. Muy temprano vino del campo español ruido de salvas. Nadie sabía la razón de aquel cañoneo;

---

1   El conde de Eu. (N. del A.)

118

yo, que por mis aficiones al estudio entiendo un poquito de la historia de nuestros enemigos, expliqué el suceso brevemente. El día de ayer corresponde a un día en que los cristianos aclaman y santifican a los reyes suyos que se llamaron Alfonsos, y al príncipe heredero de la Corona, que también lleva este nombre... Desde que oyeron las salvas querían nuestros valientes guerreros lanzarse a destruir el fuerte que los hispanos construían; mas el general tuvo especial empeño en contenerlos, a fin de madurar el plan de ataque, y disponer las fuerzas del modo más conveniente para quitar a los españoles el fuerte. No cesaba de mirar al campo y a las posiciones de ellos, como si con sus ojos asistidos del catalejo quisiera medir las distancias, y anticipar los pasos de unos y otros. Yo admiraba su celo por la causa de la fe, y la paciencia que ponía en ordenar sabiamente sus disposiciones. Por fin, al filo de mediodía soltó *El-Abbás* la gente de a pie que se abalanzó contra la izquierda de los españoles, y mientras estos respondían al ataque avanzando hacia nosotros, nuestra Caballería se lanzó como tempestad para embestir por su flanco derecho a los infieles. ¡Qué hermosa carrera la de tantos hombres a caballo, enardecidos y locos de ira contra la usurpación! Caballo y jinete parecían en cada uno de una sola pieza, y en esta un corazón ardiente irradiaba el fuego de la pasión guerrera. Nunca vi Caballería más fiera y gallarda. ¡Loor...! La paz sea con el que sigue el buen camino.

Descollaban en aquel volador enjambre los *facíes* o jóvenes voluntarios venidos de Fez, de *Zarhun* y de *Ait Yamuz*, con vistosos arreos y pulidas armas, y furibundas ganas de morir por la fe. A esta noble y distinguida tropa pertenece el ya famoso guerrero *El Horain*, apodado *Abu-Riala*, que en las acciones de Cabo Negro realizó prodigios de valor y temeridad solo comparables, según se dice, a las hazañas de los compañeros del Profeta. Cuentan que en lo más recio de las peleas se arroja este divino *Abu-Riala (el del duro)* en medio de las filas enemigas, tremolando un pendón amarillo, sin otra fianza que su esforzado corazón y el ardimiento de su caballo. El grito de guerra, para llevarse tras sí a los que quieren ser émulos de su valor, es este: *Adelante; yo soy vuestro escudo invulnerable.* Sobrenatural prodigio es que vuelva siempre sin que le causen la menor herida ni las balas ni el acero de los españoles... Debemos explicar este milagroso caso por la protección que dan los invisibles ángeles guerreros al bueno, al creyente y heroico soldado de Allah.

Desde mi puesto en el séquito del general contemplé la fogosa Caballería. Los de vista larga que me rodeaban gritaron roncos de entusiasmo: «Allí va el santo combatiente, el gigante *Abu-Riala*, corazón de Dios y brazo del Profeta. Ved su estandarte amarillo; ved su mano poderosa señalando al Cielo; ved la cabeza de su caballo hendiendo las filas españolas.» Esto me decían que viera y mirara; mas yo no veía sino una confusión de patas de animales, y de cabezas y brazos de hombres corriendo en espantoso torbellino. Yo miraba más bien hacia mi derecha, donde ocurría lo más interesante de la acción. Por lo poco que vi y lo poco que me decían, entendí que un gran número de españoles se metió en un terreno que había sido encharcado previamente, sangrando el Alcántara. La risa que soltó el general me indicó que allí les quería ver, y que la entrada de los españoles en los pantanos era el error por él previsto, y por su astucia preparado para ganar fácilmente la batalla...

Las exclamaciones gozosas de nuestra gente indicáronme que estaban cogidos en la trampa los pobres españoles, y que ya no teníamos que hacer más que una cosa bien fácil: rematarlos allí tranquilamente y sin riesgo. Mas lo que yo creí cacería de patos, fue cosa distinta: los malditos patos, o sea españoles, formaron con gran presteza el cuadro, táctica que no se ha enseñado a los de acá, y fortalecidos de este modo, no pudo hostilizarlos la Caballería por la blandura del suelo en que tenía que maniobrar. Quedaba, sí, el recurso de atacar el cuadro a pie: ya iban a ello nuestros valientes moros; ya se cruzaban armas con armas; ya caían algunos de allá con las cabezas hendidas, y los de acá con las barrigas ensartadas... Teníamos gente de sobra; podíamos dar cuenta de ellos... pero ¡ay!, Satán maldito, que rara vez deja de introducirse en estas decisivas luchas, tomando partido por los infieles, puso en movimiento a la muchedumbre de tropas del llamado Tercer Cuerpo, para venir en socorro de los que tenían jugada la vida en el pantano... ¡Allah disperse a los injustos!

Aterrado vi yo las tropas a pie y a caballo que venían como a distancia de dos tiros de fusil. Pareciéronme millones de hombres, y a medida que su paso veloz acortaba la distancia, se me representaban en mayor número.

Con risa de júbilo, Muley Abbás y los que le acompañaban exclamaron: «No pueden, no pueden llegar a socorrerlos...» «¿Por qué?...» «Porque entre esas tropas y el terreno fangoso donde está el cuadro no hay más que pantanos, lagunas hondas, donde perecerán sin remedio. ¡Allah los precipite!» Evidente, como los hechos fatales de la Naturaleza ciega, parecía esto; mas no lo fue, porque Satán perverso, enemigo de los creyentes, lo arregló de modo que los españoles que venían al socorro no temieran meterse en el agua hasta la cintura... Yo les vi, nadie me lo contó... yo les vi atravesar las charcas, alzando los brazos para que no se les mojaran el fusil y los cartuchos que en sus manos traían... y en esta postura hicieron un fuego tan horroroso contra los nuestros, que no parecía sino que el Infierno desataba toda su furia.

Personas prácticas del campamento, que ya conocen a todos los caudillos españoles como si los hubieran parido, me contaron por la noche que vieron al general Ros de Olano, al brigadier Galiano, y al propio general O'Donnell, atravesar la laguna con el agua hasta la cincha del caballo, dando a todos ejemplo de valor, y arengándoles con voces roncas para que no temieran al agua, como no temían al fuego. ¡Ah, sin las artes infernales empleadas en favor vuestro por maléficos espíritus, qué sería de vosotros, pobres hijos de España!... Esto pensaba yo, caído en gran tristeza al ver que nuestros montañeses bravos y nuestros atrevidos jinetes *facíes* se retiraban hacia las posiciones próximas a *Torre Geleli*; y buscando, según mi costumbre, la causa recóndita de los hechos, me decía: «¿Cómo es que esas lagunas que teníamos por profundas, y que lo eran según el dicho de hombres entendidos en cosas de la Naturaleza, han resultado con hondura no mayor que la de medio cuerpo de un hombre? Misterios son estos que no desentrañaremos mientras no nos sea dado penetrar los designios del Dios Único, que gobierna el mundo así en las grandes como en las pequeñas cosas. Huir del examen y conocimiento de tales honduras es el verdadero principio de sabiduría que debe guiar al hombre discreto y virtuoso.»

Pregunté por *Abu-Riala*, no bien llegábamos a nuestras tiendas, y me dijeron que había consumado aquel día descomunales proezas, matando a multitud de cristianos, sin que le tocara el más leve rasguño. El corcel que montaba fue menos dichoso: quedó muerto. Para consolar al guerrero de esta pérdida, mandó Muley El Abbás que se le diese uno de los mejores caballos que tenía para su servicio, y luego ordenó que las músicas fueran a tocar junto a la tienda del héroe; honor y merced con que se hacía pública la virtud y merecimientos de un hombre tan excelso. Hasta hora muy avanzada de la noche oímos los dulcísimos acordes de las chirimías, pitos y tambores que daban serenata al soldado del Cielo.

No obstante ser considerables las pérdidas del Ejército de la fe en aquel día, no advertí descontento en los valientes soldados de a pie y a caballo. Por la noche, comentando la batalla, predominaba la opinión de que había sido victoria manifiesta, y no derrota como creían los menos en número, y los mal pensados y agoreros. Cierto que no habíamos tomado el fuerte de la Estrella; mas los cristianos no habían avanzado una pulgada en sus posiciones... Cada paso valle arriba les había de costar muy caro... Debíamos dejarles subir, internarse, para exterminarles más a gusto. Esto decían. ¡Dichoso pueblo, que con el fuego de la creencia en Dios enciende el de la confianza en sí mismo! Nada teme: los obstáculos le enardecen. Nunca espera lo malo: sus ojos, iluminados por la fe, ven con tintas de rosa y azul los días venideros. ¡Pueblo noble y santo, digno de dominar toda la tierra!

¡Loor al Muy Alto! Invitado a cenar con el príncipe, encontrele sombrío, como si no estuviera satisfecho del giro que llevaban las cosas de la guerra. Contaba, sí, con mayor contingente de tropas, que el Sultán le mandaría bajo la bandera del príncipe Muley Ahmed Ben Abderrahman; contaba con el valor indomable de los montañeses, de los *facíes* y demás elementos de su Ejército; mas no tenía tranquilidad, viendo la creciente arrogancia de los españoles, sus obras de atrincheramiento, su poderosa artillería, y la perseverancia calmosa con que iban conquistando el terreno. A esto le dije yo, para consolarle y levantar su ánimo, que la acción de aquel día me revelaba poca decisión de los cristianos para seguir adelante. Aparentaban más fuerza de la que tienen, y tras de su afectado coraje, se advertía el cansancio, y las ganas de volverse a su país. Movió la cabeza Muley El Abbás con expresión de tristeza dubitativa, y yo proseguí con mayor fuego de persuasión: «Creed que si alguna ventaja obtienen los enemigos de Allah, es porque Allah les favorece en apariencia para estimular el ardimiento de los fieles. Así el Profeta, en sus luchas contra los traidores, no se acobardaba ante los

122

avances de estos, sino que les dejaba llegar hasta donde podía destruirles sin que quedara uno solo para contarlo. En el Libro Santo encuentro ejemplos mil de esta consoladora táctica del Único Dios. Ya sabéis que está escrito: «Satán había preparado sus batallas, y les decía: *soy vuestro auxiliar y os hago invencibles.* Mas llegado el momento, les volvía la espalda diciéndoles: *Pereced ahora y sufrid los terribles castigos de Dios...*» Seguid leyendo, y veréis que está escrito: «Hiriéndoles en el rostro y en el pecho, los ángeles quitan en un punto la vida a todos los infieles... y les gritan: *Id a gustar las penas del Infierno.*»

II

Y he aquí que el noble y sabio príncipe me dice: «Pues eres tú creyente fervoroso, y a más de esto sabio en cosas mil de la tierra y del cielo, y tienes el don de elocuencia y gran influjo sobre las gentes, puedes prestar ahora un gran servicio a la causa del Mogreb. Te vas a *Ojos de Manantiales*, donde tienes tu casa y estancia de tu comercio, y ves si es cierto que están los habitantes inquietos y afligidos porque algunos riffeños revoltosos han cometido el delito de pillaje o saqueo... Entérate de si las familias huyen de la ciudad temiendo ya la entrada de los españoles. Tengo por cierto que los judíos tratan de ir al campo cristiano en son de embajada para pedir a O'Donnell que no se detenga y se haga dueño de Tettauen, sin otro fin que proteger las vidas y haciendas de ellos, de los que recibieron las Escrituras, para venderlas después a precio vil.»

—Cierto es —repliqué yo— que Dios ordenó a los judíos que explicaran el Pentateuco a todos los hombres y no lo ocultaran. Mas ellos comerciaron indignamente con los santos libros... Pero un doloroso castigo les espera.

—No les hables ahora de castigos —dijo vivamente el príncipe—, ni pongas en tu lenguaje rencor ni amenaza, porque a decir verdad, están las cosas para que pongamos en práctica la conocida regla de ciencia vulgar: *Sé como el caracol en el consejo y como el ave en la acción.* Usarás con los hebreos un lenguaje benigno y amistoso, induciéndoles a permanecer tranquilos, sin ningún temor, y enterándote bien de sus pensamientos y de sus planes, que por muy escondidos que los tengan en el arca de su hipocresía, tú hallarás modo, con tu lenguaje astuto, de sacarlos afuera.

No fue preciso que me dijera más el augusto príncipe, y decidí partir a la madrugada... En *Ojos de Manantiales* reanudo mi trabajo epistolar, tres días después de lo que anteriormente referí. *¡Loor al victorioso!* Oíd lo que digo: en cuanto llegué a este santo pueblo, no me di paz para ponerme al habla con los tetuaníes pudientes y con los judíos altos y bajos. La verdad, a todos les hallé muy cariacontecidos. Respecto a saqueo y desmanes de los montañeses, supe que solo en el *Mellah* (barrio de los hebreos) habían cometido algún desaguisado. Recorrí toda la ciudad; vi en algunas calles cofres y líos de ropa, señal de que algunas familias partían; no traté de disuadir a nadie, pues me habrían echado en cara que yo he mandado a los míos a Fez para rescatarlos de todo mal...

En mi casa, sin más compañía que la de la esclava que quedó para mi servicio, he sentido la opresión del silencio, como losa que pesa sobre mi espíritu. La soledad de mi vivienda, días antes embellecida y alegrada por seres queridísimos, dábame la impresión de estar emparedado en anchurosa tumba... No había más ruidos que los que yo llevaba en mi memoria: la risa jovial, cristalina, de mi adorada *Puerta de Dios* (*Bab-el-lah*), en quien cifro todos mis cariños; el habla dulce y discreta de mis otras dos mujeres, *Quentza* y *Erhimo*, a quienes tengo también grande afecto, y más que nada el pisar rápido, la inquietud traviesa y los chillidos deliciosos, como piar de pájaros, de mi hijo *Ali Ben Sur* y de mi encantadora niña *Luz-il-lah*, a quien Dios hizo archivo de todas las gracias. La fatal guerra me ha obligado a separar de mí estas prendas queridas. Confinadas en Fez hasta que vuelva la paz, mi pensamiento vuela sin cesar a donde ellas moran, y trato de endulzar el amargor de la ausencia con la miel del recuerdo... Mi casa vacía de aquellas voces, vacía también de tan bellas imágenes, arroja sobre mí la pesadumbre fría de sus paredes, que no me deja respirar... Sea Dios benigno, y no me prive de mis mujeres y mis hijos. Ellas son buenas, recatadas, hacendosas. Superior inteligencia y bondad resplandecen en la sin par *Puerta de Dios*, dotada por mí con largueza y estimada en doscientas onzas españolas.

Me sobrepongo a la emoción para tomar disposiciones urgentes. Reviso mis papeles comerciales para encontrar confusión en ellos cuando la paz vuelva a nuestro pueblo; escribo a Fez ordenando que permanezcan allí los camellos hasta mi aviso; dispongo que salga un propio con este mandato, y

124

por él envío a mis hijos y a mis mujeres cajitas con amorosos regalos. Entrada la noche, me entrego al descanso; sueño con los tiros que oí en la batalla junto a los pantanos... Oigo los alaridos de *Abu-Riala*... Corro perseguido por cristianos que quieren hacerme prisionero... Despierto en las angustias de mi huida fatigosa... Cojo un rosario, y en ferviente oración recibo los consuelos de Allah, que con mano suave alivia mi corazón del anhelante susto... Por la mañana, después de los rezos y abluciones, salgo a recorrer la ciudad; visito una tras otra mis tres casas alquiladas, para saber si las abandonan sus habitantes; si alguno de ellos, al huir, ha dejado la puerta mal cerrada; si en los pasadizos de las calles hay hacinamiento de paja y estiércol. Me tranquilizó el ver que mis buenos inquilinos permanecen en la ciudad. A los tres endilgué un largo discurso sobre el peligro de los incendios en tiempo de guerra, y otro con diversidad de razonamientos para llevar a su ánimo la persuasión de que jamás entrarán los españoles en nuestra ciudad. Por las caras que ponían oyéndome, entiendo que les convencí. Son hombres de grande inocencia, por lo que Dios tendrá piedad de ellos.

Despachados estos asuntos, me dirigí al *Mellah*. Mi primera visita fue para *Yakub Mendes*, traficante en piedras preciosas, mi amigo desde que me establecí en Tettauen. Encontrele muy afanado, con su mujer y sus hijas, recogiendo todo el material valioso que posee, aljófar, topacios, esmeraldas... Hacían paquetitos chatos que pudieran fácilmente ser cosidos en la ropa interior, para transportar consigo toda su riqueza en caso de forzosa partida. A Yakub y su familia prediqué la tranquilidad, la confianza en el Mogreb para desembarazarse de los españoles; pero no conseguí calmar su inquietud. Fácilmente había convencido a los pobres, que no tienen nada que perder; pero a los ricos, ¡Allah me conforte!, no podía convencerles. Díjome Yakub que él conocía bien la fuerza de los españoles, por haber recorrido la Península sin fin de veces, y vivido en Córdoba, Sevilla y Madrid luengos días, y que no podía tener confianza en las fuerzas desorganizadas del Mogreb. Tan cierto era que O'Donnell entraría en Tettauen como que el Sol sale hoy, mañana y siempre; y el día de la entrada de los vencedores, lo que no habían saqueado los riffeños, lo saquearían los soldados de O'Donnell, a quien aplicó con malicia un refrán hebreo que dice: *ni ajo dulce ni todesco bueno*. Díjele yo que no es el general español de origen tudesco, sino irlandés, y él afirmó que lo mismo da, pues no tiene sangre *andalús*, sino de raza *goética* y *normándica*, que es la que más aborrece a Israel... En esto llegó a la casa un vecino de Yakub, llamado Ahron Fresco, usurero y comerciante en especias y gomas de sahumar. De lo que hablaron uno y otro colegí que la noche anterior habían celebrado una junta, en la cual se debatió si debían pedir a O'Donnell que les amparase contra los riffeños. No prevaleció tan traidora proposición, y por ello debemos dar gracias a Dios. ¿Pero quién se fía de esa gente? Con razón dice el Libro Santo: *La confusión reina en los juicios hebreos, y sus acuerdos son como los remolinos del aire.*

Sobre mis dos amigos descargué yo un diluvio de elocuentes razones, incitándoles a que por ningún caso solicitaran la protección del infiel español. Cuando más enardecido estaba yo en mi retórica, llegaron *Tamo* y *Noche*, dos hebreas de aquella vecindad, muy guapas, que tiraron de mí familiarmente para llevarme a su casa. No pude esquivar la premiosa invitación, y pasando del tugurio de Yakub al de *Ha Levy Seneor*, padre de las antedichas, este, su mujer *Hanna* y las hijas, hablando los cuatro a la vez con desacorde griterío, me contaron que la noche anterior habían asaltado su casa tres desalmados riffeños, quitándoles veinte duros en moneda *macuquina* española, catorce pesetas columnarias, diez napoleones, y que por milagro (no quiso Dios que dieran con el escondrijo) no les aliviaron de la moneda de oro que guardaban. Después se surtieron de ropa blanca; lleváronse los dos chales mejores de *Tamo*, los zarcillos de *Noche*, que eran de *filigre* de Córdoba, y unas *belghas* (babuchas bordadas de oro). Traté de aplacar su enojo diciéndoles que desde hoy se reforzará la guarnición con gente de confianza, y que todas las puertas de la ciudad se adornarán con las cabezas de los saqueadores... Sin detenerme a escuchar sus lamentaciones airadas, me fui en busca de mi amigo Simuel Riomesta, hombre rico, influyente sobre la caterva de Israel, y pensaba yo que persuadiendo a este, los demás quedarían desarmados de su coraje y repuestos de su miedo.

Iba yo por la calle más angosta y puerca del Mellah, para salir a la casa de Riomesta, cuando me sentí llamado por fuerte voz de mujer. Era *Mazaltob* (Afortunada), hebrea viuda de más que mediana edad, que desde su puerta echó sus gritos en mi demanda. Trafica en bálsamos por ella misma compuestos, y tiene fama de hechicera o mágica, por su acierto en adivinanzas y su buena mano para curar enfermos con garatusas y oraciones, ayudadas de zumos de hierbas y raspaduras de huesos. En su juventud fue, según oí, más cautivante por sus decires agudos que por su hermosura. Lo que me habló fue de esta manera: «Te he llamado para decirte que la otra mañana, estando yo en prado de Almorain arrecogiendo herbas, topé a un mancebo ferido, que me demandó agasajo... Yo lastimosa le truje a mi casa, aonde me dijo ser español. Su nombre es *Juan el Pacificante*, y tié semblan de profeta... Anda en perjudicación de la paz, y del campo cristiano echáronle por sus perdicas, y agora viene acá para que aproclamemos la paz y no la guerra... Él es bueno, es sencillo, y el habla tiene bonica española, que adulza el oído. Entra y verasle.»

Sospeché que el español de que me hablaba *Mazaltob* era espía, o algún perdulario hambrón que viene so color de renegar para que le demos de comer. Insistió la hebrea en que su huésped no era nada de esto, y para calmar mis recelos me dijo: «Tú, que de achaque de españolerías sabes más que nadie, habla con él y asóndale... Yo no te asiguro que sea profeta; pero sí que por el su semblan y por su voz cantora lo parece. ¿No hubieron los cristianos un profeta que se llamó Juan? Pues cata que este es lo mesmo, o que viene en figuranza de quillotro...»

—El profeta cristiano que dices es el que llamamos *Yahia*, hijo de Zacarías, varón de extremada virtud. Este será todo lo contrario: un pillastre, un embustero... Pero si, como dices, viene del campo de O'Donnell, no será malo que yo le coja por mi cuenta y le interrogue. Llévame pronto a la presencia de ese mancebo predicador de paces, que con verdades o con imposturas algo ha de decirnos que pueda sernos útil.

Cogiéndome del albornoz me metió adentro por oscuro pasadizo hasta una estancia humilde, y oliente a comida pasada, donde paredes y mueblaje parecían trasudar materia grasienta. Adelantose ella por otro pasadizo, y luego volvió con estas razones: «Se ha quedado adormilado. Hoy anduvo luengas horas por la cibdad, calle adelantre, calle adetrás, y ha venido con cansera... Pero puedes entrar y verasle. Todo en él yace como muerto, menos la respiración, que vela como guardián en las puertas del rostro, boca y nariz, y ella es la que avisa cuando el ánima ida quiere volver a su casa.» Entré con *Afortunada* en una estancia que de un patio sucio y ahumado recibía

127

la luz, cernida por cortina roja, y sobre una cama que alzaba poco del suelo vi una estirada figura de hombre, derechamente tendida en todo su largo. Era el durmiente de poquísimas carnes y de más que mediana estatura, bien formado de esqueleto y miembros, por las partes que de él se veían. Pecho y brazos tenía vestidos de una *kmiya*, y sobre ella un *caftán* amarillo rayado, que se recogía en la cintura y muslos, dejando ver las piernas al aire. Su cabeza me pareció perfecta; bello y afilado el rostro, con una barba leve, que más parecía pintada que nacida. Barba y pelo eran negros, y el color de la piel como el de madera de olivo, con ligero bruñimiento y lustre de cosa embalsamada.

Yo me senté, pues muy a propósito hallé un taburete junto a la cama. *Mazaltob* me dijo: «Hablemos en voces altas para que se acuerde», y rompió en gritos... No pasó mucho tiempo sin que el dormido despertara, lo que sucedió abriendo él los ojos, y quedando rostro, cabeza y cuerpo en completa inmovilidad. Primero vio y miró a su patrona, después a mí, y su mirada estuvo posada en mí largo tiempo, sin querer desclavarse de mi faz... Hablele yo en árabe preguntándole a qué había venido, y él no respondió con discurso, sino con una rápida incorporación, clavándome otra vez los ojos, negros y con luz como los carbones encendidos. De veras me hizo pensar en el profeta cristiano *Yahia*, hijo de Zacarías, en quien Dios puso el signo de su predilección, y de él dice el *Libro Santo*: *Escogido fue para enseñar a los hombres la paz.*

III

Como no daba señales de entender el árabe, le hablé en su lengua, obedeciendo a *Mazaltob*, que me decía: «Háblale en español bonico y de son pacible.» Sentado en el lecho, *Yahia*, sin pronunciar palabra, me tocó en el brazo, en la rodilla, como si quisiera con el tacto completar el examen que sus ojos hacían de mi persona. Por fin oí el metal de su voz. A mi pregunta de si le gustaba nuestra tierra, contestó que le agrada porque en ella todos los hombres se tratan de *tú*, señal de la completa igualdad ante Dios, y porque el Islam y el Israel practican su fe sin estorbarse el uno al otro. Esta paz entre las religiones le sorprendía y le encantaba. Después me dijo:

«Oigo tu lenguaje como una música triunfal, y veo tu rostro como un rostro amigo.»

A mi pregunta sobre los motivos de su peregrinación, respondió que había huido del campo español porque le agobiaba el alma el espectáculo de la guerra, y la ferocidad con que unos y otros hombres acuden a matarse. La guerra va contra la Humanidad, como el amor en favor de ella. Las armas destruyen las generaciones, que son reedificadas en el seno de las mujeres. Puede la Humanidad vivir sin armas; sin mujeres no vivirá... En verdad declaro que esto me pareció dictado por la más alta sabiduría. No pensé lo mismo después, cuando dijo cosas tan sin sentido como estas: «Por tu cara y gesto, por la forma de tu nariz y de tus labios, así como por la voz y el mirar luminoso, mi pensamiento te liga con tu noble familia.» Sin duda la mente de *Yahia* era una extraña mixtura de pensamientos celestiales y de bajos yerros humanos, porque tras una hermosa invocación a la paz como ley superior de los hijos de Adán, soltaba este desatino: «Tú no quieres la guerra, ni bajarás con arma homicida al campo de O'Donnell, porque en el campo de O'Donnell está tu hermano.» Sin duda quería decir que entre todos los nacidos existe el lazo de hermandad, y verdaderamente concuerda esto con lo que dice la Escritura: «No hacemos diferencia entre los enviados de Dios. Todos los que adoramos un Dios Único y le tememos, vamos a ti, Señor, y entraremos en los jardines de inefables delicias.»

Por fin, requerido a darme noticia de los planes de los españoles y de los medios que traen para combatirnos, dijo que él, después de haber sido voceador de la guerra, había pasado por la gran revolución de su espíritu, viniendo a detestar lo que antes adoraba. En el Ejército tenía muchos amigos, y en Madrid dejó personas muy amadas, que también eran afectas a la tradición guerrera y a las glorias de su patria. Él no estimaba esas glorias como legítimas, y buscaba otras en armonía con la Naturaleza humana, deseando ver extinguida la ferocidad, los instintos de destrucción... Suspira por la paz, por el amor entre todos los humanos y la universal concordia... No estaban estas ideas en desacuerdo con las mías, pues yo pienso lo propio, si bien entiendo que todavía no ha llegado el tiempo en que nos convenzamos los hijos de Adán del desvarío de las guerras. *Yahia* tan pronto iluminaba con resplandores divinos nuestra conversación, como la oscurecía con disparates manifiestos. Preguntome si había estado yo en la acción de los Castillejos; respondile que no, y él dijo: «Razón tuve en creer que no eras tú el que vimos, vivo primero, muerto después. Nos alucinó el terror de aquellos espectáculos de matanza, y en sueño nos visitaron imágenes ensangrentadas de los seres queridos.»

—Aunque tu misión en el mundo —le dije—, más bien es ver fantasmas que predicar la paz, dame una idea de los planes de O'Donnell, que algo has de saber, si en el campamento cristiano tenías amigos. ¿Crees tú que los españoles romperán y desbaratarán la grande hueste marroquí que les cierra el paso a esta ciudad?

—La romperá y desbaratará como el cuchillo deshace esas paredes de cañas con que cercáis vuestros huertos. El moro es valiente, pero no sabe nada de artes de guerra. Sus armas son primitivas, o de sistemas diferentes si algunas tienen modernas. Los hombres no saben formar cuerpos tácticos, y el valor, en vez de concentrarse y unificarse, tiende a esparcirse y desmenuzarse en infinidad de actos aislados. No hay jefes, no hay generales, no hay organización, no hay cabeza... Imposible la victoria del Mogreb.

No pude contenerme. Levanteme, y con voz colérica le mandé callar... le amenacé si no callaba. Él con humildad, inclinando la cabeza, respondió: «Me has pedido mi opinión y te la he dado. En mi opinión he puesto la verdad: nunca pensé que la verdad te ofendiera.»

—¿Te atreverás a sostener delante de mí que O'Donnell se abrirá paso hasta la ciudad y entrará en ella?

—Sin ofensa para ti ni para el Mogreb, yo digo que O'Donnell entrará en Tetuán antes de ocho días. Sus planes, como de general que todo lo calcula, y que pesa y mide toda contingencia, son infalibles.

¡Loor al Dios Único! Comprenderás, noble señor, cuánto me indignó el vaticinio del desquiciado *Yahia*. Le increpé con altas voces, y si no estuviéramos en ajena casa, habría castigado su atrevimiento... Todo lo que le dije fue en lengua árabe, porque el español que sé no me sirve para incomodarme. Él se quedó en ayunas de mis imprecaciones, y yo salí de la estancia ofendiéndole con el gesto desdeñoso tanto como con las palabras. En el pasadizo estrecho, camino por donde divagan los malos olores, me detuvo *Mazaltob*, y poniéndome en el pecho sus manos crasas, me dijo: «No hagas ofensión a *Yahia*, ni le amotejes con griterío, porque él es bueno y hate dicho verdad... Tan cierto como ahora es día, Donell entrará en Tettauen... Ven y veraslo agora en sinos que nunca marraron.» Desmayada no sé cómo mi voluntad, dejeme conducir a un aposento, en el cual tenía la oficina de sus inmundos hechizos. Vi fuego en un anafre, agua en varias redomas; vi lagartos vivos, papeles con endiabladas escrituras, y un círculo de metal con signos astrológicos, que giraba entre agujas negras y verdes. «No quiero, no quiero ver tus artimañas sacrílegas», grité desprendiendo mi albornoz de sus uñas. Y ella a mí: «Cuando te profeticé, años ha, que serías rico, que de onde vien el Sol vernían para ti ochenta camellos menos uno, e ainda te dije que en tal Luna te serían dados doscientos ducados de oro, bien lo creíste, y bien se enjubiló tu ánima viendo que era verdad mi adivinancio, con merced del Alto Criador.»

—Déjame; no creo nada —repetí, anhelando zafarme de ella; pero no me valió mi deseo, porque la maldita me puso delante una tableta con sin fin de rayas y garabatos, los cuales, vistos al revés, eran la propia figura del número 18, y debajo estaba escrita en arábigos caracteres la palabra *Tzementhash* (dieciocho). Me mostró luego una redoma con agua teñida de amarillo, en la cual flotaban varias hojuelas de plantas... Agitó la redoma; corrían las hojuelas dentro del agua como traviesos pececillos, y una salió a la superficie tiñéndose de color de rosa... Pues bien: la cifra y este juego de las hojuelas en la redoma querían decir que *el día 18 de Schebah* (mes corriente en el calendario judiego) entrarán los españoles en Tetuán. De sus profanas manipulaciones, invocando a Satán, sacó *Mazaltob* la siniestra profecía, y se obstinaba en que yo había de creerla. Ella, como profesora en brujerías y artes satánicas, lo creía o afectaba creerlo, diciendo: «Que muerta me caiga yo ahora mesmo si no es la vera palabra de Dios que el día 18 de *Schebah* serán ellos en Tettauen, El Donell y El Prim... Créeslo tú; mas no lo dices por no adolorar a los tuyos.»

«¡Guárdeme Allah Misericordioso de las asechanzas de Satán el Pérfido, el Corruptor de Adán y de toda su prole!» Con esta exclamación arrojé de mi lado a la impostora, dándole un empujón que la hizo vacilar sobre sus pies como la estatua sacudida por terremoto, y salí de su casa. En la puerta, mujeres hebreas y chiquillos de la misma casta gritaban: «¡Paz, paz!»

azuzándome con burla. Seguí mi camino sin echar una mirada sobre tan ruin caterva, y doblando la esquina me dirigí a la casa de Riomesta, una de las pocas que en el *Mellah* reciben al visitante con olor de sahumerios, y así previenen nuestra respiración en favor de los dueños. En el patio estrecho me recibió la hija de mi amigo, *Yahar* (*Perla*), hermosa joven que cautiva por su ideal blancura. Díjome que su padre estaba en la Sinagoga, donde tenían reunión los Principales para tratar de su defensa... Añadió la buena moza que había venido una orden de Muley El Abbás, prohibiendo a las familias tetuaníes ausentarse de la ciudad. Nada de esto sabía yo; mas lo tuve por cierto, y la medida me pareció acertada, pues la fuga de los ricos era mayor pánico de los que quedaban, y fomentaba el ladronicio y pillaje...

¡Loor al Grande, al Dueño de todo el Universo!... Estas novedades desviaron mis propósitos del camino que llevaban, y prometiendo a *Yohar* que volvería para platicar con su padre, salí del *Mellah*, y me fui en busca de los moros de más cuenta y poderío, cuya opinión necesitaba conocer. Visité a *Brisha*, después a *Erzini* y a *Ibn El Mefty*, que son los más acomodados. Los tres me dijeron que la orden de Muley Abbás les parecía bien; pero que ellos no la obedecían, mirando sobre todo a la seguridad de sus familias. Se marcharían, pues, desafiando las iras del *Kaid*, pues maldito lo que confiaban en que la plaza, con cañones viejos, artilleros inhábiles y una guarnición insubordinada, pudiera defenderse y amparar los intereses de sus moradores. Que estas manifestaciones llenaron mi alma de tristeza, no es menester decirlo. Religión ¿dónde estás?... ¿Qué víbora se anida en el pecho de los que debieran ser tus defensores? ¿El egoísmo y el ansia de guardar las riquezas tienen su asiento donde antes lo tuvieron las virtudes? ¿Qué haces, Allah potente, Allah Soberano *el día de la retribución*?... Andando de calle en calle, la suerte me hizo topar con uno de mis más respetables convecinos, *El Hach Ahmed Abeir*, natural de Tánger, establecido en Tettauen, el cual me saludó cariñosamente en español, pues esta lengua es muy de su agrado, y sabiendo que la poseo, en ella me habla para ejercitarse y no darla al olvido. Díjome que aunque todos los pudientes salgan, él se quedará, suceda lo que sucediere, conforme a los designios de Allah Fuerte y Misericordioso. Más temía de los soldados riffeños que guarnecen la plaza, que de los españoles que amenazan meterse en ella.

Por no enojarle, creí de mi deber aparentar cierta conformidad con *Ahmed Abeir*, a quien debo acatamiento, pues son grandes el respeto y cariño que todos, pobres y ricos, le tienen en la ciudad. La conversación recayó luego en los judíos, de quienes podía temerse que hicieran algo destemplado y fuera de la decencia. Díjome que él hablaría con el *Rabbí*, y que no descuidara yo el apaciguar a Riomesta y a otros pudientes del *Mellah*... He aquí por qué torné a la Judería, donde tuve la desgracia de volver a encontrarme con la embaucadora *Mazaltob*, acompañada del borriquero que la sirve, un hebreo revejido, sarnoso y casi enano que se llama Esdras Molina. La nigromántica, que a Satán tiene por maestro, entregaba al dueño del asno líos de ropa para que los transportase a un huerto próximo al Santuario de Sidi Sideis... Al verme, soltó con áspero chillido la brutal sentencia extraída de sus diabólicas alquimias: *18 de Schebah*... y se metió como escurridiza culebra en la casa de Ahron Fresco. Solo ya frente a Esdras, le detuve, conteniendo por el cabezal a su tranquilo burro, que me agradeció la parada. Sabía yo que aquel desdichado escuerzo de Israel había vivido en Ceuta algunos años; que desde Cabo Negro andaba rastreando la retaguardia del Ejército de O'Donnell, ya para merodear lo que cayese, ya para traficar con los proveedores, llevándoles limones y naranjas, tal vez alguna pieza de caza... Los cantineros y él se entendían, y recíprocamente se ocultaban sus latrocinios y contrabandos... Aunque no confiaba en que de los envilecidos labios de Esdras saliese la verdad, le interrogué... Si su borrico hablara, me daría quizás informes más verídicos que los de su amo; pero como el animal callaba su hondo pensamiento, con el otro tuve que entenderme, recordando aquel sabio versículo del Libro Santo que dice: *La boca del mentiroso deja escapar la verdad*.

Pidiéndome que le anticipara el precio de las declaraciones que me haría, y aflojadas por mí dos pesetas columnarias, Esdras me contó que los españoles habían desembarcado un tren de batir, cañones relucientes al Sol, y unos montajes tan bonitos que daba gloria verlos. Pero él, Esdras, lo había examinado bien. ¡Todo farsa y aparato de mentira! Los cañones eran de un metal que parecía latón, y el día en que con ellos se hiciera fuego, los artilleros saldrían volando por los aires... «Ainda, no tien polvra —prosiguió el borriquero—. La polvra de cañón que vino de España en el barco que trujo los mantenimientos, no arde en el Marroco, porque el aire y el fogo del Marroco son otros fogos y otros aires... Yo lo sé, yo lo entiendo... Ainda, la reina española Isabela dice que no quié guerra más; que la guerra aumenta sus pecados, y los clergos de España perdican que no más guerra...» Acabó su informe diciendo que los españoles no harían ante los muros de Tettauen más que una simulación de batalla, y se tornarían para su tierra... Esto dijo aquel indino, cuya palabra oí con repugnancia... Pero algo hay de verdad en lo de que la pólvora española no arde en África tan bien y con tanto fogonazo como allá, por ser nuestro aire diferente de aquel; opinión que oí manifestar a un sabio de aquí, muy docto en cosas físicas y matemáticas...

Te cuento, señor mío, estas particularidades, porque me encomendaste que al par de los hechos de la guerra pusiese en mis cartas copia fiel de la opinión de la gente. Opinión larga hallarás en mis renglones, sabio y prudente señor, para que juzgues por ti mismo lo que aquí sucede. La resultancia de todos estos hechos y opiniones no la sabemos. Es locura querer penetrar los santos designios. Concluyo por hoy repitiendo estas sublimes palabras del Profeta: «Si Dios no contuviera a las naciones unas con otras, la tierra sería corrompida. Los beneficios de Dios no se manifiestan en las naciones, sino en el Universo...» Y yo digo: «Si Dios da la victoria a los infieles, es porque así conviene al Universo. La justicia nos será conocida el día de la resurrección... Esperemos tranquilos ese día.»

IV

¡Loor al Dios Único!

La paz sea contigo, y la Misericordia de Allah con bendiciones.

Volví, como decía, a la morada de Simuel Riomesta, que es uno de los hebreos más ricos de esta ciudad, amigo de los que bien pagan, prestador de dinero con grande seguridad, acechante de los engañadores y perseguidor inexorable de tramposos. Conmigo tuvo siempre miramiento grande, acudiendo solícito a facilitarme plata y oro cuando mis negocios me ponían en algún compromiso transitorio y urgente. Su opinión de mí y su confianza en mi crédito corresponden a mi puntualidad: nunca hemos tenido la menor cuestión. Añado que si es Simuel el hombre de más formalidad y rigor en los negocios de préstamos, no hay otro más rezador y cumplidor de los preceptos de su ley. Según me han dicho, es el primero que entra en la Sinagoga los viernes por la tarde y sábados por la mañana, y el último que sale: tiene permiso para pronunciar lección en fiestas señaladas. En los días de *Kypur* sale descalzo, conforme marca la ley, y practica el ayuno con verdadero fervor, que parece un deleite. En *Ros-Ashanah*, en las Vigilias de *Purim*, *Taanit*, *Schabuot*, la observancia del culto y la práctica de todos los ritos le aleja de sus negocios más de lo preciso, y en el *Sucot*, o fiesta de *Las Cabañas*, arma en su azotea las frágiles chozas para dormir en ellas, y salir tempranito a mirar al Oriente, esperando la aparición del Mesías.

Al entrar en el patio de su casa, me sorprendió el rumor de ásperos rezos que de la estancia salía, y dije a la blanca *Yohar*, que me recibió muy risueña: «¿Pero a tu padre, después de pasarse medio día en la Sinagoga, aún le quedan ganas de rezar?»

—No se harta de oración el padre —me respondió la del color de las azucenas (que Allah le conserve)—, para que el Dio de Dioses nos desaparte guerras y calamidades.

No pude contenerme, y llegándome a la puerta por donde salía la salmodia, vi a Simuel, con otros dos usureros, uno por cada lado, berreando devotamente. Libro en mano, llevaba mi amigo la voz principal de una recitación judaica, al modo de letanía, y a cada frase que él pronunciaba, respondían los otros con bronca voz: *Bedil vayahabor*. Sonaba en mis oídos este estribillo como si me dieran con un hierro en la cabeza... Interrumpí sin reparo el rezo, gritando a Simuel desde la puerta: «¡Eh! Riomesta, que estoy aquí. No es cortés recibir a los amigos con esos graznidos lúgubres... Parecéis aves de agüero malo. ¡*Con doscientos y el portero*, vuestra cancamurria da dolor de cabeza! Suspende la matraca y ven acá un momento.» Con la mano hízome señal de que esperase, y siguió echando los fragmentos del salmo, a que contestaban los otros con el machacante *Bedil vayahabor*.

Salió al cabo de un rato mi amigo, y mirándome por encima de sus antiparras, que resbalaban por el caballete de su nariz, me dijo: «¿Qué quieres, mi señor?» Y yo: «No te necesito para un solo fin, Simuel; pero empiezo por el primero: has de darme doscientos duros en oro.»

—¿Cuándo?... y la paz sea contigo.

—Ahora mismo, y tu paz te sea dada.

—Siempre vienes premoroso. Para servirte, heme quitado otros días el pan de la boca, y agora me quito el rezo santo.

—Bastante has graznado ya, y bien segura tienes el alma contra el fuego eterno. Sabrás que no me voy de aquí sin los doscientos de oro...

—Oye de mí, *Yohar*: toma la llave, sube y cuéntale a El Nasiry doscientos de oro, en el entre que acabamos el cántico. Y tú, cuando bajes, me harás el recibo.

Subí con *Yohar* a un aposento en que está el arca del dinero, entre las estancias donde duermen el padre y la hija. ¡Loor a Allah, el Indulgente y Bondadoso! Me agradaba lo indecible verme solo junto a la mujer cuya blancura me enamoraba; blancor de rostro y manos, albor visible en el cabo de pierna y en los pies medio escondidos en las rojas babuchas bordadas de oro. El tilín del dinero que *Yohar* contaba, y la blancura de esta, que a la de los jazmines eclipsaría, me llenaban de gozo. Recordé las santas palabras: «Allah es quien hace germinar los seres en el seno de las madres. Él ha colgado las estrellas en el Cielo, para que os guíen en la oscuridad. Él ha creado las flores, las palmeras y mil frutas delicadas. Es el *Sutil* y el *Instruido*.» El arrobamiento a que me llevaron el tilín del oro y la belleza nítida de *Yohar*, era turbado por el rezongar de los ancianos, que desde la planta baja subía. En mis orejas seguía zumbando el insufrible *Bedil vayahabor*.

«Gentil *Yohar* —dije a la moza—, ¿cuándo te casas? Oí que has desechado a muchos pretendientes... Acabarás por fugarte con un pelagatos, con un cristiano español... O conmigo.»

—Contigo no, El Nasiry —respondió con voz blanda—. Eres casado. Cuatro mujeres y cuatro esclavas son tuyas por merced de tu Dios... Toma el dinero, y no me apellizques el brazo con melindre, que esta carne no es para tu sabor.

—Ya sé que será para el sabor de los ángeles... ¡Loor al Glorioso!... De veras siento que seas judía. Toda tu blancura se desleirá en la mugre de Israel.

—No blasfemes. Si mi padre te oye, no te hablará en son de amigo.

—Más que por sus riquezas debe tu padre mirar por ti, si la guerra sigue. Corre tanto peligro como el oro tu blancura. La codician los españoles que vienen hambrientos de mujeres.

—Ni mi padre ni yo tememos a los del *Andalús*, que son caballeros valientes, y barraganes muy cumplidos.

—Los del *Andalús* quemaron en España a tus abuelos, y aquí te derretirán a ti, como alba cera, en el fuego que traen. Vente conmigo a Fez y te salvarás de la quema.

—Vete a Fez tú y tu generación, y déjame a mí, que *bien está en el peral la pera; cada cosa en su puesto, y la masa en el Pesah...*

Bajábamos, y nada más pudimos hablar, porque salió a nuestro encuentro Simuel, presuroso de que le extendiese y firmase el pagaré, como lo hice en la estancia donde él y los otros rezaban. En cuanto examinó el papel, quitose las antiparras sacándolas por la nariz adelante: tan solo usa los vidrios para poner aumento y claridad en la letra de los libros de devoción o de los documentos de crédito. Luego, respondiendo a mis exhortaciones para mantener la fidelidad al Mogreb y la confianza en su fuerza, me dijo que los judíos, o no tienen ninguna patria, o tienen dos, la que ahora les alberga y la tradicional: esta es España. De allá provienen él y los suyos: su antecesor Abraham Riomesta había sido *Recabdador* de las Alcabalas y Tercias reales en la Aljama de Talavera. Verdad que de allí se les echó, y algunos de su propia familia fueron quemados públicamente, otros quedaron en Castilla con el nombre de *conversos* o *marranos*... Pero de entonces acá, ya no había en España inquisidores ni tostamiento de personas. *Onde que por ello* ya no tenían los hebreos rabia contra españoles, ni miraban *como enemiga dañante la potestanía de España*. Añadió que en Ceuta, habiendo pasado meses largos con su hijo Rubén, avecindado en aquella plaza, tuvo ocasión de tratar con gran cuenta de españoles, y en todos ellos encontró amistades, cortesía y fina voluntad. Militares y civiles conoció, muy cumplidos y *barraganes*. A muchos prestó dinero, y ellos, que de España venían necesitados, por ser aquella la tierra de la necesidad, no se asustaban por cuantía de réditos, y en el pago eran liberales, dando ganancias sin que hubiera precisión de andar en *perjudizios*... *Ainda*, su hijo Rubén le ha escrito cartas diciéndole que Echagüe y O'Donnell ordenaban a sus tropas el respeto de las religiones islamita y mosaica, amenazando castigar a los que hicieran daño en mezquitas y sinagogas, y ambos generales, lo mismo que Prim y Zabala, prometido habían amparar vidas y haciendas de moros y hebreos.

A estas razones contesté yo con otras, infundiéndoles el recelo y desconfianza de los cristianos; mas no se daban a partido: lo que afirmó Riomesta
fue apoyado por uno de los vejetes que le acompañaban en sus rezos, *Ahron
Fresco*, el cual se dejó decir que había recibido recaditos de españoles soli-
citando préstamos, que se harían efectivos al ocupar la plaza. Comprendí
que nada podía con aquella gente sin fuego de patria en el corazón. Les dejé
con desprecio y repugnancia. Al salir, despedido en la puerta por la blanca
Yohar, oí de nuevo los rezos lúgubres, y recordé las palabras del Profeta:
«Escrito está que sus corazones se petrifican en el egoísmo... Está escrito
que cuando se hayan quemado en el Infierno, se les pondrá nueva carne y
nueva piel para volver a quemarlos.»

Al salir vi que a la casa de Riomesta se llegaba la embaidora *Mazaltob*
con un ramo de hierbas aromáticas y medicinales que no dudo serían para
Yohar. ¿Estaría en aquellas plantas el secreto de la extremada blancura de
la joven hebrea?... Pensé yo que la ciencia llamada Botánica por los infieles
ofrece medios de encender el amor en las naturalezas frígidas y aplacadas.
¡Oh, *Yohar*, guárdate de la hechicera y de sus diabólicas artes! Estos pensamientos me llevaron lejos del *Mellah*... Dirigime hacia la Alcazaba, y en el
camino tuve el disgusto de ver que una de mis casas había sido abandonada
por el moro inquilino, y que este se había llevado la puerta, arrancándola
de sus goznes. Era ya mi casa albergue de mendigos y vagos, que me la
llenaban de su inmundicia. Indignado, traté de arrojarlos de allí; mas ningún
caso me hicieron. En la Alcazaba vi al *Kaid*, que en buenas palabras me
expresó sus graves apuros para contener a la gente pobre, que se había
hecho dueña de la ciudad. El principal cuidado de él era sostener el orden y
atender al aprovisionamiento de las tropas de Muley El Abbás.

Allí me encontré al venerable *Hach Ahmed Abeir*, también con achaque
de reclamaciones, que por un oído le entraban al *Kaid* y por otro le salían.
Entristecidos bajamos mi amigo y yo al *Zoco*, donde vimos turbamulta de
montañeses que se quejaban de no tener con qué alimentarse; algunos
tetuaníes pedían armas, y con ira ponderaban la voracidad de los cristianos,
que todo se lo comían y no dejaban nada para los pobres moros. Había
visto recaderos judíos que cargaban de víveres sus burros y los llevaban al
Sbañul... No pudimos permanecer allí, porque el vocerío de aquella infeliz

138

gente nos agobiaba. Quiso *Ahmed* llevarme a visitar las baterías de la plaza y sus cañones y artilleros; pero a ello me resistí, previendo mayor desengaño del que ya ennegrecía mi alma. Despedime del respetable señor, encomendándole a la misericordia de Allah, y me salí solo por *Bab Echijaf*, para irme a Samsa, donde contaba pasar la noche y aun descansar algunos días en casa de un amigo. Muy necesitado me sentía de respirar aire campestre, y de espaciar mi vista por las hermosuras que prodigó Allah en este rincón del África, sin duda destinado a que en él tuvieran su Paraíso Terrenal los predilectos.

El alma, sobrecogida por los siniestros augurios que en la ciudad oí, y por mi temor de la derrota del Islam, se me ensanchó al contemplar las risueñas colinas próximas, el lejano y majestuoso *Djibel Musa*, coronado de nieve, y al recibir en mis pulmones el aromoso ambiente que de los montes venía. Ya los almendros empezaban a vestirse de sonrosada blancura; ya el suelo se cubría de menudas florecillas; ya diversas plantas daban señales de la temprana germinación, por la cual África es maestra y precursora de Europa en la labor de la Naturaleza... Nunca me pareció tan bello este suelo de bendición; nunca oí con deleite tan vivo el murmullo de los arroyos que del monte descienden; nunca admiré con tanto fervor la obra de Allah, que creó toda la tierra y los cielos sin el menor cansancio... Todo el camino hasta Samsa lo recorrí en muda contemplación. La obra de Dios no ponía ninguna parte de sí en la guerra que nos asolaba: bosques y peñas, montes y colinas eran indiferentes a los combates entre hombres, y si algo decían, era *paz* y siempre *paz*. Mirando las sierras elevadas, que como ningún otro signo expresan la grandeza del Criador, pensé en el Día del Juicio... «En aquel día —dice la Escritura—, Allah dispersará los montes como polvo, para que toda la tierra sea inmensa planicie, por la cual irán avanzando los hombres resucitados. Condúcelos ante el trono del juez el ángel *Israfil*... Avanzarán los hombres en falanges, y no se oirá más que el ruido de sus pasos.» Ante la majestad del Juicio supremo, ¿qué significa esta guerra, ni cien guerras, ni las riñas y trapisondas en el rebaño de Adán?

En Samsa me hospedó mi grande amigo *Mohammed Requena*, anciano de luenga barba blanquísima, encorvado ya por el peso de los años, pero con el entendimiento y la mirada fulgurantes de animación, viveza y gracia.

Pertenece a la nobleza tetuaní, y en su casa conserva las llaves de la que en Granada ocuparon sus antecesores, hasta que Isabel y Fernando (¡a quienes Allah dé su merecido!) les arrojaron con Boabdil a las playas africanas. Es padre de generaciones: sus hijos y sus nietos y biznietos masculinos no se pueden contar... Es hombre instruido: ha estado dos veces en la Meca; ha viajado por Oriente, y algo también por España y por Italia; habla regularmente el español, y es, como sabéis, buen creyente, de los que interpretan el *Korán* a gusto de todos. Con él he pasado las mejores horas de mi descanso, y no hay que decir que nuestra conversación ha sido un continuo girar en torno al tema de la guerra.

Debo deciros que *Requena* no disimula su desconfianza de que el Mogreb se *sacuda fácilmente las moscas españolas*. Empleó esta frase, que copio fielmente. Y la sinceridad del sutil viejo no se ha recatado para manifestarme cierta simpatía por los españoles. En mucho tiene sus cualidades de valor y de natural despejo para todo. Entre mil cosas, me ha contado que años atrás, hallándose en Ceuta, hizo conocimiento con el general Ros de Olano, comandante entonces de aquella plaza fuerte, y quedó prendado de su cortesía. Es, según dice, hombre sabio en guerra y en paz; su instrucción abraza hasta el círculo de la religión, de la poesía, y de la historia de los pueblos antiguos, mayormente del que se llamó Roma, que luego vino a perderse como todos los imperios de grandeza desmedida. Entretenía *Mohammed Requena* dulcemente las horas con el *Chej* español, y desde aquellos días no ha pasado uno sin que le recuerde. Siente en el alma que la guerra del Mogreb con España le impida hoy bajar al llano para saludar a su amigo con la Paz y la Misericordia de Allah...

En nuestra última conversación me dijo *Mohammed Requena* estas palabras que jamás podré olvidar: «En toda guerra sale finalmente vencedor el combatiente que sabe más, no solo de guerra, sino de todas las cosas de humano conocimiento, porque la guerra es un arte que pide la reunión del saber militar y de todos los demás saberes y entenderes. Los españoles, aunque algo alocados, saben o tienen de los diferentes saberes luces incompletas; lucecitas que todas juntas hacen un gran resplandor en las almas, por el cual se guían hacia donde está la victoria... Y no te digo más, hijo. Anda y ve... y tráeme pronto noticias del triunfo de nuestros hermanos... que sobre todo lo que te he dicho está la voluntad del Excelso.»

V

¡Loor al Grande, al Justo! Sean contigo la misericordia y las gracias.

Transcurridos cuatro días gratos en compañía del bendito *Requena, mina de excelencias*, salí en averiguación de lo que pasaba, pues desde las inmediaciones de Samsa oíamos cañonazos y el granear de la fusilería. Bajé a campo traviesa, y pasando junto al cementerio mosaico, me encontré a mi criado *Ibrahim*, que volvía del campamento, y me contó las peleas de moros y cristianos en los días de mi ausencia. Sin precisar fechas, pues era mi hombre bastante torpe en el conocimiento del Almanaque, me informó de que los españoles habían rechazado a los creyentes siempre que estos quisieron estorbar sus obras de fortificación; que el día *tantos* llegaron al campo nuestro las tropas que manda el príncipe *Sidi Ahmet*, ocho mil hombres bien armados: se les saludó con salvas y juego de pólvora. El día *tal*, que debía de ser día *cual* en el Calendario de ellos, visitó el campamento cristiano el gobernador de Gibraltar, que no iba más que a curiosear. En todo metió las narices aquel señor, para informar a su Gobierno del armamento del Español y de cómo llevaban la guerra. En *Torre Geleli* se comentó esta visita como favorable: creíamos que el Inglés había de aconsejar a O'Donnell que se retirara, y no se dejase coger en la trampa que preparada le tenemos. Pero el Español, despedido el Inglés con zalemas, no tiene trazas de retirarse, y bien lo probó al día siguiente y al otro, provocándonos a batallas en que Allah no quiso favorecernos. De nada nos valió echar los *facíes* por la parte próxima al río, porque la Infantería del Prim no los dejó maniobrar, y entre tanto los batallones ligeros y la Caballería española se nos colaron por la parte alta, al pie de *El Dersa*. Por fin, otro día, que Ibrahim designó más claramente diciendo *el bárah* (ayer), los españoles celebraban fiesta de una santa que llaman *La Virgen*, y no combatieron, sino que se dedicaron al rezo, poniéndose todos a mirar para la azotea de la Aduana, donde estaba el santón vestido de blanco y oro, delante de un altar... Y atentos a los gestos del *imam*, se arrodillaban o se ponían en pie, y luego tocaron todas las músicas en celebración del sacrificio. Oyó contar *Ibrahim* que en cuanto concluían los cristianos la ceremonia que llaman *Misa*, degollaban en aquel altar cien carneros y veinticinco bueyes, que es la ofrenda con que obsequian a su Dios, el cual es un ídolo que gusta de ver correr la sangre en su ara.

Nada contesté a los errores y disparates de *Ibrahim* acerca de la religión hispana, por parecerme que constituyen un estado moral favorable a nuestra causa, y ordenándole que se fuese a Tetuán para estar al cuidado de mi casa, seguí hasta *Torre Geleli*, ansioso de ver al príncipe y de comunicarnos recíprocamente nuestras ideas y observaciones. Encontrele revistando los trabajos de fortificación de su campamento, en el cual unos dos mil hombres trabajaban abriendo fosos, acumulando tierras, hacinando obstáculos en las escarpas, con piedras, matojos, enredijo de pencas de pita, raíces y cuanto hallaban a mano. Trabajaban con fe, riéndose algunos anticipadamente de la cara chasqueada que pondrían los españoles cuando se vieran enredados de pie y pierna en tales laberintos... A Muley El Abbás le observé sereno y grave: oyó mis noticias del estado de la opinión en Tettauen, sin mostrar alarma ni abatimiento, asegurándome que había reforzado la guarnición de la plaza con gente guerrera de la mejor que tenía. Díjome luego que sabía por su espionaje la llegada de un refuerzo de tropas cristianas, llamadas *Voluntarios catalanes*, y quiso saber por mí qué gente es esta, de dónde viene, y a qué *kabila* o tribu de españoles pertenece.

Acudí a ilustrar al príncipe diciéndole que esta tropa viene de un territorio hispano que se llama *La Catalonia*, país de hombres valientes, industriosos y comerciantes; país que está todo poblado de talleres donde labran variedad de cosas útiles, papel, telas, herramientas, vidrio y loza. Como expresara extrañeza de que los *catalonios* dejaran sus telares, alfarerías y fraguas para venir a una guerra en que morirían como moscas, le respondí que allí sobra gente para todo, y que los trabajadores pacíficos no temen interrumpir su faena para ayudar a los fogosos militares, pues los pueblos de Europa saben por experiencia que después de la guerra es más fecunda la paz, y mayor el bienestar de las naciones... Dije esto dejándome llevar de una sandia pedantería, que aprendí no sé dónde ni cómo, y el príncipe, risueño y burlón, me cortó la palabra con los movimientos dubitativos de su hermosa cabeza casi negra.

Siguiendo por el campamento atrincherado, vi los cañones en su sitio y todo dispuesto para el combate. No pude ocultar mi satisfacción: las robustas piezas me parecieron de terrible hermosura, y los artilleros que habían de servirlas eran a mis ojos los primeros del mundo. Oyó el príncipe mis ponderativos aspavientos, y con modestia melancólica me dijo: «Ellos traen cañones gruesos de sitio, y otros ligeros que llevan fácilmente de un lado para otro. Pero sobre el bronce está la voluntad de Allah... A los débiles hace fuertes, y a los fuertes débiles. Ya habrán visto los españoles que los moros van aprendiendo de sus enemigos, con rápida instrucción, el arte de pelear en campo abierto. ¡Ah!, ¡qué sería de los cristianos si no tuvieran de general a ese O'Donnell, hombre sereno que en los puntos y momentos de la confusión da sus órdenes con la calma del que sabe el cómo y el por qué de mover una pieza! Todo lo tiene previsto; nada se le escapa... Las faltas que cometen los muy arrebatados avanzando más de lo preciso, las enmienda con los pasos medidos de los más prudentes... Así es que siempre le sale la idea suya... Te digo con toda el alma que para el Mogreb quisiera yo un hombre así, tan sabio y tan entendido en el mover de tropas... Pero ahora y siempre, sobre todo la voluntad de Allah.» Terminó manifestando que las pérdidas en el día 7 de *Rayab* (31 de enero), habían sido muchas por una y otra parte. En efecto: yo había visto sin fin de heridos arrastrándose o llevados a hombros por las veredas de Samsa, y en todo el campo gran número de muertos que aún no habían sido enterrados... ¡Lleva sus almas, oh Perfecto, a los jardines de perdurables delicias!

El gozo me inundó contemplando la actividad de la muchedumbre guerrera en el campo. En los ojos de aquellos hombres, resplandecía el fuego de la fe... Confiaban en Allah y en sí mismos. Recorrí de grupo en grupo todo el terreno ocupado por los defensores del Mogreb; vi miles de miles de musulmanes de distintas castas y familias, y en ningún rostro noté señales de desaliento. Hablaban con animación, reían, y entre las faenas obligatorias y los pasatiempos gimnásticos, ello es que tenían en continuo ejercicio sus músculos de acero. Cuando la batalla no les enardecía, jugaban a vencer o morir.

Allí estaba el Mogreb: todo lo vivo y sano de esta tierra de bendición que Allah tiene por suya. Contar los hombres que pisaban el suelo desde las alturas medias de *El Darsa* a la vaga corriente de *Guad El Gelú*, habría sido tan difícil como sacar cuenta exacta de las estrellas del Cielo. En el enjambre bullicioso distinguí las rudas facciones del *bereber*, de ojos encendidos y ágiles movimientos; vi los negros del *Sus*, de expresión triste y dulce mirar; los *muladís*, o mestizos de sudanés y *bereber*, veloces en la carrera y astutos en la intención; vi el árabe de Oriente, cuyo rostro, de belleza descarnada, trae a la memoria la imagen del Profeta, y el árabe español o granadino, de fina tez, fácilmente reconocido por su compostura aristocrática. ¡Y qué variedad de trajes y atavíos! ¡Cuánto más pintoresca nuestra tropa que la de España, en que los soldados van igualmente vestidos, como frailes o alumnos de una escuela eclesiástica! No son personas, sino muñecos fabricados conforme a un vulgar patrón de la industria de sastres. Aquí veo la rica variedad de colores que me dice los gustos de cada tribu y de cada país. Los montañeses del Riff traen sus pardas chilabas terrosas, para que el color les ayude a confundirse con los tonos del suelo; los más pudientes las adornan con caireles y flecos de risueños colores. Ved allí los *talebes*, de blanca vestidura, y los *bereberes* de Semmur, gustosos de que los vivos matices de sus trajes ofrezcan blanco seguro al enemigo. De esta otra parte aparecen los ricos árabes *tetuaníes* y *facíes*, con el blanco albornoz que ennoblece la figura; los negros *bukaras* ostentan el rojo de sus gorros puntiagudos; los del *Sus* visten *caftanes* listados de blanco y rojo, y los *beniargas* y *tsuliés* combinan el negro y blanco... ¡Qué armonía en esta variedad, y qué hermoso espectáculo el de tanta gente que trae a la guerra la unidad de su fe, manteniéndose cada cual en la forma y colorines que la tradición de su tribu le impone!

Cayó la noche sobre esta muchedumbre de creyentes guerreros. La oración suspiró en muchas bocas, y en la mente de todos hubo un pensamiento que salió y subió en busca del Dios Misericordioso. El bullicio se fue apagando, y la movilidad resolviéndose en quietud apacible. Unos en las tiendas, otros al raso, requerían el descanso. Yo me uní a un grupo de amigos que, arrimados a las formidables trincheras de la *Casa de Assach*, se prepararon a pasar la noche. En aquel grupo había soldados de indomable ferocidad y creyentes de gran virtud: uno de estos, *Bu Haman*, camellero que largo tiempo estuvo a mi servicio, me guardaba fidelidad y adhesión cariñosa. La noche pasamos hablando más que durmiendo, exponiendo cada cual sus pensamientos con libre franqueza. Entre las mil peregrinas cosas que oí, recuerdo una observación interesante del camellero: dijo que la noche anterior, de centinela junto al río, frente al llano de *Benimadan*, había visto que todos los perros de Tettauen pasaban por una y otra orilla en dirección del campo de los españoles. Solo dos o tres se detuvieron en el campo moro. Hizo constar uno que los canes olfatean el buen comer y nunca se equivocan. Otro puso en duda la decantada fidelidad de aquellos animales, y yo, sin decir nada, pensé que el desfile de perros hacia el campamento cristiano era un hecho de malísimo augurio... Mi mente se llena de dudas. Para desvanecerlas, mi memoria revuelve el *Korán*... que habla de todo lo divino y lo humano..., pero no dice nada del talento de los perros.

La noche fue desapacible, por el vientecillo helado que venía del Norte. A la madrugada cayó alguna nieve, obligándonos a buscar el abrigo de una tienda. Al amanecer, el viento cambió a Levante, y la nieve en llovizna fastidiosa. Se presentaba un día de temporal, desfavorable para la guerra. Por fortuna o por desgracia, a poco de amanecer, corrió el viento a la otra banda, y el Poniente trajo sequedad y despejo del cielo... El *¿qué pasará hoy?* a todos nos tenía en gran inquietud, y el temor y la esperanza, unidos del brazo, eran huéspedes de todos los corazones marroquíes. Apenas fue de día, nuestro campo recobró la actividad de la víspera: los que tenían algo que comer, se prevenían contra el ayuno forzoso de las horas de pelea. Otros, comidos o sin comer, tanteaban sus armas y se surtían de balas y pólvora... Recorrí todo el espacio entre la *Casa de Assach* y *Torre Geleli*, rodeando trincheras, sorteando obstáculos y metiéndome por entre las manadas de hombres afanados, inquietos. Vi a Muley El Abbás hablando sucesivamente con este y el otro *Chej*, con el *Kaid et tabyia*, jefe de los artilleros, con los diferentes *kaides* y *bajaes* de la caballería regular *(Jaiali)*, de los *Bukaris* (Guardia negra), y de las irregulares masas de tropa *(harca)* que componían aquella inmensa grey. El príncipe *Ahmet* salió a caballo con lucida escolta de jinetes árabes, y fue a inspeccionar la gente que acampaba al pie de la montaña... Luego volvió a *Casa de Assach*. El Sol se desembarazó de nubes; sus rayos hacían brillar las armas, y con suave picor, hiriendo la piel de los hombres, los llevaba de la ansiedad a la confianza.

Un *Kaid* de los *facíes* me ofreció caballo y armas; pero no acepté, pues no me sentía con las necesarias aptitudes de agilidad y resistencia para seguir a la Caballería en sus atrevidas carreras. No pudiendo permanecer ocioso, mi puesto no debía ser otro que las trincheras de *Torre Geleli* o la *Casa de Assach*. Acompañé al *Kaid* hasta las alturas que hay pasado el arroyo de *Virgech*: desde allí vimos que los españoles habían levantado su campamento, y marchaban ordenadamente hacia nuestras posiciones, en dos grandes masas que debían de ser los Cuerpos *Segundo* y *Tercero*. La verdad, era un espectáculo imponente ver marchar tan gran número de hombres formando líneas, que de lejos parecían trazadas sobre el papel. Avanzaban con paso tranquilo en dos enormes conjuntos de diez mil hombres cada uno. Detrás, junto al fuerte de la *Estrella*, quedaba otro golpe de gente, que debía de ser la *Reserva*. Todo lo que vi suspendió mi ánimo: era como la perplejidad calmosa con que la Naturaleza anuncia las tempestades. ¿Hasta dónde llegarían aquellos hombres, que yo veía como nube parda arrastrándose por la tierra, y que llevaba dentro de sí el rayo y la destrucción?... Pasaron los españoles el Alcántara, sin duda por puentes que les habían construido sus ingenieros, y seguían adelante con grave marcha de gigantes, esquivando los terrenos pantanosos, pero sin perder su orden ni sus alineaciones admirables.

Desde las lomas donde dejé a los *facíes*, bajé rápidamente, y pasando el arroyo *Virgech* me volví a las trincheras que en extensa línea, con entrantes y salientes, conforme a las ondulaciones del terreno, serpenteaban de Norte a Sur, cortando el camino de Tettauen... Seguían los españoles su marcha pavorosa, y los dos Cuerpos de Ejército se separaban más conforme iban ganando terreno. Entre ellos distinguí otro bloque rastrero y movible, más bien azul que pardo, que me pareció la Artillería montada. Detrás, a larga distancia de los dos Cuerpos, venía la Caballería en abierta y descomunal falange, dos inmensas filas que parecían trazadas con regla... En nuestro campo, a medida que a las trincheras me aproximaba, advertí, más que silencio, un susurro, bajo el cual vibraba un escalofrío. Pude creer que el oído aplicaban todos queriendo escuchar el estremecimiento del suelo por las pisadas de los españoles con mesurada cadencia. Duró este susurro, a mi parecer, cerca de una hora. Los cañones de una y otra parte callaban lúgubremente... El primer tiro lo disparó, según oí, una cañonera que subía por el Río Martín para impedir que las partidas de moros derramadas por la orilla izquierda hostilizaran a los españoles... El avance de estos era constante, como el tormento de una idea fija... Al segundo disparo de la cañonera, nuestras baterías rompieron el fuego contra los dos Cuerpos españoles que venían de frente. La Artillería de ellos seguía callada; la nuestra, demasiado impaciente quizás, empezó a mandar balas; pero iban tan mal dirigidas que casi todas caían en los claros de los batallones, los cuales continuaban su marcha lenta, de aterradora pesadilla, sin hacer caso de nuestra temprana furia.

Mas llegó un momento en que los españoles se detuvieron. Hallábanse en el punto preciso que su sabio general les había marcado. Amenazaban el extremo derecho de nuestra línea de trincheras. Ya les veíamos a distancia como de un cuarto de legua, o menos. De su Artillería avanzaron dieciséis cañones, que rompieron el fuego sobre nuestros parapetos. ¡Allah Grande y Justo, asiste a los tuyos! El horrible estruendo de tantos cañones de una y otra parte no puede ser expresado por ninguna voz humana... Tan formidable sonido no parecía cosa de la tierra, sino del Cielo. En medio del fragoroso sacudimiento del suelo y vibración de los aires, vino a mi mente lo que está escrito en el *Libro Santo*: «El Trueno canta las alabanzas del Excelso. Los Ángeles, poseídos de terror, le glorifican. Allah lanza el rayo; ruedan las Nubes; las Tempestades repiten que Allah es inmenso en su furor.»

VI

Y en esto, como si de la sierra se desgajase uno de los montes más altos rodando en pedazos mil hacia el llano, vimos que se arrancaba nuestra Caballería en número de cinco mil jinetes, con infinidad de colorines y relumbrón de arreos y armas, corriendo a envolver a los españoles por su flanco derecho. ¿Cómo podrían contener los de O'Donnell este formidable pedrisco? Me han dicho que el suelo retemblaba, y que por el aire surcaban como llamaradas las exclamaciones de los jinetes, enardecidos por la fe y envalentonados por la seguridad del triunfo. Este hubiera sido grande y decisivo, si Satán, que entre las filas españolas andaba con todos sus diablos para dañar al Islam, no sugiriese a nuestros enemigos un infernal ingenio de guerra, el más indigno y bárbaro que puede imaginarse. El general de la Reserva, que me parece se llama Ríos, destacose del fuerte de la *Estrella*, que era el puesto que O'Donnell le había marcado, y disparó sobre nuestros cinco mil caballos, no balas o granadas, sino unos traidores cohetes que, corriendo y reventando por bajo, al modo de buscapiés, espantaban a los nobles animales y hacían imposible todo concierto en el ataque. ¡Maldito sea de Allah, y precipitado en la *Géhenna* (los Infiernos), el que inventó tales aparatos de confusión y burla canallesca! Contra esto nada vale el arrojo de los guerreros más audaces, nada las órdenes, planes y reglas de batalla. Desesperados, los jefes de la Caballería gritaban que no se tuviese miedo de los estampidos de los cohetes; pero los pobres caballos, como irracionales y privados de entender la palabra humana, no podían repararse de su terror, sintiendo que por entre sus patas se enredaban todos los demonios con carcajada de pólvora restallante y corrimiento de ruidos espantosos. No obstante, trabajo le costó al *Cheje* Ríos, con sus cohetes y sus batallones, atajar el empuje de nuestra Caballería, aunque esta se enroscaba en sí propia, y se dio el caso de que algún jinete, medio loco, hiriese a sus propios hermanos.

Satán o *Eblis* y todos los genios malos, creados del fuego, se concordaron para ayudar a los españoles. A los diez cañones que vomitaban balas contra nosotros, otros tantos se unieron pronto lanzando granadas encendidas. Felizmente, nuestros parapetos no estaban mal armados, y el daño que nos hacían no era grande. Yo vi que a cada disparo saltaban al cielo surtidores de tierra; a veces, entre ella, un pedazo de árbol, una cabeza, una pierna de hombre... ¡Espectáculo terrible! Otros cañones cristianos fueron en ayuda del general Ríos, que se desenredaba de los caballos moros como su Dios o Satán le dio a entender. ¡Allah le ataje pronto sus días!

Y las dos masas de Infantería cristiana se aproximaban más a cada momento, esperando que se les diera orden de atacarnos. La una ya estaba como a seiscientas varas de nosotros; la otra como a cuatrocientas. Por el lado del río también había fuego vivísimo. Un *cheje* español se batía con los moros de a pie y de a caballo que desde la margen del *Guad El Gelú* nos ayudaban, y contra estos también echaron cánones los cristianos; que en este día de ira y de fuego todo era labor de artilleros, y se creería que de la tierra brotaban las condenadas piezas de montaña. ¡Sea quemado y vuelto a quemar infinidad de veces en el Infierno el que inventó estos execrables tubos de bronce, que traerán, si Allah no lo remedia, el acabamiento de los hijos de Adán!

Por lo visto, los españoles querían inutilizar nuestras baterías antes de atacarnos cuerpo a cuerpo. Mas no era fácil, no era nada fácil, ¡ira de Allah!, porque los parapetos de tierra, dirigidos en su ejecución por sargentos ingleses, presentaban admirable defensa para los cañones y los sirvientes de estos. El fuego continuo de los enemigos nos mataba mucha gente; pero no lograba inutilizar nuestras piezas... Estas callaban algún rato, por falta de sirvientes; pero luego volvían a soltar su tremenda voz en los aires inflamados. Señal indudable de intervención del pérfido *Eblis* en contra nuestra fue que una granada cristiana, en vez de caer en la contra-escarpa, se metió muy adentro, guiada del infernal espíritu, y vino a reventar en el propio depósito de nuestra pólvora. Quemose esta de una vez, escupiendo al cielo un pavoroso y horrísono volcán. ¿Qué mayor prueba de que los genios del mal tenían hecho trato con O'Donnell y servían a España como traicioneros y burlones diablos?

El maldito, el infiel O'Donnell no se apartaba un punto del pérfido plan que había compuesto para perder al Mogreb. Su titánica Infantería, poca cosa como quien dice, la friolera de *treinta y dos batallones*, continuaba impávida detrás de las baterías, aguardando a que estas hicieran el mayor estrago posible. La tenía el *Gran Español* como trincada y sujeta con inmensa rienda, y aunque ella quería embestir, no la dejaba el muy perro. Los cañones, que a cada instante crecían en número, como si salieran de la tierra, continuaban abrasándonos en toda la línea... Las trincheras de *Casa de Assach*, donde estaba el príncipe *Ahmet*, eran las que más quebrantadas parecían por el cañoneo incesante... Llegó, por fin, el momento que el sagaz O'Donnell esperaba, el momento de la madurez, o sea cuando nos halláramos en punto de cochura, como quien dice, para ser comidos calentitos. Las vibrantes cornetas de ellos, y las músicas para que nada faltara, dieron a una la señal de ataque... Ello fue cuando la Infantería se hallaba a la distancia precisa para poder llegar de un aliento a nuestras posiciones... Quien pudiera ver desde los aires la veloz carrera de los treinta y dos batallones desplegados como por encanto en una línea de extensión poco menor de media legua, vería un espectáculo tan horrible como grandioso. ¡Inmenso choque de la vida y la muerte! Por la parte que yo vi, puedo imaginar el conjunto de esta feroz acometida de hombres contra hombres. Y para que no dijesen los soldados que sus jefes les mandaban a morir, quedándose ellos en el seguro, delante de las masas de infantería venían los generales gritando: «*Avante, hijos... Carguen... A ellos...*»

En el lugar donde yo estaba, junto a *Casa de Assach*, me tocó ver a O'Donnell, a quien nunca había visto... Le vi trayéndose detrás una ola de furiosos hijos de Adán discípulos de Cristo, hombres mil vestidos del pardo poncho, con los casquetes o roses echados atrás, y la fiera bayoneta relumbrante al Sol, apuntando a los pechos y a las barrigas de los pobres hijos de Adán que éramos discípulos de Mahoma... Y pude observar en aquella visión de relámpago, que era el llamado *Gran Español* un diablo largo y rubio, de tez enardecida por el fuego de su sangre hirviente... Y visto un instante, ya no le vi más, porque tuve que poner mis ojos en el pedazo de tierra por donde yo debía escabullirme para librar mi cuerpo del horrible filo de las bayonetas... Recuerdo bien que hice fuego sobre los enemigos que se colaban en nuestro campo, salvando las trincheras; y no disparé una sola vez, sino dos o tres; y no mentiría si asegurase que maté, o herí por lo menos gravemente, a uno, quizás a dos... Pero considerándome yo también hijo de Adán, y acordándome de *Puerta de Dios* (Bab-el-lah) y de mis adorados hijos, creí que era un deber conservar la existencia, o que mi muerte no habría de traer ya ninguna ventaja al apabullado Islam.

Y así como yo vi al máximo diablo O'Donnell echarse con su caballo sobre nuestras trincheras, trayéndose detrás el huracán de sus tropas, otros me han contado que vieron al *Eblis* Prim en tal punto de la línea, y al *Eblis* Ros de Olano en tal otro... Diablos eran todos, y cada soldado echaba fuego por los ojos, fuego por la bruñida bayoneta, y fuego escupían de su boca en bárbaras y blasfemantes expresiones... En medio de la confusión de nuestro campo, viéndome obligado a no estar ocioso y a no escapar cobardemente, imité a los *chejes* que vi cerca de mí, y como ellos, dediqueme a dar palos sobre los infelices que retrocedían... ¡Atroz revoltijo de pelea, y espantosa algarabía de voces y tiros, de cañonazos próximos y lejanos! Llegué a perder toda orientación y a no saber dónde me encontraba. Yo no sabía hacia qué parte caía Tettauen, pues creí verla por el lado del Río Martín, hacia la mar salada; me figuré que las olas ocuparían el sitio del enhiesto *Djibel Musa*, y que este se había ido de paseo por la banda de Oriente... En fin, ni Norte ni Sur había ya para mí, y tierra y cielo cambiaban de sitio.

Las feroces luchas cuerpo a cuerpo eran aquí y allá favorables a los españoles. Muchos de estos avanzaban como locos campo adentro... Vi muertos a los que un momento antes había visto vivos, gritando y matando. Caídos vi moros o cristianos, que volvían a levantarse, teñidos de sangre, para caer de nuevo... No sé por qué parte... Debía de ser por la parte de *El Dersa*... Moros a caballo y a pie se alejaban de la refriega... Mirándoles, sentí vehementes ansias de tomar aquella dirección; pero no me determinaba. Seguía yo sacudiendo a los flojos, y recordándoles con ardiente palabra las dulcísimas venturas que encontrarían en los jardines paradisiacos si se dejaban morir por el Mogreb... Pero, la verdad, no se convencían fácilmente, y, sin quererlo yo, me transmitieron su desánimo. Confieso, señor, sin avergonzarme que la seguridad de la inmortal dicha cautivaba mi espíritu menos que las imágenes de la felicidad temporal y transitoria, accesible en este mundo. Todas mis ansias eran para mis hijos y para *Puerta de Dios (Bab-el-lah)*.

En esto, como desmayase yo en apalear a los que volvían al enemigo la espalda, en la mía descargó furiosamente su garrote un *kaid* desconocido y bárbaro. No fue preciso más que para que siguiese yo el ejemplo de muchos moros principales, o no principales, que quisieron acortar la distancia entre el campo de muerte y la montaña de salvación. A huir me impulsaba, más que el horror de la matanza, el furibundo miedo que tomé a los rostros de los españoles. Ni los cadáveres que pisábamos, ni el espectáculo de los hombres que yacían expirantes, con la cabeza hendida, el vientre rasgado, algún miembro separado del tronco, entre charcos de sangre, me causaban horror tan intenso como los rostros de los españoles vivos que iban entrando en nuestro campo y posesionándose de él. Y si alguno me miraba, mi pánico me hacía buscar un agujero donde esconderme, o ancha tierra por donde correr... No puedo darte, señor, explicación de esto, pues yo mismo no lo entendía ni lo entiendo. Ello debió de ser obra de los genios malvados que, invisibles entre nosotros, nos llevaron a la catástrofe, aflojando nuestra valentía; y no satisfechos aún, querían volvernos locos para que los cristianos nos destruyeran en la confusión de nuestra retirada.

Ya iba yo más allá de *Torre Geleli*, faldeando con paso vivo la montaña, cuando otros infelices que a mi lado pasaron a todo el correr de sus ágiles piernas, profirieron blasfemias horribles, natural desahogo de la vergüenza y humillación que todos sufríamos. Lo peor, Señor, fue que yo también blasfemé: mi lengua, como máquina obediente a las soeces exclamaciones que me entraban por los oídos, pronunció también voces y frases altamente ofensivas para el Poderoso Allah, Dios Grande y Único... Entiendo, Señor, que en aquel trance de tanta turbación y amargura, mi lengua emancipada y sola, sin estímulo del pensamiento, echó de sí las atrocidades que confieso ahora para que veas mi pecado y me ayudes a obtener el perdón. Oyendo las perrerías que los otros decían de Allah por haber consentido a los ángeles maléficos la derrota del Islam, yo le llamé *cochino*, nombre que dan los cristianos al inmundo animal cuya carne nos está vedada por enfermiza y corruptora de nuestra sangre... Y para acabar de arreglarlo, voces españolas de mal gusto se me escaparon de la boca, como *calzonazos* aplicado al Sumo Creador, y *cabrón* o *macho cabrío*, con que desvergonzadamente motejé al Profeta... Pero estábamos ebrios de despecho y vergüenza, y no sabíamos lo que decíamos; casi no éramos responsables de tan nefando sacrilegio, y Allah, que nos oía, porque todo lo oye y lo ve, debió de menear la majestuosa cabeza, y esclarecer todo el Universo con una indulgente sonrisa... ¿Verdad, Señor, que si Allah nos condujo al desastre fue porque así nos conviene? ¿Verdad que ha querido castigarnos por nuestra poca fe y el descuido de las prácticas religiosas? Así lo pensé yo por la noche, y me privé del descanso y sueño para implorar el perdón de mi culpa, y reconocer humildemente la Sabiduría del Creador y Ordenador de todas las cosas.

Y dicho esto en descargo mío, sigo contando. Íbamos en gran desorden, temerosos de que el cañón cristiano nos diera la despedida. Faldeando el áspero monte frente a la Alcazaba, saludábamos tristemente a la blanca *paloma* que pronto había de ser esclava del soberbio *Sbañul*. No vi al príncipe Ahmet, que era de los que habían tomado la delantera para llegar pronto al descanso; al otro príncipe, a mi amigo Muley El Abbás, sí pude verle, y aun cambiar con él afligidas palabras. El noble señor se cubría el atezado rostro

152

con un pañuelo, para que no viéramos las lágrimas que de sus ojos echaba. Hombre de tesón militar y de ardiente patriotismo, no hallaba consuelo a su dolor y vergüenza, como no fuera en la santa religión. «Dios lo ha querido — me decía—. Nada podemos contra Dios... El Mogreb es vencido por la tibieza de nuestra fe... No acuden como debieran los voluntarios musulmanes a la guerra santa... Mahoma está perplejo, Allah muy enojado...»

Andando sin parar, oí de labios de mis compañeros de fuga las opiniones más estupendas. *Bu Haman*, el que fue mi camellero, nos explicó el desastre con un criterio teológico muy peregrino. Aficionado el hombre a leer las Escrituras, blasonaba de muy sagaz en la interpretación de las causas divinas que producen los efectos humanos. No nos había derrotado Allah deliberadamente para castigarnos por nuestra falta de fe: la fe crece como planta lozana en el Mogreb. Nos habían derrotado los genios rebeldes burlando al Poderoso. El Dios Único, al crear a estos malditos seres incorpóreos formándolos del fuego, les dio la facultad de introducirse sin ser vistos en el Paraíso, y de poder escuchar lo que el Dios Único habla con los bienaventurados. Así se enteran de los secretos divinos, y luego bajan a la tierra y arman sus enredos. «Si Allah no hubiera dado a los genios malos la facultad de oír lo que se dice en el Cielo, no pasarían estas cosas... Los tales escucharon lo que Dios decía del plan de guerra de los españoles y de lo que pensado tenía para desbaratarlo... ¿Qué hicieron entonces? Pues descolgarse a la tierra y sugerir a O'Donnell que cambiara de plan...» Sin duda el buen *Bu Haman* se había vuelto loco de la irritación y furia del combate, porque solo a un demente se le puede ocurrir el sacrílego disparate con que terminó su explicación. «Creedme: lo que debe hacer Allah Grande y Único, en casos de una batalla que compromete la suerte de su pueblo, es callarse... Callarse, digo, y no revelar su pensamiento a los *rostros blancos* (bienaventurados) que van a preguntarle: *¿qué hay, Señor?, ¿qué has resuelto?*...» Si sabe Allah que los genios rebeldes tienen facultad de esconderse y oír, ¿para qué habla?... Adorémosle con un nuevo nombre: *El Silencioso.*

VII

Al caer de la tarde, entre cinco y seis, cuando ya el Sol trasponía, dorando las cumbres de *El Dersa*, nos tiramos al suelo en un recuesto seis o siete hombres que caminábamos juntos. El herido que dos de nosotros transportábamos por turno se nos quedó muerto, y desembarazados de la carga (dejándole junto a un árbol, acompañado de otros que los delanteros soltaban conforme morían) nos dimos un rato de reposo. *Boabit Musa*, comerciante de Rabat, amigo mío, sacó del zurrón con su mano ensangrentada unas naranjas que repartió, y chupando su ácida frescura departimos sobre lo pasado y lo futuro. *Bu-Haman* se lamentó de que en poder de los cristianos quedase el sin fin de tiendas de nuestros cuatro campamentos, y las provisiones ricas que en ellas teníamos. Era un dolor perder tanta riqueza y hermosura. *El Yemení*, negro del *Sus*, no podía echar de sí la visión horrible del furioso ataque de los españoles. Lo que vio en aquellos momentos de sublime espanto, quedó impreso en sus ojos, y del espanto no se aliviaba sino refiriendo lo que aún veía. Y con tal viveza lo narraba, que los demás creíamos haberlo visto. En la tronera o boquete del parapeto estaba *El Yemení* cuando Prim, con gallardo atrevimiento, se metió a caballo en nuestro campo. La sorpresa misma de tal audacia impidió matarle en el instante de su aparición. Luego se fue a él, yatagán en mano; pero a punto entraron detrás de Prim seis, ocho, diez de aquellos voluntarios que llaman *catalonios*, hombres fornidos, con un gorro morado y luengo a manera de bolsa, que les cae para delante o para detrás según mueven la cabeza... Ha contado *El Yemení* que él solo mató a cuatro de aquellos malditos, hundiéndoles su cuchillo en el vientre o en el costado... A uno de estos lo mató en el mismo momento en que él mataba a un riffeño. Fueron dos muertes entrelazadas, como las rayas de un arabesco... Antes de esto vio a los *catalonios* de las primeras filas caer en un charco de agua honda, y sobre los cuerpos caídos pasar los demás como por un puente... En esta disposición los fusilaban desde el parapeto, cuando se metió Prim como un terrible diablo contra el cual nada podían. Llevaba consigo un espíritu malo, pues le tiraban golpes y tiros, y no podían herirle.

Y *Boabit Musa* refirió que de los gigantes *catalonios* habían muerto la tercera parte, o más, pues caían como moscas. En una trinchera de *Casa de Assach* había visto a O'Donnell echando llamas por los ojos y por la boca. Podía jurarlo... Una compañía de cazadores había entrado tras él. Mataron moros muchos; pero estos no se dormían, porque allí quedó el capitán de la compañía, todos los sargentos, y más de treinta soldados. *Boabit* mató cuantos quiso, y de ello estaban sus manos teñidas de sangre. Otro que venía con *Boabit*, y que yo no conocía, refirió que en *Torre Geleli* entró un general, que según dijeron es hermano de O'Donnell, llevando consigo un batallón, del cual murió la mitad para que la otra mitad pudiera llegar hasta la misma Torre. Al que esto contaba le diputé por renegado, fijándome en las exclamaciones españolas que entre frase y frase ponía. Interrogado acerca de su condición, nos reveló su origen cristiano, y yo caí en la cuenta de que él fue quien, al iniciarse la retirada, blasfemó al lado mío, haciéndome blasfemar a mí. Aquel maldito español fue el causante de que mi boca se disparara en insultos desvergonzados contra el *Excelso*... A pesar de esto, quedamos amigos, y como *El Gazel*, que así se llama, dijese que en cuanto fuera de noche entraría en Tettauen, donde tenía que mirar por algunos efectos de comercio guardados en su almacén, entre ellos tres sacos de almendra, me animé yo a ir con él, pues me convenía dar un vistazo a mi casa y a mis sagrados intereses.

En esto llegaron otros amigos, de los últimos en la fuga, y con ellos venía *Sid Afailal*, hijo de un famoso *sheriff* y más aficionado a la Poesía que a la Guerra. Venía como loco, dando gritos y extendiendo los brazos, ya para increpar a los que entregaban al cristiano la bella ciudad, ya para dirigir a esta, que entre sombras se veía melancólica, dulces requiebros amorosos. Callamos oyéndole, pues aquel hombre que clamaba con poéticas voces en medio de los caminos, poseía seductora elocuencia; los heridos se reanimaban oyéndole, y hasta se creería que los muertos ponían atención al vago discurso difundido en la noche. Leed aquí, señor, lo que el mágico poeta cantaba con entonación solemne que a todos nos hizo derramar llanto de ternura: «Dime, Allah, ¿por qué has desbaratado el Ejército de la Fe?, ¿por qué lo has expuesto a tantas calamidades?, ¿por qué has rebajado una tan gran dignidad entregándola a un enemigo que no vale ni sus desperdicios?» Así declamaba con mística exaltación, mirando al cielo, elevadas con rigidez ceremoniosa las palmas de sus manos. Luego se volvía hacia *Ojos de Manantiales*, y con plañidera y delgada voz le decía: «Tú, que has sido siempre pura como paloma blanca, o como el turbante del *Imam en el Mumbar* (el sacerdote en el púlpito); tú, que eras un jardín espléndido y hermoso, cuyas flores sonreían de felicidad como un lunar en la mejilla de una desposada; tú, cuya belleza es superior a la de Fez, Egipto y Damasco, ¿qué es ahora de ti?» Oyendo estos bellos canticios, lagrimones como puños brotaban de nuestros afligidos ojos, y el pecho senos oprimía. Volvíase luego el poeta hacia nosotros, y nos declaraba que *Tettauen* era víctima del *mal de ojo*, y que padecía la misma suerte que la fabulosa heroína *Zarka El Jamama*. Los españoles no eran más que unos infames hechiceros que habían hecho *mal de ojo* al Islam... La emoción no nos permitió añadir comentario alguno a las sublimes inspiraciones del tierno poeta, que luego se volvió otra vez hacia la ciudad arrancándose con esto: «¡Oh país de la felicidad y del placer! Si la estrella de tu buena suerte se ha eclipsado ante los resplandores de otra estrella de fatalidad, pronto nacerá una Luna que con su esplendor borre las tinieblas presentes.» Esto dijo el exaltado poeta. Le besamos la orla de la chilaba, y él siguió, hasta encontrar más moros fugitivos a quienes obsequiar con las mismas cantinelas.

Cuando le vio lejos, *Bu-Haman* me dijo: «Yo soy el único que no se ha conmovido con los gritos de este farsante. Ya sabes que el *Korán* habla pestes de los poetas. Los demonios malos inspiran a los hombres mentirosos, estos a los poetas que andan declamando por los caminos, y a los musulmanes extraviados que les aplauden y los siguen.»

A esto replicó *El Yemení* que los poetas deben ser oídos con deleite y respeto, porque a ellos desciende el espíritu de Allah. El que acabamos de oír, *Sid Afailal*, es hijo de un veneradísimo *Sheriff el-baraca*, llamado así porque Allah le ha concedido la facultad de hacer milagros. Puede hacer todos los milagros que quiera; pero él es tan modesto que nunca los hace, o los hace en familia, para que no sean milagros públicos... Algo dijo el camellero *Bu-Haman* sobre la milagrería corriente en el Mogreb; pero no pudimos enredarnos en discusiones sobre tan grave punto, porque los compañeros querían seguir para reunirse a los príncipes y acampar con ellos. *El Gazel* y yo les deseamos la paz en el paso del arroyo de Samsa, y retrocedimos, entrando en Tettauen por la Puerta de Fez.

¡Allah soberano, Allah justiciero! Descienda tu infinita misericordia sobre la muchedumbre de nuestras iniquidades, y lávanos de ellas... No tenemos palabras con que implorar tu clemencia al ver los infortunios que ha derramado tu justicia sobre la inocente Tettauen. ¿Por qué, Señor, desatas sobre tu hija predilecta las furias del Infierno? ¿Quiénes son estos enemigos que la hieren, la deshonran y la ultrajan? No son, ¡ay!, los feroces secuaces del *Hijo de María*, no los infieles, no los idólatras, sino nuestros propios hermanos, o quizás genios diabólicos disfrazados con figura y rostro del Islam.

No habíamos dado veinte pasos en el interior de la ciudad, cuando vimos los efectos del plebeyo desorden que en ella reinaba, y mi compañero, el renegado *El Gazel*, cuyo verdadero nombre es Torres, sin poder reprimir el grito de la raza que del alma le salía, exclamó en español: «¡María Santísima... tenemos aquí la canalla!... Me cisco en Allah y en la pendanga de su madre. ¿Pero no ves, no ves? Por aquí ha pasado el demonio.»

Exhortele yo a ser más comedido y limpio en su lenguaje, y seguimos por las calles tenebrosas, tropezando en objetos mil abandonados, en figuras yacentes que exhalaban quejidos, en muertos que no decían nada, en escombros y maderas a medio quemar. Ante tanta desolación, no tuve otro pensamiento que dirigirme a mi casa, próxima al palacio Imperial. *El Gazel* corrió a la suya, cerca de la gran Mezquita. Nos separamos... Al pasar yo por la Alcaicería, halleme entre un miserable gentío que con grande algazara se arremolinaba en torno a una puerta, de la cual salía humo. Mujeres, viejos y chiquillos clamaban desconsolados. Los bárbaros montañeses habían huido por *Bab Eucalar* después de pegar fuego a varias casas, llevándose lo que de algún valor encontraron en ellas. Ansioso de llegar a la mía, tuve la suerte de encontrar a *Ibrahim*, que me anticipó la tranquilidad que yo buscaba... Ningún atropello había sufrido mi vivienda, según me contaron mis sirvientes y la esclava, por lo cual me apresuré a dar gracias a Dios pidiéndole además que en lo restante de la noche me librara de toda maldad.

Díjome *Ibrahim* que Muley El Abbás acamparía probablemente a orillas del *Buscheha*, y que sus tropas no guardaban ninguna disciplina. Multitud de montañeses se habían quedado en las afueras de Tettauen, por Occidente, y cuando les parecía bien entraban en busca de comida, muertos de hambre y locos de rabia. Al tiempo que esto escuché, oí el cañón de la Alcazaba, que con jactancia estúpida seguía mandando balas al campo español, horas antes campo moro, seguramente sin hacer daño alguno, pues las balas habían de caer frías y desmayadas como las maldiciones del vencido moribundo. Al ser conocida la derrota de los musulmanes, había en la ciudad partidarios de la resistencia; pero después de los escandalosos desmanes ocurridos al anochecer, ya no hubo ningún tetuaní de mediano pelo y posición que no deseara la entrada de los cristianos.

Informáronme también mis servidores de que multitud de menesterosos moros y hebreos habían ido a mi casa durante el día, creyéndome allí, en demanda de socorro. ¡Infelices! Conocían el fervor musulmán con que practico la limosna, y acudían a mí. Solo restos guardaba mi despensa; pero de ellos participaron los que padecían hambre. Mis criados hicieron lo que habría hecho yo si presente estuviera. Entre los pedigüeños estuvo la hechicera *Mazaltob*, que reiteró sus ansias de verme y hablarme. Creyendo que la engañaban al decirle que estaba yo en el campo de batalla, se metió por todos los aposentos y rincones en busca mía. Lo que buscaba no encontró; pero sí un gran trozo de *mharsha* (pan de cebada) como de media libra, y unos pastelitos dulces y ya revenidos *(el macrod)*. Todo se lo apropió gozosa antes que se lo dieran, y partió veloz, dejando en mis criados la mala impresión o sospecha de que, al recorrer sola las estancias, patios y corredores, pudo dejar en alguna parte de mi vivienda la huella maligna de su espíritu dado a los demonios. Sobre este punto tranquilicé a mis buenos sirvientes, asegurándoles que mi fe musulmana es escudo mío y de mi familia contra las asechanzas de los hijos del fuego.

Largo rato estuve en mi casa, meditando en las calamidades horrendas que Allah nos enviaba como llamas de purificación, y buena parte de aquel rato dediqué a implorar la clemencia del Augusto Criador por el pecado de ultrajar su nombre con dicterios inmundos, al lanzarme a la fuga después de la batalla. Cumplidos este deber y el de mis abluciones, tomé algún alimento para repararme de tanta debilidad, me vestí de limpio, y salí acompañado de Ibrahim, el cual me indicó que en la morada de *Ahmed Abeir* se congregaban los principales de la ciudad para ver qué determinaciones se tomarían ante el peligro de los desmandados riffeños por una parte y de los cristianos por otra. Palpando la oscuridad avanzamos por las angostas calles; a cada paso nos detenían informes bultos yacentes, otros movibles. Uno de estos, que nos infundió pavor supersticioso, resultó ser un pobre burro abandonado. El hambriento animal fue largo trecho detrás de nosotros, como pidiéndonos que le diéramos de comer. No me sorprendió la escasez de perros en las calles: los suponía, según el dicho de *Bu-Haman*, apegados a las abundancias del campamento español. A lo mejor, de los montones de escombros o de muebles hacinados salían lamentos débiles, la voz ahilada de algún mendigo anciano, o de pobres ciegos que imploraban socorro. Limosna de pan querían, no de dinero, y aquella no podía yo dársela, porque el comercio estaba paralizado y en las tiendas no había provisión de ningún comestible.

Para ir a la casa de *Ahmed Abeir*, que vive cerca de *Bab-el-aokla*, habíamos de pasar por el *Zoco*. Allí nos salieron al encuentro moros harapientos y judíos de ambos sexos gritando con voces desesperadas: «Paz, Señor. Abrir puerta españoles.» Esta súplica vino a mis oídos en las dos lenguas, árabe y judiego-española, y en las dos contesté yo: «Confiad en la autoridad, que resolverá lo que convenga.» Mi respuesta les exasperó más, y allí fue el maldecir a Muley El Abbás, al *Bajá*, y a los hombres tercos que, guarecidos en la Alcazaba, sostenían una sombra de poder irrisorio... No era mi ánimo detenerme a escuchar lamentaciones agoniosas, ni relatos de desdichas que no podía evitar. Pero me vi rodeado de pobres viejos moros, del comercio menudo, amigos y clientes míos, que lloraban por sus miserables tiendas del *Zoco*, saqueadas y destruidas aquella tarde. Habían llegado al punto anímico en que el sentimiento patriótico se contrae, se aniquila, desaparece, quedando en su lugar y dueño de toda el alma el sentimiento de la subsistencia y de la propiedad. Los que dos días antes llamaban *perro* al Español, ahora claman por él, pues aun siendo *perro* había de traer comida, y otra cosa que ellos no aciertan a definir, y es algo semejante a lo que los europeos llaman *Orden público*. «Que vengan —gritaban—, que vengan con justicia, y al ladrón, palo mucho.»

Una mujer me tiró del jaique. «¿Eres tú *Noche*? ¿Y tu hermana *Tamo*? ¿Y tu padre *Ha-Levy*?» Con voz turbada, tartajosa, que expresaba el hambre en cada sílaba, la infeliz *Noche* me contó que ellas y su padre habían intentado la fuga, *denque supieron perdida la batalla*; pero en *Bab Eucalar* toparon una turbamulta que las metió para adentro. No eran montañeses todos los que entraban atropellando con griterío. También venían entre ellos mancebos tetuaníes de los que andaban en la guerra... Furiosos, insultaron a las dos hermanas tirándoles de la *justata* para desnudarles la *pechera*, y al padre le agarraron de las barbas canas sin respetar su *vejetud*... La pobrecica *Tamo*, al volver a casa, se había caído en un montón de maderos, *desgobernándose* un pie, y estaba *cojosa*; a su padre, cuando pasaban por el *Zoco*, un tropel de *moríos* jóvenes quiso tirarle a tierra, y uno de ellos le *aderezó* un palo en la cabeza, de lo que ha quedado el pobre *adolorado, sin judicio*... En la casa no habían dejado los robadores ni una hilacha. Todo, menos el oro que estaba soterrado, se lo llevaron. *Tamo* y *Noche* con su padre se habían refugiado en casa de *Ahron Fresco*, *aonde* juntadas familias muchas, podían defenderse si otra vez tornaban los malos. Lo que a todos más agobiaba era no tener nada de comida, pues a ningún precio se encontraba.

«¿Pero nada tenéis que pueda serviros de alimento —le dije—: higos, mojama, el gato?...»

—Nada hay en nuestra casa ni en la de *Fresco* más que las drogas que vendemos: azufre, aloes, incienso, agalla, matalahúva y zarzaparrilla... Con algún enjuagatorio de esto, refrescación de tripas, vamos engañando el hambre... Ven y verás nuestra miseria.

Respondile que no podía en aquel momento ir a su casa, por tener que personarme en la de *Ahmed Abeir*, donde los Principales estaban reunidos. Allí acordaríamos algo que aliviase la miseria y previniera nuevos desmanes. Seguí mi camino, apartando a un lado y otro los grupos de hambrientos y llorones. En casa de *Abeir* hallé unos catorce individuos, de posición los unos, otros dedicados al transporte comercial, como el renegado *El Gazel* (Torres). En pocas palabras me informó el dueño de la casa de que se había llegado al acuerdo de enviar al campo español, al día siguiente, una comisión de cinco vecinos con el fin de ofrecer a O'Donnell la entrega de la ciudad, siempre que el general español prometiese respetar vidas, haciendas y religiones. Más de tres y más de cuatro dijeron que en la embajada debía ir yo, a lo que me negué, alegando que he tenido cuestiones desagradables con españoles del comercio de Ceuta y de Algeciras, y que sonaría mal en los oídos cristianos el nombre de *El Nasiry*. Razones di con fundamento lógico y hasta con elocuencia, y por término de mi perorata propuse que fuese Torres en la embajada. Así se acordó. ¡Loores mil al Poderoso Allah!

Habíamos determinado lo que te escribo, ilustre Señor, sin contar para nada con los locos que aún seguían presumiendo y fanfarroneando en la

Alcazaba. Mas era preciso que nos armáramos de valor, y nos atreviéramos a decirles que se retiraran dejándonos dueños de la plaza. Con otros dos fui comisionado para poner en conocimiento del *Bajá* y su tropa la destitución que acordó la Junta del Pueblo, cosa desusada en nuestras historias, y una novedad más que aprendíamos de los españoles. ¡Sobre todo los designios de Allah!

¡Con doscientos y el portero!, no me acobardé ante las dificultades de mi comisión, ni tampoco los que en ella habían de ser mis compañeros. Pero sucedió lo más inesperado y peregrino, pues sin duda Satán, que nos había hecho tan malas partidas en el curso de la batalla, también en aquella tristísima noche de la ciudad, ni vencedora ni conquistada, tramó los mayores enredos que pueden imaginarse. He aquí que apenas salimos a la calle los tres comisionados para colgar el cascabel en el pescuezo de los de la Alcazaba, oímos estruendo terrorífico de voces y vimos por encima de las azoteas resplandor rojizo de incendio... Corrimos hacia el *Zoco*, de donde al parecer venían la bullanga y el resplandor, y al pasar por un pasadizo cubierto de los que en la ciudad tanto abundan, distinguimos un bulto negro y pavoroso que hacia nosotros venía en la actitud más amenazante. Íbamos armados: requerí una pistola, di la voz de *¡quién vive!*... Como no nos respondiera el terrible sombrajo negro, ya los tres en concertado movimiento nos lanzábamos hacia él, cuando del bulto mismo salió un formidable rebuzno que al primer sonido nos hizo estremecer de susto, después de admiración... Caso fue sobrenatural, según dijo uno de los tres, que creía en el poder de los genios maléficos para transformarse en pollinos. Era el infeliz asno que yo había encontrado no lejos de mi casa, y que recorría la ciudad buscando algo que comer. Más afortunado que los habitantes de la raza de Adán, aquel descendiente de la burra que habló, según nos dice el Pentateuco, había encontrado entre las basuras y escombros un montón de paja, en el cual metía con delicia sus desocupados dientes. Rebuznaba de júbilo triunfal.

VIII

¡Bendito Allah, confunde a los injustos, que no creen en tus signos! ¡El ángel Malek, encargado de tus castigos, les dé a beber el agua hirviente!...

¡Horrible espectáculo se presentó a nuestros ojos en el *Zoco* y puerta del *Mellah*! La canalla que en las angustias de la ciudad hallaba ocasión para sus tropelías entró a media noche, cebándose en los pobres hebreos. Buscaba el dinero escondido, y no hallándolo, apaleaba a los hijos de Israel, sin respetar mujeres ni ancianos. Cuando yo llegué, algunos de aquellos desalmados habían huido ya, llevándose ropas y cuanto encontraban de fácil transporte; otros trataban de pegar fuego a las casas hacinando paja y la madera vieja y las astillas de los tenduchos destrozados. En el barullo perdí de vista a mis compañeros; pero la suerte me deparó a *Ibrahim*: él y yo acudimos con palos a dispersar a la chusma, que las armas no eran del caso contra malhechores cobardes que huían a cualquier intimación de hombres decididos... Quiso Allah que de súbito se nos unieran tres fornidos moros de buen porte que llegaban de la Alcazaba, y entre todos pudimos dar su merecido a los que avivaban la hoguera y metían haces encendidos dentro de las casuchas pobres... De pronto, de lo más recóndito del *Mellah* nos llamaron voces de angustia... Corrimos allá. Una cuadrilla de montañeses audaces y bárbaros, indómita plebe del Riff, sacaba de una de las casas más escondidas del barrio (a la derecha conforme entramos) a una pobre mujer, que si no salía ya muerta, poco le faltaba. A rastras la traían, vociferando. La pobre víctima, magullada en rostro y brazos, y teñida de sangre, no podía ya ni soltar el aliento para pedir socorro. Otras mujeres hebreas clamaban tras ella, y ningún hombre de su raza sabía salir gallardamente a su socorro...

Te confieso, Señor, que me quedé espantado al reconocer en la tan cruelmente arrastrada mujer a la hechicera *Mazaltob*. El espíritu de caridad surgió en mí con irresistible fuerza, y sin acordarme de que la impostora me había ofendido, ni reparar en su raza usurera ni en su religión condenada, me fui contra los verdugos, y a uno le di un tajo en la cabeza, a otro tiré al suelo, y me harté de patearle mientras mis compañeros arremetían contra los demás y les ponían en rápida dispersión. Con mano generosa levanté del suelo a la embaidora diciéndole: «No por tu maldad ha de negarte el buen musulmán auxilio piadoso, que mi Profeta me ordena perdonar las ofensas y dar socorro al enemigo acosado de ladrones.» Lleváronla adentro, y en las pestíferas estancias la metieron mujeres compasivas, a las que recomendé que le aplicaran a los cardenales y magulladuras paños con vinagre... Y si vinagre no tenían, que fueran a buscarlo a mi casa, donde en abundancia lo hay. ¿Verdad, señor y amigo mío, que obré como buen musulmán y fiel seguidor de las máximas divinas? No fue mi conducta inspirada de la jactancia ni de la ostentación, que esto habría sido como echar simiente en pelada roca, sino de la compasiva piedad, que es como sembrar en terreno blando y fértil... «Los que no tengan piedad del débil, se nos ha dicho, aunque este débil sea idólatra o desconozca los signos de Dios, no entrarán en los jardines refrescados por corrientes de agua y embalsamados por un aire que lleva en sus átomos todas las delicias.»

Los tres moros venidos de la Alcazaba, *Ibrahim* y yo, formábamos ya un núcleo de fuerza y autoridad que podría dominar la situación, si otros moros se nos agregaban. Les propuse que en unión de los dos compañeros que habían salido conmigo de la casa de *Abeir* nos constituyéramos en fuerza pública para mantener el orden al uso europeo, en nombre de nuestro Señor el Sultán. Antes de escribir aquí su respuesta, debo decirte que dos eran negros del *Sus*, el otro *kaid-et-Tabyia* (jefe de artilleros), y a mi parecer (perdóneme Allah) entendía tanto de manejar cañones como yo de afeitar ranas... Pues a mi propuesta de subir a la Alcazaba respondieron que ya el *Bajá* y los demás hombres que en la fortaleza servían se habían retirado, saliendo por Puerta de Fez, o permaneciendo en la ciudad en espera de los acontecimientos.

«Según eso —dije yo—, podremos subir a la Alcazaba y tomar posesión de ella.»

—No es cosa fácil —respondió uno de los negrazos del *Sus*, tan grande como algunas casas del *Mellah*—, porque en cuanto desocupamos nosotros la Alcazaba, cual bandada de ratones se metieron en ella los montañeses libres, de estos que no reconocen ley, de estos que aquí roban y hacen maldades muchas. Metidos en la Alcazaba, ¿quién sino ellos dominará la ciudad?

—Y qué quieren: ¿rendición?

—No rendición quieren, porque los españoles cortarían sus cabezas.

—¡Y vosotros y yo y otros amigos que encontraremos, no somos capaces de cortar las de ellos! —exclamé indignado ante la flema de aquellos hombres sin sentido de la patria, ni del orden ni de nada—. ¿Qué hacemos entonces?

¿Dejar que esa canalla robe y asesine?... ¿Estáis vosotros decididos a permanecer aquí conmigo, con *Abeir* y otros hasta que entren los españoles?

—No: nosotros nos retiraremos esta noche, porque no queremos rendición. Ni rendir nosotros, ni ver a Tettauen entregada al cristiano... Dejamos el caso en manos de Allah. La voluntad del Excelso decidirá.

—Pero Allah, ya ves que está dormido. No hace nada por su pueblo; dice a su pueblo: «Gobiérnate solo, y endereza tus destinos como puedas.» Allah se duerme.

Al oír esto, aquel negro de mirada candorosa, de estatura colosal que a la mía, no pequeña por cierto, sobrepujaba en el tamaño de una cabeza o de cabeza y media, me puso la mano en el pecho, y con grave tono me dijo: «*El Nasiry*, tú no eres creyente. Decir que Allah dormita es la mayor blasfemia, porque Allah es *el Vivo*, *el Vigilante*, es *El que no duerme nunca*, y con estos nombres debemos adorarle ahora.» Dejome aterrado y mudo con estas solemnes expresiones, cuya verdad reconocí al instante. Sí: Allah no duerme; los ojos de Allah velan con mirada profunda sobre todo el Universo. Dejemos que los hechos corran y que la solución venga de lo alto. No imitemos la insana inquietud de los cristianos y europeos, que se arrogan las facultades de Dios, interviniendo en los sucesos humanos y enmendando la obra del tiempo, como los chicos sin juicio que con el dedo adelantan o atrasan los relojes sometiendo las horas a su pueril deseo.

Ya salíamos del *Mellah* cuando me encontré a Riomesta, de tal modo alterada su faz por el miedo y la consternación, que a primera vista no le conocí. Para desfigurarse más, traía pañuelo azul por la cabeza, atado debajo de la barba a estilo de mujer, ordinario empaque de los judíos pobres. Llegose a mí antes que yo a él, y posando en mi mano las dos suyas, me dijo con dolorido acento: «¡Oh, *El Nasiry*, ventura mía es toparte agora! Tú fuerte, tú señor, yo miserable... Soy asemejado a pájaro solitario sobre techo... Ceniza de pan comí, y se acabaron cual humo mis días.» Comprendí que algún grave accidente lloraba: su voz era como la del profeta hebreo llorante cabe las ruinas. ¿Le habían incendiado su casa, le habían robado el dinero? A mis preguntas sobre la causa de su tribulación, respondió con mayor duelo: «Hanme robado con ultrajaciones; mas no es esa la causa de mi lloro, *El Nasiry*. ¿No sabes que mi hija *Yohar* huyó de mí, como hembra liviana, culposa y aviciada de perversión? ¿No sabes que contra su padre pecó, ladrona y escapadiza, llevándose llaves de mis arcas soterradas, y joyas pulidas de esmeralda y aljófar?...» Ninguna noticia tenía yo de que la blanca *Yohar* hubiese abandonado el hogar paterno. ¿Cómo fue? ¿Quién la indujo a tan horrendo delito?

«Sabrás —dijo Riomesta mezclando el furor con las lágrimas— que *Yohar* se envoluntó con ese profeta cristiano que responde por *Yahia*, y que vino so color de predicar paces entre los hombres; pero a lo que vino fue a meter víboras venenosas en el corazón de mi *Perla*, y dañar su mente con vicio... ¡Oh, *El Nasiry*!, a mi soledad no hay consolación. Abandonado soy de Adonai. Polvo soy en mis vidas, cuanto más en mi muerte... En instante maldito salió viva *Yohar* del vientre de su madre. Engendrada fue con luenga hondura de pecados... La que antes me alegró, ogaño me ha trocado en vasija de vergüenza y deshonra.» Lastimado del infortunio de mi amigo, y sintiéndome además lastimadísimo en mi amor propio, como si tuviese por mía la belleza y blancura de *Yohar*, monté en cólera y dije a Riomesta que si en alguna parte de la ciudad me topaba con el mentiroso profeta *Yahia*, le cortaría la cabeza.

«Acabo de saber —dijo sin aliento el afligido padre— que has salvado la vida a *Mazaltob*. ¡Oh, qué mala piedad la tuya, *El Nasiry*! Esa perversa es culpable de la huida de mi *Yohar*; ella envoluntó al *Yahia*, enguapeciéndole como a barragán español; ella le encendió con hechizos; ella trastornó los pensirios de mi *Yohar*; por ella moraron *Yahia* y mi hija luengas horas en su casa y en la de *Simi*, la destiladora de perfumes. Entre las dos han percudido el alma de *Perla*, llenando la mía de pena y cordojo. ¿Para qué has librado a la bestia *Mazaltob* del fuego eterno? Ya la tenía Belceboth clavada en su tenedor de tres puntas para meterla en la paila de aceite hirviendo, cuando has venido a quitarla de los hombres que hacían justedades... Eres torpe, *El Nasiry*... Mas si quieres estar entre los buenos, búscame a *Yahia*, el de la pacificación, y tráeme su cabeza en un plato, ansí como trujo Salomé la del otro *Yahia*, falso y engañador profeta al igual de este...»

No pude detenerme más, porque los compañeros que iban conmigo, fatigados ya del lamentar angustioso del hebreo, me daban prisa para salir del *Mellah*. Dejé al pobre Riomesta en gran desesperación, tirándose de las barbas y rasgando el pañuelo azul que con airado gesto se quitó de la cabeza. Al separarme de él, fueron tras mí en corto trecho sus últimas exclamaciones, que eran plegarias de su rito: «Dio piadoso, luengo de furores, cata a mí, y apiádame... ¿Por qué me alzaste y me echaste? ¿Por qué maldeciste mi simiente?... Mis días son sombra declinada... Se pegó mi hueso a mi carne... Soy asemejado a cernícalo del desierto... En día de mi angustia te llamo que me respondas...»

Los dos cumplidos hombrachones del *Sus* y el jefe de artilleros no veían la hora de escapar, más que por miedo, por zafarse del desdoro que pudiese caberles en la rendición de Tettauen. No podían defenderla ni entregarla. Dejaban el suceso a la voluntad de Allah, manera muy cómoda de salir del paso. Les acompañé un rato, y despedidos con toda cortesanía, me volví a casa de *Abeir*. La Junta o Asamblea de Ancianos y Principales continuaba reunida: ya sabían el cambio de gente por gentuza en la Alcazaba. Como no teníamos fuerza para impedir los atropellos, se acordó fiarnos también en la divina voluntad, y esperar el día, hasta que nuestra embajada fuese a O'Donnell y volviese con la respuesta del *Gran Español*.

Díjeles yo: «Mañana es domingo, día santo para los secuaces del *Hijo de María*. Los cañones de sitio estarán callados, y el Ejército de O'Donnell no hará más que rezar y oír misas. Pero el lunes, de fijo, veremos caer sobre nosotros espantosa lluvia de bombas y granadas.» Soñolientos ya, entregados al fatalismo inherente a la raza, no se mostraron inquietos por mis presunciones y anuncios alarmantes, ni por los hechos positivos de que al poco rato tuvimos conocimiento. Había yo dado a *Ibrahim* órdenes de recorrer toda la ciudad y buscarme a los dos compañeros que se nos habían perdido en el bullicio del *Zoco*, poco después del susto del asno hambriento. Llegó mi criado a decirme que *Ben Zuleim* y *Abdalá Núñez* habían encontrado al *Bajá* que descendía de la fortaleza, dejándola en poder de los malos: el *Bajá* les habló y con él abandonaron la ciudad, como buenos musulmanes que ponen en manos de Dios los conflictos que no saben resolver. Abandonados de aquellos amigos, a cada instante éramos menos, y a medida que se achicaba nuestro poder, las dificultades crecían de un modo aterrador. Apuré yo mi fácil labia para señalar con los peligros los deberes a que nos obligaban las circunstancias. Debíamos penetrarnos de que constituíamos un pequeño *Majzen*, o institución de Gobierno, por poderes tácitos del

Sultán. Éramos la autoridad, el Estado, en una palabra, y en nuestras manos estaba la suerte de una de las más bellas ciudades del Mogreb... ¡Allah me asista! Fuera de *Ahmed Abeir*, que ponía vaga atención en mi discursillo, la Junta de Principales no me comprendía, ni se hacía cargo de que éramos un *Majzen* más o menos chico. Hartos de tomar tazas de té, los junteros se obsequiaban recíprocamente con estruendosos eructos, o descabezaban un sueño sobre las blandas alfombras y mullidos cojines. A una orden de *Abeir*, los esclavos nos trajeron raciones amplias de *elquefthá* (carne asada en pinchitos), hojaldre, huevos cocidos y pastelillos dulces. Yo no tomé más que un huevo y un pastel; alguno de los Principales no fue parco en el devorar, y casi todos se tumbaron luego en las colchonetas, y con sus ronquidos ásperos me recordaban los estruendos de la batalla de aquel día. ¡Allah les conserve frescas sus asaduras!

Quise dormir: pensaba en la blanca *Yohar* y en el moreno *Yahia*, que debía de ser pájaro de cuenta, como aquel falso profeta de la familia de los *koreichitas*, de quien dijo el Santo: «Con sus pérfidas ficciones de inspiración celeste, difundió la idolatría y arrastró a las gentes al vicio.» Ya le sentaría yo las costuras al tal *Yahia*, si le encontraba... Comprenderás, Señor, que con tales pensamientos y la inquietud en que me tuvieron las frecuentes noticias de nuevos desmanes, era imposible mi reposo... Hasta que aclaró el día no pude dormir; pero fue tan profundo el hoyo de sueño en que cayó mi cansancio, que no sentí salir a los cinco compañeros que iban de embajada al Cuartel general de O'Donnell.

Pasó más de una hora desde que me desperté, y estábamos *Abeir* y yo engolfados en nuestros devotos rezos, cuando volvieron los de la embajada. La curiosidad, unida al patriotismo, nos movió a dejar para otra hora las devociones, y oímos de boca de *El Gazel* la relación de la solemnísima entrevista con O'Donnell. Al llegar al campo español, supieron que el generalísimo había salido a caballo a reconocer las inmediaciones de la ciudad por aquella parte. En tanto, la oficialidad y tropa recibió a los comisionados moros con simpatía y afecto... Aguardaron mirando las tremendas baterías que armaban a toda prisa para hacernos polvo, y en esto, y en hablar alguna cortés palabrita con los oficiales, se dio tiempo a que volviera de su paseo el *Gran Español*. Este les recibió con exquisita urbanidad; entró en su tienda, suplicándoles que le siguieran. Tomaron todos asiento, y... Para abreviar: antes que nuestra embajada llegase, ya había dispuesto el *Irlandés* otra que a Tettauen subiría con el siguiente recado escrito en un papel. *El Gazel* leyó la comunicación, de la que copio aquí los párrafos de más sustancia: «Entregad la plaza, para lo que obtendréis condiciones razonables, entre las que estarán el respeto de las personas, de vuestras mujeres, de vuestras propiedades y leyes, y de vuestras costumbres... Os doy veinticuatro horas de tiempo para resolver: después de ellas, no esperéis otras condiciones que las que imponen la fuerza y la victoria.» Con esto tuvo bastante la embajada, y no necesitaba prolongar la conferencia. Al despedirlos sonriente, O'Donnell les dijo: «Mañana a las diez se disparará el primer cañonazo, si no recibo contestación satisfactoria.»

IX

La voluntad del Excelso estaba bien clara. España sería dueña de Tettauen, aunque otra cosa dijese un *Kaid* de las tropas acampadas al Oeste, el cual nos mandó un emisario con la notificación de que ellos defenderían la ciudad hasta morir, y que no se hablara de rendición ni cosa tal... Ni aun le dejamos concluir, y despachado fue sin ceremonia. Luego se nos dijo que algunos de estos valientes de última hora, entrando en la ciudad, ocuparon las baterías que protegen las principales puertas del recinto... Supimos también que no éramos nosotros la única Junta de vecinos inclinados a la rendición, pues otras dos se habían formado en la Alcaicería y barrio de Curtidores, y nuestro primer cuidado en el resto del día fue ponernos en comunicación con ellos. ¡Oh, qué desconsolado y afanoso aquel día que los cristianos llamaban *Domingo, 5 de febrero!* En algunos puntos de la ciudad, tumulto y hervidero de riñas; en otros soledad de cementerio; en todos escombros, restos del pillaje, sangre, lodo y basura. Si bien éramos pocos los partidarios de la rendición, lo corto del número se compensaba con la calidad de las personas, con su valor y poderío. Esto se vio claramente aquella tarde, cuando se acordó desalojar de revoltosos riffeños y anyerinos la batería de *Bab-el-aokla*. Siete estacas en manos de siete señores realizaron felizmente la breve operación militar.

De estas cosillas y otras no pude enterarme por mí mismo, y de ello tuvo la culpa *El Gazel*, que, como español, es un pozo de astutas maldades... Antes de seguir, Señor mío, confesarte quiero un horrendo pecado que cometí aquella tarde, y que me puso a dos dedos del infernal abismo. Y fue que en vez de evitar yo la compañía del execrable *Gazel*, dejé a mi alma en la libertad de gustar de ella... Señor, no supe resistir a la tentación del renegado cuando quiso llevarme a su casa prometiéndome el descanso y la dulzura que nuestros amargados humores necesitaban. Vive el pérfido español junto a la gran Mezquita, en casa de regular apaño para una existencia cómoda. Sus mujeres había mandado a Tánger o Arsila, no estoy bien seguro, dejando aquí de servidumbre a un negrito vivaracho. Apenas entramos Torres y yo en la casa y nos tumbamos sobre los blandos almohadones, trajo el negrito una garrafa de aguardiente y vasos para beberlo... Yo me resistí; hice muchos ascos; pero tales fueron las instancias de *El Gazel* y tan extremados y persuasivos sus elogios de la virtud de aquel licor, que me determiné a probarlo... ¡Ay, Señor!, nunca lo hubiera hecho, pues catarlo fue lo mismo que sentir el ardiente deseo de nuevas pruebas y cataduras, y a medida que cataba, mi cabeza se iba inflamando en insanas alegrías...

Para castigar mi olvido de la sacra ley que nos prohíbe beber zumo fermentado de uvas, el Señor permitió que yo me encendiera en un bárbaro apetito de beber más y más, hasta llegar a un estado de infernal demencia... Ya no necesitaba yo que *El Gazel* me ofreciera nuevas tomas de aquel veneno, porque yo mismo, espoleado por un gusto superior a toda razón, cogí la botella, llenaba el vaso mío y el del otro... En fin, Señor, que se me fueron a los aires la cabeza, los nervios, el sentido, y perdí mi conciencia musulmana, y se hizo polvo la torre de mi fe. No puedo decirte la cantidad de vasitos que llevé a mi boca; sí te digo que mi borrachera fue de las más soberanas que se han conocido en la historia del vicio, y mi pecado de los que no pueden ser redimidos sino con una vida entera de abstinencia. ¡Ay, ay, ay!, lágrimas amargas corren de mis ojos al referirlo, Señor. Ten piedad de mí, y encomiéndame a la misericordia del Benigno.

Sin poder precisar ahora las necedades que hice y dije en mi vergonzosa embriaguez, sé que mis carcajadas debieron de oírse en los picos de *El Dersa*, y que, sensible al mal ejemplo de mi perverso amigo, pronuncié frases vejatorias contra el Dios Único, injurias contra el santo Profeta y sus mujeres *Khadidja*, *Aicha* y *María la Copta*, y contra su afamada camella *Koswa*, poniéndolas a todas, camella y mujeres, como hoja de perejil... ¡Ya ves, Señor, qué monstruosos pecados! Verdad que yo no supe lo que decía; pero mi ignorancia no me disculpa, porque con plena conciencia hice la primera catadura del maldecido brebaje... Por fin caí en profundo sopor, que tal es el término y resolución de estas crisis infernales. Los españoles, dueños de un lenguaje riquísimo en voces picarescas y desvergonzadas, llaman a estos sueños vinosos *dormir la mona*. No sé cuánto tiempo estuve tendido en las alfombras de *El Gazel*... No sé cómo salí a la calle después de esta primera *mona*... Me contó luego un amigo que salí vociferando, suponiéndome montado en *Koswa*, la camella del Profeta, y que proferí no sé qué atrocidades indecentes contra el Sultán, contra el *Majzen* y contra la respetable Junta de Principales... A esta *mona* primera, otra siguió, la cual dormí ¡oh vilipendio!, en el último escalón del pórtico de la sagrada Mezquita, y en este sopor fui más estrafalario y licencioso que en el primero. Soñé que estaba yo en brazos de la blanca y tersa *Yohar*, y que delante tenía, en una bandeja de plata, la cabeza del profeta *Yahia*, aderezada con buen golpe de sal para que tuvieran tiempo de adorarla sus discípulos los *pacificantes*...

No puedo precisar la hora de mi despertar de la segunda *mona*. Me sentía con todos los huesos doloridos, el entendimiento envuelto en pesadísima niebla, la memoria como desleída en una papilla opaca... Quise levantarme, y no pude: mi voluntad era otra papilla espesa, en la cual no podía vibrar ninguna resolución... Chiquillos hebreos y moros vinieron a hacerme compañía; perros vi escarbando en las basuras, y unos y otros, con distinto lenguaje, me dijeron que yo estaba dejado de la mano de Allah y que nunca obtendría perdón. Pero no debió de abandonarme enteramente Dios Misericordioso, porque mi fiel *Ibrahim*, que toda la noche me había buscado por la ciudad, halló a su amo en la situación lamentable que para mi vergüenza describo. «*Sidi* —me dijo sentándose a mi lado—, bendiga Dios el instante en que te encuentro. Grandes calamidades sufrimos, y es bueno que juntos señor y criado hablen del remedio de tantas desdichas. Sabrás que los salteadores han vuelto, y no hallando en el *Mellah* nada que robar, han saqueado viviendas de moros... *Sidi*, no extrañes que no te cuente con pormenores lo que ha pasado esta noche, porque estoy sin aliento; mi cuerpo se desmaya, se aniquila; la vida se me quiere escapar, sin que con toda mi voluntad pueda detenerla.»

—¿Estás herido, *Ibrahim*? ¿Cuál es tu mal? Por Allah que si no es hambre, no entiendo qué mal pueda ser.

—No se me va la vida por la puerta de ninguna herida, sino por otra puerta, no hecha con arma blanca ni arma de fuego...

Diciendo esto se retiró presuroso, dejándome sobrecogido, y a poco tornó a mi presencia con los alientos más desmayados. Su voz salía del pecho como de un fuelle roto las ráfagas débiles del aire. «Por Allah Reparador, lo que tú padeces, *Ibrahim*, es el cólera. Vete pronto a casa, aunque vayas arrastrándote. Acuéstate, y que *Maimuna* te haga té bien caliente.»

—A tu casa no voy, *Sidi*, si no me das escolta de los ángeles *Djebreil* e *Israfil*, ni tú irás tampoco, porque tu casa está llena de maleficio. ¿No te dije que la maga *Mazaltob*, al ir con el falso motivo de pedirnos limosna, cuando tú estabas en la batalla, fue a poner en tu morada el más nefando sortilegio que inventaron los demonios? Yo sospeché, *Sidi Mohammed El Nasiry*; te conté mis barruntos, y tú soltaste la risa. Pues lo que yo sospeché y temí ha salido cierto, y ahora no puedes ir a tu albergue, porque está lleno de infernales espíritus que después de quitarte la vida, te cogerán por los cabellos y te arrastrarán a la *Gehenna*.

Perplejo y acongojado, pregunté a *Ibrahim* qué sortilegio había llevado a mi casa la discípula de Satán, y él, después de alejarse otro momento para ir a un menester apremiante de su maligna enfermedad, volvió y me dijo: «Bien puedes imaginarlo, *El Nasiry*: es el embrujamiento más terrible; el que contra el mismo Profeta emplearon los *mosaístas*, y consiste en lo que se llama *soplar sobre los nudos*. *Mazaltob*, profesora en el embrujar, posee el secreto, y ahora tú eres la víctima. ¿No lo entiendes? Esa perra, es loba de Israel, hizo once nudos en una cuerda, y después de soplar en cada uno de ellos, diciendo unas oraciones endemoniadas, colgó la cuerda dentro del pozo de casa. Con esto basta para que tú, tu familia y criados sufran algún golpe de adversidad muy dura, que acabará en muerte, y el primer ejemplo tienes en mí, que me veo con el terrible corrimiento del cólera.»

—¿Pero has visto tú la cuerda con los once nudos, *Ibrahim*?

—Pues si la hubiera visto, segura era mi muerte instantánea. Para que te convenzas, *Sidi*, y no dudes de que la *Mazaltob te ha soplado los nudos*, te bastará saber que al anochecer, hallándonos *Maimuna* y yo en la casa disponiendo nuestra cena, sentimos que puertas, ventanas y ventanillos daban horribles traqueteos, como si un furioso viento se paseara por todos los aposentos de la casa. Cuando tratamos *Maimuna* y yo de ver lo que aquello era, caímos al suelo y se nos encandilaron los ojos con un gran resplandor de relámpago verde... Vimos luego diablos que recorrían la casa, azotando con sus rabos los muebles, echando a rodar toda la loza y cristales, y entonando unos canticios desvergonzados que nos helaron la sangre en las venas... Te contaré ahora lo más grave, *Sidi*. He aquí que hallándonos aturdidos y deslumbrados, vino a nosotros una diabla, por más señas muy parecida a *Mazaltob*, y nos machacó los huesos con un palo, echando de su boca conjuros indecentes; después le quitó a *Maimuna* las llaves de la casa, que en la cintura llevaba; a los dos nos empujó hasta echarnos a la calle... La sentimos cerrar por dentro... Apenas pusimos el pie en la calle, a los dos nos atacó este mal... A un tiempo fuimos acometidos del primer desmayo frío de nuestro vientre. Ella echó por un lado, yo por otro. Después de mucho andar, desmayándome del cuerpo bajo... infinidad de veces, he tenido la suerte de encontrarte para decirte: «*Sidi*, no vayas a tu casa.»

—No iré... Me has puesto en cuidado. Pero pienso que en la Fe y en las Escrituras encontraremos algún arbitrio para chasquear al perro Satán... Dime, *Ibrahim*: ¿me engañan mis ojos, o es verdad que amanece?

—Ya viene el día, *Sidi*... Bendita sea la luz del Sol. ¿Te acuerdas del capítulo *Ciento y tres* del *Korán*?

—Sí que me acuerdo. Ese capítulo recito yo todos los días en cuanto veo la luz solar. Es breve y hermoso de toda hermosura y unción. Repitámoslo juntos: «Busco un refugio contra ti, Señor del Alba, Señor del Día... Refugio contra la iniquidad de los seres malos que has creado... Refugio contra el mal de la noche sombría...»

—Refugio contra la perversidad de *los que soplan sobre los nudos*... Refugio contra los envidiosos.

Tres o cuatro veces repetimos con intensa devoción las sublimes palabras del Profeta. Después me dijo *Ibrahim*: «En otro lugar del Libro Santo encontrarás el remedio que empleó el Profeta contra el embrujamiento judaico de los once nudos. Has de leer con grandísima devoción y recogimiento once capítulos del *Korán*; a cada lectura de un capítulo, siempre que sea lectura con piedad, se deshará uno de los nudos, y en cuanto los once sean deshechos, desaparecerá el maleficio.»

X

La claridad del día reanimó mi espíritu abatido, infundiéndome la esperanza de salir airoso de tantas calamidades. Propuse a *Ibrahim* que fuéramos a la casa de la Junta, donde yo encontraría un *Korán* que leer, y él mejor acomodo para su enfermedad. No me respondió, porque otra vez había ido a su negocio... Le esperé, y enlazándonos del brazo para darnos apoyo recíproco, nos dirigimos a casa de *Abeir*, la cual por fortuna no estaba lejos... Diversa gente encontramos por el camino, en su mayoría judíos pobres y moros pordioseros, y más de cuatro nos preguntaron: «¿Entran ya los españoles?... ¿Traerán comida?» Respondíamos afirmativamente, y observábamos que nuestra respuesta ponía el júbilo en todos los semblantes. Al verme entrar en su patio, el buen *Abeir* me dijo con la más honrada convicción: «Allah te lo premie. Ya sé que has pasado la noche apaciguando a los exaltados y consolando a los menesterosos. En tu casa has dado albergue a los que perdieron el suyo. Dios Benigno aumentará tus bienes, *El Nasiry*.» Con una reverencia grave asentí, no atreviéndome a responder de otro modo, por no mentir con palabras, que es el verdadero mentir. Dije que a su casa iba en busca de sosiego para el rezo y las abluciones, así como para prestar auxilio a mi servidor en su enfadosa dolencia. Risueño y afable me franqueó *Abeir* su vivienda grata. Antes de media hora, ya los diligentes esclavos cuidaban de *Ibrahim*, y yo me entregaba al piadoso rezo en el Libro Santo, comenzando la serie de lecturas que habían de producir el desate de los fatídicos nudos del sortilegio.

Pero he aquí que cuando me hallaba yo en el tercer nudo, o sea en la lectura y meditación correspondientes, un gran ruido de la calle me apartó de mi espiritual ejercicio. Fui llamado con apremiantes voces. Corrí... *Abeir* se había lanzado afuera con otros compañeros. Los demás y *El Gazel*, a quien Allah confunda, tiraron de mí. ¿Qué ocurría? ¿Qué terremoto estremecía la ciudad en sus cimientos? ¿Qué tempestad disparaba en los aires exclamaciones de ira y de muerte? Pues nada: sucedía que por una parte los españoles, levantado su campo, marchaban hacia la ciudad, mientras los descontentos musulmanes del Ejército vencido se aproximaban por la otra, amenazando con pasar a cuchillo al vecindario si abría las puertas al *perro* cristiano. De modo que *la blanca paloma*, cogida entre dos fuegos y entre dos iras, no tendría ya salvación. El peligro me infundió valor. Quiso Allah que el corruptor de mi virtud, Torres *El Gazel*, se hallase al lado mío en aquellas difíciles circunstancias. ¿Qué había de hacer yo más que seguirle y obrar con él mancomunadamente, pues se trataba de asuntos políticos y no de cosa pertinente a las buenas costumbres?...

Corría la medrosa multitud hacia las puertas por donde presumía que los españoles harían su entrada. Grupos de riffeños procedentes de la Alcazaba intentaban ocupar los baluartes artillados próximos a dichas puertas. *El Gazel*, más sereno que yo, me dijo que no debíamos acudir a *Bab-el-aokla*, sino a *Bab-el-echijaf*, pues él sabía que O'Donnell intentaba entrar por esta parte. En medio del tumulto, supimos que *Ahmed Abeir* y otros compañeros Principales se habían ido a *Puerta de Fez*, por donde querían entrar los insensatos partidarios de la resistencia. ¿Lograrían atajarles? Más fácilmente les atajaría el general Prim, que con los *catalonios*, según allí dijeron, se encaramaba por los muros exteriores de la Alcazaba, con la diabólica idea de ocupar aquella posición eminente y no dejar allí títere con cabeza. Tomada la fortaleza, ¿qué podían hacer los levantiscos montañeses más que ponerse en salvo, como los ratones a la vista y olor del gato que ha de comérselos?

De fuera de la ciudad venía un rumor de cornetas que hacía temblar de emoción a los que, hambrientos y sin hogar, habían perdido toda noción de patriotismo. «Ya están ahí», me dijo *El Gazel* con una expresión de júbilo picaresco que nunca podré olvidar, y corrió hacia *Bab-el-alcabar*. No fui tras él, porque en aquel instante se reprodujo en mí el extraño sentimiento que paralizó mi acción en la batalla, el terror del rostro de los españoles, a que no podía sobreponerme. Como niño asustado, llegué a creer que tapándome mi cara, no podían las suyas inspirarme tan singular confusión y azoramiento... Mas he aquí que en esto veo venir una banda de riffeños procaces, que clamaban en roncas voces contra España, y de paso arrojaban al suelo a desdichados ancianos judíos y a infelices mujeres. Me cegué; tiré de yatagán y les acometí con fiereza, desembarazándome al instante del que más próximo tenía. Dos moros de buen pelo se pusieron a mi lado, y con garrotazos bien dirigidos me ayudaron a la dispersión de la chusma... Envalentonados por mi pronta defensa, los judíos corrieron hacia *Bab el-alcabar* dando vivas a España y a su reina... Pero estaba de Allah que yo no saliera en bien de aquellas aventuras, porque al volverme hacia los dos moros de buena traza que me habían auxiliado, no vi más que a uno, y el que vi... pareciome sueño... Era el maldecido y execrado profeta español, ladrón de la blanca *Yohar*.

Dudé un momento que fuera *Yahia* quien frente a mí tenía, porque su elegante porte y fina vestidura desdecían del empaque pobrísimo con que le vi en casa de *Mazaltob*. Pero él mismo disipó aquella sombra de duda, diciéndome: «Yo soy, yo soy Juan, no *Yahia*, como tú me llamas, y harás bien en declararte mi amigo, pues yo te tengo ley, no solo por lo que eres y lo que vales, sino por memoria de tu familia.» Fue mi primer impulso echarle mano al pescuezo; pero la dulzura de sus expresiones afables me alivió del coraje que sentí. «No hallarás en mí benevolencia —le dije—, sino un terrible castigo, como no me expliques al instante qué has hecho de *Yohar*, cuya piel oscurece la blancura de las azucenas.»

—Pues la dulce *Yohar*, cuyo corazón de miel labraron las abejas del cielo, está buena y sana, en lugar seguro. En su nombre, sabiendo yo lo que te estima, te deseo la paz... Pero si quieres más informes, apartémonos al abrigo de aquel caserón derruido, que allí veo unos gandules que a mi parecer están en actitud de apedrearnos. Vente acá, *El Nasiry*, y con explicaciones te demostraré que debes ser mi amigo.

Dejeme llevar a donde él quiso, moviéndome a ello, no solo la curiosidad, sino el deseo de hallar en sus explicaciones motivo, más que de afianzar amistades, de desatar furores. Nos hallábamos muy cerca de *Bab-el-echijaf*, cuyos aproches y baluartes invadía la multitud. Al amparo de unas ruinas, prosiguió *Yahia* de este modo: «Me alegro de verte en esta ocasión, que es de grande alegría para todos. Yo celebro la entrada de los españoles en Tetuán, porque esto significa la paz próxima, beneficio para nosotros, y más aún para el Mogreb. La paz es mi sola idea, *El Nasiry*; la paz es mi aliento. Odio la guerra, y deseo que todos los pueblos vivan en perpetua concordia, con amplia libertad de sus costumbres y de sus religiones. Echar a pelear a Dios contra Allah, o a este contra Jehovah, es algo semejante a las riñas de gallos, con sus viles apuestas entre los jugadores. Pero la paz no sería buena y fecunda sin el amor, que es el aumento de las generaciones, y la continuación de la obra divina. Dios no dijo *Menguad y dividíos*, sino *Creced y multiplicaos*. Luego Dios bendijo el amor, y condenó las estúpidas guerras. A mí, trayéndome a este pueblo por extraños caminos y con evidente cariño tutelar, me ha dado aquí el amor, pues si yo quedé prendado de la hija de Riomesta en cuanto la vi, ella me mostró desde el primer instante una inclinación ciega. ¡Paz y amor! ¿Qué más pude soñar?»

—Farsante, impostor, hilandero de frases galanas con palabras floridas, no pienses que me engañas o que me adormeces con tu hablada música traidora... Dime, dime pronto dónde escondes a *Yohar*, que quiero rescatarla y devolverla a su padre dolorido. Si no me contestas pronto, te trataré como mereces, y no verás la entrada de los tuyos.

—Veré la entrada de los míos —replicó el maldito *Yahia* con frío tesón—, porque en mí no hay maldad. ¿Cuándo fue maldad el amor? *Yohar* es mía, y tú, tú mismo, *El Nasiry*, vas a decirle al buen Riomesta que me deje a su *Perla* y no interrumpa nuestra felicidad.

—¿Por ventura estás decidido a comprar la blancura de *Yohar* con tu abjuración de la fe del *Hijo de María*?

—Nunca tal pensé, y cristiano he de morir. Aspiro a que ella confiese la religión de Cristo nuestro Redentor... España está ya en Tetuán, y a la sombra de la bandera de O'Donnell, *Yohar* será cristiana; cristiana como yo... Como tú.

Esto de llamarme a mí cristiano, la más grande y mentirosa injuria que en mi vida escuché, debió causarme irritación; pero por la enormidad del disparate solo sentí desprecio y ganas de echarme a reír. No pudiendo soportar las insolencias de aquel miserable, le agarré por un brazo, y no sé lo que habría hecho con él, si en el instante mismo no resonara un clamor que nos notificó la entrada de Prim en la Alcazaba, escalados los muros de esta por los aguerridos *catalonios*.

«De tus violencias conmigo —me dijo *Yahia*—, te arrepentirás pronto, y me concederás tu amistad... No temo revelarte lo que aún ignoras. ¿Me preguntas que dónde está la *Perla*? Pues en el lugar más seguro de Tetuán; en tu casa, *El Nasiry*, en tu propia casa... Allí buscamos amparo, acosados y hambrientos. Confiando en tu benevolencia, fuimos a pedirte hospitalidad; no quisieron dárnosla, y la tomamos. Tú habías dicho: «Si no tenéis vinagre para curar sus heridas a *Mazaltob*, id a buscarlo a mi casa...» Fuiste obedecido, ilustre señor. Tu casa es el refugio de los menesterosos... ¿Por qué te asombras de lo que te cuento? ¿Qué sentimientos expresa tu rostro? ¿Es la ira, es la compasión? A fe que no te entiendo.»

Ni yo, en verdad, tampoco me entendía. Ved aquí el motivo, Señor. Sobre el grave murmullo de la multitud apelmazada y ansiosa, se destacaba el son vibrante de cornetas. Los españoles se aproximaban; les precedía la voz metálica de sus músicas guerreras, que rasgaban el aire, o lo cortaban con estridencia, como el diamante corta la plancha de vidrio. El ruido de cornetas renovó en mi espíritu con indecible fuerza el terror que los rostros de españoles me causaron el día de la batalla. Pero en aquel *Lunes 6 de febrero* fue tan intensa mi pavura, que ni aun me dejaba fuerzas para huir. Huir era mi anhelo más hondo; pero este hondísimo anhelo me decía: «No te muevas.» ¿Verdad que es raro, incomprensible?... Deseaba yo que los españoles entrasen; pero no quería verlos... verlos no.

Cayó mi ser en intensa perplejidad; me sentí pececillo a quien meten dentro de una redoma con su agua correspondiente. En aquel estado, oía las cornetas fatídicas; oía el relato de *Yahia*, sin poder contestarlo. Y la voz del español, penetrando en mi cerebro con claridad y vibración semejantes a las de los clarines guerreros, me decía: «En tu morada hallamos consuelo los perseguidos. *Mazaltob* es mujer buena y sin hiel, aunque tú creas lo contrario. Si le salvaste la vida, ¿por qué te asombras de que viera en ti el hombre pío y generoso, y buscara el abrigo de tu casa? Allá fuimos todos, yo con *Yohar* la blanca, *Mazaltob* con sus cardenales, y *Simi* la destiladora de perfumes... Bajo tu techo encontramos seguridad... ¿Qué fue de tus servidores? ¡Huyeron, dejándonos las llaves, hermoso acto de agudeza y discreción, que creímos ordenado por ti mismo!... De estancia en estancia, lo recorrimos todo. El infalible olfato de *Mazaltob* descubría los manjares guardados en las alacenas. Comida encontramos, y especias, miel y té... En tanto, *Simi* revolvía la cocina, donde halló carbón y leña, pedernal y yesca para encender lumbre. Nuestras bocas bendecían al sabio, al caritativo *Ben Sur El Nasiry*. Para que nada faltase, *Yohar* descubrió los blandos lechos que nos ofrecían dulce descanso... Y no paró aquí el talento de mi *Perla*, pues revolviendo arcones y armarios, dio con estas elegantes ropas, y mostrándomelas me dijo: «Amado mío, honrarás la casa del señor adornando con sus galas tu mancebía...» Me vestí... Reproduje tu persona gallarda.

¡*Con doscientos y el portero*, y por Allah Gracioso, que no sé, al escribir esto, si debieron moverme a indignación o a risa las manifestaciones de *Yahia*, original y desvergonzado profeta! Pero en aquel momento, yo era tan incapaz de regocijo como de cólera, por el tristísimo estado de atonía y de inmovilidad en que me puso mi pavor de los rostros hispanos... El estupor me convirtió, no diré que en estatua, sino en muñeco relleno de paja o serrín... Ya estaban los españoles al pie de los muros; ya la multitud se arremolinaba en la trágica disputa de abrir o no abrir las puertas... Yo, mudo y alelado, miré en el cuerpo de *Yahia* mi elegante caftán listado de rosa y amarillo, en su cabeza mi turbante tan blanco como el rostro de *Yohar*, y... lo mismo pude acogotarle que abrirle mis brazos... lo mismo arrancarle el traje que felicitarle por su agudeza. Como el estridor metálico de las cornetas ya próximas, retumbaron en mi cerebro estos dichos de *Yahia*: «Odio la guerra, y en ella soy todo ineptitud. Pero si no sirvo para combatir, en los pueblos asolados por la guerra sé encontrar pan para los hambrientos y ropa para los desnudos. Créeme, *El Nasiry*: la guerra deja en cueros a los hombres, y la guerra los viste.»

No supe contestarle. Mi turbación ¡ay!, iba en aumento; yo no podía tenerme en pie. Ya estaban allí los españoles; ya se les franqueaba la puerta... Aparté de *Yahia* mis aterrados ojos, y humillándome en tierra, oculté con las manos mi cara, para que ningún nacido la viera... El grito de ¡Viva España! ¡Viva la reina de España!, proferido por los hebreos, me dio tal escalofrío, que hoy mismo me estremezco al recordarlo. Oía la voz de *Yahia*: «Ya estamos en Tetuán; ya Tetuán es nuestra. Alégrate, *El Nasiry*, y celebremos juntos la victoria de España y la paz...» Seguía yo tapándome cuidadosamente el rostro para que el desvergonzado profeta no viera las lágrimas que de mis ojos a raudales salían... ¡Allah sea conmigo y me libre de los perversos que *soplan sobre los nudos*!

Punto final pongo a mis cartas, ¡oh sabio y poderoso *Cheriff Sidi El Hach Mohammed Ben Jaher El Zébdy*!... He cumplido tu encargo. Vencido el Islam, y dueños ya de Tetuán los españoles, hoy *Lunes 13 de Rayab de 1276*, te pide tu bendición y la venia para no escribirte más de estas cosas tu ferviente amigo y deudo, *Sidi El Hach Mohammed Ben Sur El Nasiry*.

Cuarta parte

Tetuán, enero-febrero de 1860

I

No siendo cosa segura que el descarado profeta *Yahia* escriba el relato de sus aventuras pacificantes, conviene utilizar aquí datos y noticias de la propia *Mazaltob*, para llenar el vacío biográfico de Santiuste desde que abandonó a los españoles hasta que los encontró victoriosos dentro de los muros blancos de *Ojos de Manantiales*.

Transportado, como se ha dicho, en el asno de Esdras, entró el profeta con sus bienhechoras por *Bab-et-tsuts* sin ningún tropiezo, y con la misma felicidad llegaron todos a la casa de la hechicera en el *Mellah*. Compadecidas del herido y admiradas de su mansedumbre, *Mazaltob* y *Simi* (que era una de las que cogían hierbas en el verde prado), se aplicaron a curarle la contusión que tenía detrás de la oreja, lo que no fue difícil. Con la quietud y el alimento, este no muy del gusto del enfermo, pero eficaz para repararle, la contusión quedó remediada; pero el estado total de Juanito no era satisfactorio, pues a más del decaimiento y de la fiebrecilla que no quería remitir, se hallaba privado en absoluto del uso de la palabra. La idea de fingirse mudo había obrado en su organismo con demasiada intensidad... Diole *Mazaltob* caldos de ranas, que aseguró eran eficacísimos para estimular las facultades oratorias, y no obteniendo el resultado que se esperaba, discurrió *Simi* aplicarle un remedio cabalístico llamado el *Abracadabra*, palabra mágica de origen caldeo, que, según el médico famosísimo Sereno Sammónico, tiene la virtud de despertar en la humana laringe el apetito de la conversación. Sabía *Simi* la forma y manera de la aplicación del *Abracadabra*, que consistía en escribir el mágico vocablo en un papel, desarrollando sus letras en triángulo; este papel se doblaba de modo que no se vieran las letras, y se ajustaba a la garganta del individuo atacado de mudez. Hecho esto, se encomendaba el caso con oraciones, haciendo constar en ellas que *Abracadabra* fue la primera palabra que oyó Adán de boca del Padre eterno, cuando este creyó conveniente hablar con su criatura... Tuviese o no virtud efectiva este divino talismán, ello es que, al día y medio de tenerlo aplicado a su nuez, salió Santiuste echando cada discurso que daba gloria oírlo.

En tono familiar exento de pedantería el poeta y trovador hablaba de la paz, y era elocuente por lo mismo que no se curaba del efecto oratorio. Su gracia persuasiva se manifestaba desde que abría la boca, y el puro lenguaje castellano, adornado de bellas imágenes, la pronunciación castiza y musical, eran el encanto de su auditorio, hecho al desabrido acento judiego-español. Además, su éxito era mayor por hablar a convencidos. Los hebreos, raza mercantil esencialmente pacífica, sin hogar propio, privada en absoluto de arrogancias militares, ni amaba ni entendía la guerra. La espada de Josué desde luengos siglos había sido vendida como hierro viejo. Por su carácter dulce y su fácil y sugestiva palabra, Satiuste fue bien quisto en la *Judería* y su arrabal de *Meca*, así como en el que llaman *El Prado*. Vistió *Mazaltob* a su huésped con un balandrán viejo, que no venía mal al cuerpo del español; le puso la faja encarnada y el bonete negro, y le mandó a que viera la ciudad y la corriese por todo el misterioso enredijo de sus calles. En el *Mellah* y fuera de él, los que no le oían hablar teníanle por un *sephardim* que había venido de Salónica o de Jerusalén a negocios comerciales.

Rodando por Tetuán, pudo apreciar el aventurero que si moros y judíos se peleaban por cuestiones de ochavos, nunca lo hacían por motivos religiosos: sinagogas y mezquitas funcionaban con absoluta independencia y recíproco respeto de sus venerados ritos. Observó también que los sacerdotes hebreos, así como los musulmanes que sin carácter eclesiástico prestan servicio en los templos del Islam, eran casados, o disfrutaban la posesión de mujeres con más o menos amplitud. De esto quizás provenía la tolerancia, porque, a juicio de Santiuste, el celibato forzoso es como amputación que trae el desarrollo de los instintos contrarios al amor: el egoísmo y la crueldad. Observó asimismo que la falta de libertades políticas y el desconocimiento absoluto de las constituciones producían en el Mogreb una sencillez legislativa y jurídica que facilitaba la existencia. Érale grato el país en que había caído; la dignidad y el flemático determinismo de los musulmanes le encantaban. Si alguno de estos, con conocimiento del castellano, le caía por delante, Juan le hablaba de la guerra, naturalmente para condenarla. Decía entonces el moro que ellos no habían declarado la guerra, sino que era el Español quien traía la muerte al santo territorio del Mogreb. A los cristianos, que no a los moros, debía el sujeto predicador de paz endilgar sus amenos discursos.

No tomaba Juan en serio la misión de profeta que *Mazaltob* y *Simi* querían ver en él. El espíritu del exaltado mozo se había serenado desde que le llevaron aquellas buenas mujeres a la sosegada, aunque no muy limpia, existencia del *Mellah*. Profeta de paz no podía ser con los hebreos, que ya desde siglos remotos abominaban de la guerra, ni con los moros, que solo peleaban a la defensiva, ni con los españoles, que jamás se quitarían de la cabeza el delirio deslumbrador de las empresas militares. Pero no creyéndose llamado a catequizar directamente a las tres razas afines, sentía dentro de sí un vago prurito de manifestar sus ideas, no por los discursos, sino por la acción... Más claro: creíase llamado a ser apóstol de la paz, no sermoneándola, sino haciéndola. Ni él mismo se daba explicación del punto de partida de este anhelo en su alma exaltada, ni del fin a que se dirigía con fuerza más instintiva que voluntaria... Pero él, cuando en los camastros de *Mazaltob* se reponía de sus caminatas callejeras, pensaba: «¿No será vano el artista que predique los principios de la escultura y no sepa labrar una estatua? ¡Ah!, no seré yo ese artista estéril y baldío. A un lado las retóricas que enseñan reglas infecundas, jamás comprendidas del oyente, y hagamos, aunque sea en barro tosco, la estatua de la Paz.»

Estas ideas le rondaban la mente cuando fue visitado por *El Nasiry*, en quien, por la pureza del lenguaje, se le reveló un español musulmanizado, y por las líneas y la expresión del rostro, el fugitivo hermano de Lucila, que supo cambiar de religión, de patria y de costumbres con flexibilidad inaudita. No podía Juan asegurar que el arrogante moro que le visitó fuera Gonzalo Ansúrez; pero sus sospechas vehementes casi tocaban en la certidumbre. Hablando de esto con *Mazaltob*, la maga le dijo que *El Nasiry* era de la casta árabe granadina, y que se distinguía por su nobleza y generosidad. Hablaba español por haber vivido largas temporadas en Málaga y Algeciras; no pensaba ella que fuese renegado, aunque algunos había en Marruecos circuncisos en toda regla, y tan perfectos en su transformación de lengua y costumbres, que el mismo ángel justiciante, el día del Juicio Final, no sabría si ponerlos entre los *moríos* o entre los del *Andalús*. Despertó esto más la curiosidad de Juan y sus ganas de tratar a *El Nasiry*, para echarle la sonda y ver si en él se repetía el extraordinario ejemplo de *Alí Bey El Abassi*. Pero pasaban días, y el moro, disgustado por las diabluras proféticas de *Mazaltob*, no volvió a parecer por el *Mellah*... Siguió en tanto el joven español haciendo conocimientos, y entre estos fue muy interesante el del rabino *Baruc Nehama*, varón provecto, de relativa ilustración y de cierta templanza en su fanatismo, el cual, creyéndole hombre desamparado y errante, y apreciando además su peregrino talento, quiso atraerle al rebaño judaico. Mas a las primeras insinuaciones vio el *levita* que se las había con un cristiano inexpugnable, y que su sermón catequista era como echar jarros de agua en los arenales del desierto.

Fuerte en su doctrina y dotado de brillante palabra para exponerla, Santiuste rebatía las opiniones del viejo *Baruc* apenas salían de su boca por entre las aborrascadas barbas, que le daban aspecto de profeta bíblico. Y ante el reposo y serenidad del cristiano para combatir la rancia doctrina, el hebreo se incomodaba, perdía el grave continente, y sacaba, no digamos el Cristo, sino las tablas de la Ley, como vicario del amigo Moisés en la tierra... Pero estas exaltaciones del sacerdote de Jehovah pasaban como nubecilla, y el razonar manso de Santiuste llevaba la controversia al terreno escolástico y de esgrima intelectual, descartada toda idea de catequismo. Respetuoso con antagonista de tanto poder, *Baruc* oía el elocuente panegírico de la Fe Cristiana y de su prodigiosa difusión en todo el mundo. Con algo que recordaba de su maestro Emilio Castelar, y lo que él de su propia cosecha ponía, trazaba el poeta de la Paz cuadros admirables ante los cuales el moderno Aarón permanecía cejijunto, enredando sus amarillos dedos en la luenga barba. Por fin, no sabía el Rabino cómo y por dónde meter una opinión entre el follaje espléndido de la oratoria del joven *Yahia*; se reconocía inferior, aunque por dignidad de sus funciones sacerdotales y talmúdicas se guardaba muy bien de dar a torcer su brazo. En él resplandecía el orgullo de los que afectan poseer la única verdad, y antes mueren que soltar el signo autoritario con que guían, custodian y apalean a su dócil rebaño.

Hizo Santiuste la apología del Cristianismo en variedad de tonos, descendiendo del sublime al patético; ensalzó la intensa ternura de la predicación de Cristo, por la cual este penetró en las entrañas de la Humanidad, conquistándola y haciéndola suya para siempre; marcó luego la obra inmensa de los apóstoles, para afianzar la doctrina del Redentor sobre las ruinas del Imperio, y la siguiente labor de los padres para fijar en dogmas inmutables todo el organismo de la Hermandad Cristiana; describió la tenaz gestación de la Iglesia para formarse, para edificar su imperio militante y docente, y sostenerlo con robusta trabazón arquitectónica en el curso de los siglos. ¿Cuándo había visto la Humanidad obra tan grande y sintética, ni organización tan poderosa? La doctrina de Cristo había venido a ser la única normalidad espiritual de los pueblos civilizados. Todo lo demás era fetichismo, o bien residuos deshechos de una teogonía bárbara y sin calor. Declaró Santiuste con emoción y solemnidad que de las confesiones cristianas, prefería la católica, porque en ella había nacido y porque era la más bella, la más latina, en el sentido etnográfico, y la que a su parecer responde mejor a los fines humanos. Todo lo que la Iglesia Católica enseña con riguroso método escolar a los pueblos sometidos a su espiritual magisterio, él lo encontraba de perlas: en un solo punto disentía, y era la durísima abstención que llamamos *celibato eclesiástico*. He aquí el nudo negro. Todo lo encontraba muy bien, menos el negro y apretado nudo. Doctores tiene la Santa Madre Iglesia que deben poner mano en este negocio, si no quieren que se les venga encima un cisma que será de los más agitados y calientes que amenicen la Historia de las disensiones religiosas. Y en este punto, declaraba tenazmente el poeta su intención cismática, porque él sentía en sí un vigoroso temperamento sacerdotal: amaba los interesantes ritos, la dulce comunión del alma con Dios, la penitencia confesional, la propaganda evangélica; en fin, todo le placía y encantaba. Pero al propio tiempo sentía irresistible atracción hacia la bella mitad del género humano que Dios formó de una costilla de Adán; hacia la que, acabadita de crear, embelleció con sus gracias el Paraíso y todo el Universo.

Dijo esto el poeta con delicadeza exquisita; y como el Rabino le indicase que el amor de mujer no está vedado a los sacerdotes en ninguna de las religiones, fuera de la papista o católica, declaró Santiuste que esta, siendo la mejor y casi la perfecta, aún tenía que dar el paso que le faltaba para ser la misma perfección, celebrando eternas paces entre la Fe y la Naturaleza. A esto contestó *Baruc Nehama* sacando a colación con cierto orgullo un texto litúrgico de su Ley, que dice: «Dio gracioso y piadoso, luengo de iras y grande de mercedes, hartarme he de ver tus faces... Bendice simiente de hombres tuyos adorantes, y al templo tráenos chiquitos de tu semejanza. Veamos crecer generancio tras generancio...» Quería decir esto que Dios bendice toda unión de mujer y hombre conforme a su Ley, sin exceptuar los enlaces o casamientos de sacerdotes. Agregó el venerable *levita* esta sagaz observación: «Si el tener mujer los oficiantes del templo es bueno y saludable por los bienes que produce, lo es más, pero mucho más, amigo Juan, por los males que evita.»

Quiso Dios que estos paliques sabrosos sobre la compatibilidad de amor y cleriguicio sirvieran de prefacio al encuentro de *Juan el Pacificador* y la bella *Yohar*, hija de Riomesta. Acaeció este notable suceso en la puerta misma de la casa rabínica, a la sazón que entraban las dos hijas de *Baruc* llamadas *Rebeca* y *Alegría*, y con ellas la de Riomesta, cuya hermosura eclipsaba la de las otras niñas, como apaga el Sol el brillo de las estrellas. Quedó Juan suspenso, y apenas la vio desaparecer tras de la puerta, no sin que la moza echase a la calle una miradita, sintió en su interior un tremendo vaivén, como el de un barco sobre las olas bravas, de lo que le resultó un estado semejante al mareo, terror, ansiedad... Tiró el hombre hacia su domicilio, y encontrándose de manos a boca con la maga, le dijo: «¿Quién es esa divinidad que ahora entraba en casa de señor Rabino? Te aseguro que me ha deslumbrado, como estrella que bajada del cielo anduviese por la tierra vestida de mujer. Bien se ve que es de tu raza, por la blancura y fineza del rostro, y su aire de familia con Esther, Betsabee y otras tales que ilustran vuestras historias.» Y *Mazaltob* le respondió: «Es *Yohar*, hija de Riomesta, tan rico él, que veinte camellos no podrían cargar todas sus *patacas*. Tanto como el padre es rico, es ella hermosa, y *ainda* buena de su natural, amorosa y cargada de virtudes blandas, y con habla de sonido dulce que se te apega en el alma. Aplícate a ella, *Yahia*, que no podrían encontrar mejor apaño tus partes buenas. Si ella es polida, tú barragán, y *ainda* sabidor mucho. Háblale como tú sabes, con todo el melindre de tu suavidad, y verás cómo te responde con sonriso... No temas, y la tendrás enternerada, y *aina* serás camello que cargue a un tiempo la mayor riqueza y la mayor hermosura del *Mellah*.»

Aunque lo de ser camello no fue muy del agrado de Santiuste, abrió sus oídos a las palabras de *Mazaltob* para que las ideas le entrasen holgadamente en la cabeza. Sintiose cautivado de las gracias de *Yohar*, sin que la riqueza fuese en él estímulo de su inclinación, pues era hombre absolutamente desinteresado y sin ningún apego a los bienes materiales. Tratando con su patrona del cómo y cuándo de aproximarse a la *Perla*, se le propuso que podían celebrar sus vistas en casa de *Simi*, la destiladora, pues esta tenía parentesco con los Riomesta por parte de madre. A menudo la visitaba *Yohar* por el atractivo de los perfumes, a que era muy aficionada. Su padre, confiado y bondadoso, seguro de la virtud de la bella moza, no la celaba con impertinencia, ni le ponía estorbos para que fuese sola a las viviendas próximas de parientes o amigos.

Pues, Señor, he aquí que al día siguiente de ser Juan deslumbrado por la blancura de la hija de Riomesta, la vio de cerca, la tuvo al alcance de su voz, y mismamente de sus manos, en el taller o laboratorio donde *Simi* extraía las delicadas esencias de rosas y jazmines. Y Juan habló con palabra turbada: «Yo bien sé, amable *Perla*, que no soy digno de llegar a tu hermosura y bondad, prendas excelsas en que se esmeró el Criador de cuanto existe. Pero los hombres ambiciosos miran a lo que no pueden alcanzar, y solicitan lo que no merecen. Yo soy de esos, *Yohar*; ambicioso que no se sacia con nada pequeño, ni con bienes de la tierra; busco y pido los del cielo, que en ti están cifrados. Niégame el amor que te pido, porque así ha de ser, siendo tú tan perfecta y yo tan miserable... Niégamelo y despídeme, que con ser despreciado por ti me contento, si el desprecio trae en sí un poco de misericordia.»

Y ella: «Tírate atrás, *Yahia* o Juan, y no me encariñes el oído. Ya sé que eres decidor fino, y que con tus decires graciosos y mielosos envoluntas a una piedra. Pero conmigo no te vale tu virtud, que so de nieve como ves... Ya ves cómo me río... Cómo me río de ti, *Yahia*.» La risa de la linda moza cayó en los oídos del poeta como lluvia de perlas sobre cristal... Esto pensaba; pero al punto rehízo la imagen, diciéndose que el mismo ruidillo gracioso sobre el cristal podía ser producido por garbanzos o granos de maíz.

II

Y él: «Bendiga Dios el instante en que te vieron mis ojos. Deslumbrado fui; oscuridad triste llenó toda la tierra cuando desapareciste... Lloré yo mi miseria y escondí mi rostro, creyendo que para mí había concluido el reino de la luz. Ahora te veo, y mi alma se llena de gratitud, pues con mirarme solo has tenido toda la piedad que como criatura de Dios merezco... ¿Qué más puedo desear después de verte? Solo verte otra vez es mi deseo, y si no te enojaras, te pediría que me dejases gozar de tu presencia y de tu voz, aunque ninguna esperanza dieras a mi admiración de ti. Eres como divinidad a quien se debe todo acatamiento, y un culto que no puede ser callado, pues la voz se dispara sola en tu alabanza.»

Y dijo *Yohar* risueña: «Cállate ya, embustero gracioso... que por querer ser fino demasiado en el requerimiento, echas flores de trapo, sin olor. Exprime tu corazón con verdad y sin tanto requilorio, y ansí te entenderé... Para decirme que so mujer bella y que penas por mí, no hay precisión de tanta cuenta de palabras vacías... Y no me hables de tu miseria, que es mentirosa, pues sé que vienes aquí con fingimiento de omildad, y que con ropas puercas tapas tu señorío de príncipe cristiano. Tu cara dice que de padres altos naciste, y tu lenguaraje suena con lustración, que yo no entiendo, porque so inorante... ¡Ay, *Yahia*, qué bestia bonica verías en mí si me trataras despacio!»

—Si eres joya sin pulimento, más me agradas así. ¿Quieres que este pobre maestro te instruya, y adorne con luces de saber humano el divino entendimiento que posees?

—Sí que deseo polirme, y ser menos bruta de lo que so, que aquí en nuestras partes de Marroco no ha escuelas ande deprender cosas muchas y finas de lustración de Espania, Viena o la Rumanía.

—¿Quieres que proponga a tu padre tomarme de maestro tuyo? ¿Crees que pondrá en mí su confianza?

—No: antes ha de poner mi padre un garrote en tus costillas, y quitarme a mí de que te hable y oiga tus loores graciosos.

—Pues véate yo sin conocimiento de tu padre, y te instruiré, que en ello no ha de haber malicia, *Yohar*.

—Ni malicia ni perjudicio, sino ganicas mías de ver, de catar sabiduría. Creime, Juan, que es dolor de una mujer verse inorante y abrutada de tantas cosas.

Diciendo esto, y sin esperar la réplica de Juan, dio media vuelta con graciosa rapidez, arremangándose la túnica holgadísima de paño azul que vestía. Los despojos de hierbas, y el polvo y ceniza que invadían el suelo del laboratorio, exigieron el remango airoso de la guapa hembra, la cual sin querer descubrió por un instante hasta media pantorrilla. Fue *Yohar* hacia la mesa o mostrador en que *Simi* filtraba y trasegaba líquidos, y cogiendo un frasco chiquito que casi no se veía entre sus blancos dedos, volvió junto al profeta, y le acercó el frasco a la nariz, diciendo: «Confiésame tú que nunca has golido desencia tan primorosa como esta. Es de una hierba silvestrina que aquí llamamos *enchíchoru*, la más prefumosa de los montes, y la que más halaga el sentido. Güele más, y hártate de este olor que es el mío. En tu camisa échate gotas, y golerás lo mesmo que yo.»

Dejose el poeta embriagar de aquella fragancia, que se sobrepuso a los demás olores difundidos en el aire espeso del laboratorio. Tanto aroma fuerte le desvanecía, y su cerebro se adormeció en vagas sensaciones. Bellas cosas quiso decir después de perfumarse, como su ídolo le mandaba; pero ella no le dio tiempo a soltar las alambicadas retóricas. «Adiós, mi señor —le dijo mirándole los ojos—. Ya no más plática hoy. Quédate con la paz, Juan.» Y él: «¿No veré mañana la luz de mi vida?»

—La verás, para que estés diluminado, que en el oscuro podrías trompicar y caerte...

—Si me engañas, *Yohar*, si no te veo mañana, al otro día encontrarás muerto al que quiere ser tu preceptor.

—No hagas malas mientes de mí —replicó la hebrea arremangándose por detrás para salir, pero sin mostrar más que los blancos tobillos, y los pies en babuchas rojas—. Antes mancarás tú que yo... La primera lición que me des será de los modos de hablar bonicos... So la bestia de Dios... Como me criaron, ansí me ves, sin ningún perfilorio... Adiós, Juan... No me acompañes, ni me sigas con alocamientos. Puede que haiga genterío en la calle. Quitemos razón a los malos pensares.

Trastornado quedó el profeta de la Paz con la gallardía estatuaria, la gracia inocente y bíblica de la hija de Riomesta. Nunca vio mujer que pudiera igualársele. ¿Qué comparación tenían con *Yohar* ni Teresa, ni Lucila, ni tantas otras bellezas de allá, embutidas en feísimos trajes negros o pardos, y hablando un lenguaje de hipócrita corrección? *Yohar* era la mujer oriental o asiática, la reina de Sabá, Semíramis, Herodías, María de Magdala, y ¿por qué no la mismísima Eva con la menor cantidad de ropa? Después de amar a *Yohar*, podía un hombre morirse tranquilo, llevándose a la eternidad los dejos de inefable ventura... Se enamoró y *envoluntó* con el fuego de todas las hornillas de amor encendidas por la juventud y sopladas por los poetas.

La imagen de *Yohar*, tal como en la oficina de perfumes la vio Juan, por instantes se le reproducía en el pensamiento con ilusión perfecta de realidad; por instantes se le borraba, no quedando de ella ni siquiera una vana sombra, y esta privación de la imagen le exasperaba: sin necesidad de conjuro, de improviso volvía la imagen hechicera... Declaraba el poeta que no existía debajo del Sol rostro como el de *Yohar*, tan bello de frente como de perfil, blanco, amoroso, con resplandor de ternura sentimental, y de gracias veladas aún por la timidez. Los ojos rasgados, dormilones cuando la moza permanecía en silencio, echaban y recogían raudales de luz cuando hablaba. La boca, sin soltar una sílaba, expresaba tanto como los ojos. Los ojos, mirando, no hablaban menos que la boca... ¿Y qué decir de la negrura del pelo, que en dos ondas asomaba tan solo por la frente; qué de aquel pañizuelo de colorines liado en la cabeza con arte exquisito, formando por delante como el pico de una montera, y atrás un bulto que envolvía la madeja liada del abundante cabello? Sobre sus orejas, no pendientes de ellas, sino suspensos del pañuelo por un gancho casi invisible, colgaban dos aros de oro como de cuatro pulgadas de diámetro. Nunca vio Santiuste adorno tan bonito, ni tan oriental, ni tan acomodado a la belleza de Judith o de Dalila. ¡Y qué manos finas, vigorosas! Aquellas manos pudieron cortarle los cabellos a Sansón o separar del tronco la negra cabezota de Holofernes.

El cuerpo, descrito vagamente por los pliegues del túnico, y por lo que de él contaban las extremidades, o las muestras que de estas se veían, no exaltó menos que la cabeza el entusiasmo y la admiración de Juan. ¿A dónde iban a parar los cuerpos de europeas con la falaz anatomía que dan los corsés,

y el andar corto y medido, sin el meneo de faldas de la mujer de Oriente?...
En fin, señalando y ponderando bellezas, el profeta no acababa... *Mazaltob*,
que siempre le oía con gusto por la riqueza y buen son del habla, se burló de
él aquella noche mientras le servía la cena, y riéndose le dijo: «Bien garrida
es *Yohar*, por merced del alto Criador... pero más, más... Oye de mí... Más
que su blancura valen las arcas pretas del padre de ella, hombre apañador...
¡Goy, no desmayes, ni te acortes en el pedir cuando tengas a la moza bien
sobajada de amor y endulzada de tu querer, clamando por boda!... Ansí te
vea yo padre de cien chiquitos como he de verte rico y holgado de dine-
rales, si haces lo que te digo...» No tenía traza de parar en esta cantinela;
pero Santiuste le cortó la palabra, pues su corazón noble y recto no sentía
jamás inquietud por cosa tocante al oro y la plata, ni dejaría de prendarse
locamente de la incomparable *Perla* si fuese huérfana y pobre.

La segunda entrevista fue más breve que la primera. Mas la tercera
superó en interés y extensión a las dos anteriores. Llevó aquel día la israelita
medias de seda, como tributo a la civilización de Europa, y otra túnica azul
con una franja delantera y vertical bordada de oro. Por el descote y mangas
asomaban encajes. Era un vestido caprichoso, bastardeando un poco la
usanza, con lo que quería significar su gusto de la iniciativa y de la variación,
como sintiendo los desconocidos encantos de la moda. Y dijo *Yohar*: «He
soñado contigo, Juanito... Érades tú un hermoso caballo español negro...
yo una mulita blanquita. Venías a mí con relincho gracioso trotando, y yo te
tiraba coces... No te rías, que ansí lo soñé. Dirás que so bruta, muy bruta, y
que ni en sueños puedo quitar de mí la condición de animala sin sabidoría...»

—Eres encantadora, y tu inocencia vale más que todas las ciencias del
mundo. En mi corazón has pegado tus coces divinas, que me destrozan el
alma.

—Dime otra vez que si no te quiero te morirás de muerte amorosa, que
es lo que más adentro del alma me allega para quererte... No sé si me has
entendido, porque no tengo el habla tuya, como diamante tallado que echa
luces.

—Sí que me moriré, porque mi vida no sabe ya vivir sola, y es llama que
necesita arder en ti... Si no, se apaga. Tú eres el haz seco que ansía mi
llama...

Y con esto Juan le echó los brazos, como para sellar juramento de próxima unión ante los altares, sin cuidarse de qué altares serían, o creyendo tal vez que para el caso todos los altares eran lo mismo. Sin hacer gran violencia para desprenderse, *Yohar* cumplió con lo que el pudor y la decencia le dictaban; lo demás lo hizo la delicadeza de Santiuste. Y ella dijo con seriedad: «No nos aloquemos, y seyamos conocientes del mandato de Dios... Quietas manos, y los ojos con virtú; hagamos promisión de ser juntos siempre, y luego pensaremos en las procuras para casarnos con ley.»

Y él: «Valor de compromiso solemne doy a todo lo que digo, *Yohar.* Serás mía, y yo tuyo en este mundo visible y en el otro.»

Y ella, con emoción mística: «Oíd, Cielos y Tierra, porque Adonai habló... Conoció buey su comprador, y asno pesebre de su dueño.» Con estas palabras rituales que pronunció al modo de juramento, y que en los oídos de *Yahia* sonaron como la más inspirada fórmula poética que pudiera imaginarse, expresó la israelita su propósito de pertenecer al español en cuerpo y alma. Y dejándose besar las manos, y algo de lo que asomaba de sus torneados brazos, completó así la idea: «¡Comprador mío, dueño mío!... Pesebre nuestro tengamos pronto para siempre.»

Toda hipocresía y remilgos, acudió *Simi,* que presente estaba, a interrumpir un coloquio amenizado con aproximaciones, en las cuales creía ver grave riesgo de la honestidad. Dijo el profeta: «No hemos hecho más que jurar, *Simi.*» Y *Yohar.* «Tírate allá, pringosa entremetida, que no hemos rompido ningún vaso, ni vaso nuestro, ni del decorío de tu casa. Virtú tenemos, delantre cielo y tierra.»

No hay que decir que volvieron a verse al siguiente día, y a ratificar su juramento con expresiones ardorosas, y con todos los gestos y mímica que tan dulce intimidad requería, sin que la presencia de *Simi* viniese a turbarles. ¡Oh, *Yahia,* profeta gracioso y venturoso! Tus empresas de paz dejarán memoria entre los humanos, por lo atrevidas y eficaces: tú domas el fanatismo, aproximas las razas enemistadas, y pides para todos los pueblos la bendición del Sumo Dios Único... Fue dichoso Santiuste, y su felicidad le tuvo día y noche como en éxtasis, viendo en su pesebre a la que reunía todas las gracias de Eva nuestra madre. Por bien empleadas dio sus fatigas desde que se lanzó al trajín de la guerra. En su viaje al África vio la inspiración del

Cielo, o *el dedo de Dios*, como dicen los historiadores y los políticos cuando quieren dar calidad de cosa divina a sus majaderías pomposas. Obediente también al dedo de Dios, que le sañalaba la puerta de su casa, abandonó *Yohar* el hogar paterno (llevándose alhajas, algún dinerito suyo, y no llaves, como Riomesta decía en sus imprecaciones lastimeras), para seguir a Juan hasta el fin del mundo: en tal ceguera de amor la puso el poeta con su labia fogosa y el buen gancho que tenía para enamorar. Fue la primera idea de los amantes huir de Tetuán; mas olfateando el peligro, se acogieron al parador llamado *el fondak*. De allí escaparon más deprisa, por estar lleno el local de montañeses desalmados y de parásitos feroces; vagaron por calles y pasadizos hasta que el borriquero Esdras, a quien *Yohar* mantuvo a su servicio recompensándole con largueza, les deparó albergue en el tenducho miserable de un zapatero remendón, que había escapado de la ciudad. La pobreza y el desaseo de aquellas viviendas no abatió el espíritu de los amantes, ni enfrió la juvenil pasión que a entrambos inflamaba. Eran felices, y sus almas serenas flotaban sobre tanta inmundicia sin contaminarse de ella, como la luz que pasa por los aires infectos sin oscurecerse ni ensuciarse.

Llegó el 4 de febrero. En la siniestra noche que siguió al desastre, pasaron los amantes horrible susto, viéndose en peligro de ser cruelmente asesinados. Dios, Allah y Adonai juntos defendieron las preciosas vidas de los que por ley de amor eran predilectos de la divinidad. Esdras les puso en comunicación con *Simi*; esta, en la mañana del domingo, les contó los horrores acaecidos en el *Mellah*, atropellos, incendios, muertes, y por fin el terrible caso de *Mazaltob*, que por milagro de Dios y mediación de *El Nasiry* no pereció a manos de los bandidos... Salidos los amantes de su escondite por indicación de *Simi*, se fueron a un almacén ruinoso de la calle *Caid Hamed*, donde ya estaba escondida la hechicera, y allí esta sagaz mujer, asistida de los poderes infernales, concibió el magno proyecto de buscar refugio en la próxima casa de *El Nasiry*... De la idea pasaron a la ejecución, conforme entró la noche del 5 al 6, y tan admirables disposiciones estratégicas y tácticas dio la maga para el atrevidísimo acto, que un éxito brillante coronó la sutileza de ella y la prontitud de todos.

Cuentan los que lo vieron que en la mañanita del 6 salió Juan de su nuevo alojamiento con el airoso traje que encontró en los roperos de *El Nasiry*, y recorrió el centro de la ciudad, informándose de lo que había pasado durante la noche. El aspecto de las calles y el cariz de la gente que en ellas veía le afianzó en su idea de la fácil entrada del ejército vencedor. En *Garsa Es-seguira*, vio muchos hombres que disputaban en alta voz, señal de que no había unidad en los pareceres, y sin unidad la resistencia era imposible. Unos corrían después hacia la puerta de Fez, otros hacia las del lado Este; no vio tipos de militar fiereza, sino figuras demacradas, famélicas, con la insana movilidad de quien no sabe lo que quiere ni a dónde va. Pasó luego por la calle *Emtamar* donde habitaba un gaditano con quien había hecho conocimiento. Deseaba por su mediación ponerse al habla con Riomesta, pues de este y del Rabino era grande amigo el tal andaluz, que fue a Tetuán de barbero y luego puso comercio de ferretería y loza ordinaria. Halló Santiuste la casa y tienda cerradas a piedra y barro, y allí se detuvo un momento dudando qué dirección tomar. En esto sintió voces de tumulto, y vio correr la gente en dirección de la gran Mezquita. La curiosidad le llevó hacia allá... Siguió luego por calles que conducían a una de las puertas de la ciudad... ignoraba cuál de las puertas era. Oyó que por allí entrarían o querrían entrar los españoles, y esto le empujó más por aquel camino. Al desembocar en una encrucijada irregular, llena de basuras y escombros, formada por casuchas de una parte, de otra por ruinas, vio que unos montañeses atropellaban a dos pobres hebreos ancianos y a las mujeres de la misma raza que salieron a su defensa. Un moro de buen porte y calidad, a juzgar por su vestimenta, corrió al socorro de los débiles. Pronto se le unió en la caballeresca acción otro señor bien vestido. Santiuste, que con su prestado traje se tenía por tan principal como el primero, acudió a reforzar a los caballeros. En un santiamén quedaron estos vencedores, y dispersos los desalmados... Dio algunos pasos Juan, atraído de un rumor de cornetas que del campo venía... Llegó a la vista de los baluartes que franquean la puerta de la ciudad; vio que al lado suyo, tocándole casi, iba uno de los bravos personajes moros que medio minuto antes habían cerrado contra la canalla. Paráronse ambos, se miraron, y el profeta *Yahia* se encontró frente a la gallarda figura de *El Nasiry*.

III

No hizo Santiuste por evitar la mirada del moro, ni menos trató de escabullirse y poner pies en polvorosa; antes bien afrontó gustoso la presencia de aquel sujeto y se fue a él con donaire y confianza. «Yo soy Juan —le dijo—, no *Yahia*, como tú me llamas»; y de esta sola frase surgió una larga conversación. Ráfagas de cólera, ráfagas de benevolencia notó el poeta en la cara del moro y en su lenguaje de perfecta entonación castellana. Lo que hablaron se perdió en el bullicio del pueblo que les rodeaba y en el rumor de cornetas que del campo venía. No se maravilló poco Santiuste de ver que el arrogante moro palidecía, que sus miradas inquietas se volvían de la tierra al cielo y del cielo a la tierra, y que de su pecho arrojaba suspiros, en los cuales iba envuelto el sonido de alguna palabra ininteligible. Sin duda sufría grave trastorno moral y físico, enfermedad del cuerpo, o profunda turbación del ánimo. El griterío de dentro de la plaza y el ruido militar de fuera crecían. Entre ambos rumores la puerta permanecía cerrada. ¿Se abría o no se abría la puerta?

En el sitio donde estaban Juan y *El Nasiry* no se veía la puerta, y sí el torcido callejón que a ella conduce. Junto a ellos, entre las ruinas y un paredón interior de fortaleza, vieron la escalera de gastados peldaños, por donde subían y bajaban *moríos* de mal pelaje que pretendían ocupar el reducto defensor de la puerta, artillada con dos cañones de figurón... Sin verlo, bien se comprendía que los españoles habían llegado a la puerta, y encontrándola cerrada amenazaban con abrirla de par en par a cañonazos. El altercado entre los cristianos de fuera y los muslimes que por las troneras del reducto asomaban sus famélicos rostros, se oía desde dentro. No teniendo entereza para resistir ni para franquear gallardamente la entrada, los de arriba dijeron: «No podemos abrir... El Kaid se llevó las llaves.» Siguió a esto un estruendo de vigorosos golpes dados en la puerta.

España colérica gritaba: «Abrid, miserables, o pegaré fuego a la ciudad.» Con enormes piedras y con las culatas de los fusiles, los españoles cascaban las herradas maderas... Vieron entonces Juan y su acompañante que del reducto bajaban despavoridos los bergantes que allí hacían un vil simulacro de defensa. Al verlos huir, *El Nasiry*, sin abandonar su actitud de abatimiento les dijo: «La voluntad de Allah sea cumplida...» En el mismo instante, la caterva de judíos y de moros pobres se lanzó por el callejón que conduce al interior de la puerta, y ayudó con piedras a romper lo que los españoles querían romper desde fuera. La *Blanca Paloma*, la virginal doncella *Ojos de Manantiales* quedó pronto a merced de su conquistador... Tras un silencio de estupefacción, estalló bajo la bóveda de la puerta, como un trueno subterráneo, la marcha real española. Todo aquel viejo armatoste arquitectónico se estremeció, dando piedra con piedra... Los que tocaban la marcha permanecieron un instante quietos; luego se vieron las bayonetas, los fusiles, los hombres que entraban con paso grave... *El Nasiry*, en el paroxismo de su terror, cogió del brazo a Juan y lo llevó por un callejón que desde la puerta se empinaba entre casuchas gibosas. «No puedo ver esto —le dijo—. Vámonos... Escondámonos.» Y *Yahia*: «Déjame, señor, que les vea. Son mis amigos... Ya entran... Avanzan ya con paso ligero. Mira cómo les aclama la multitud. Entran con respeto, como hombres de buena educación que delicadamente se acercan a la desposada y le quitan los velos... Al frente viene el general Ríos... también Mackenna...» Estirando toda su estatura para echar una mirada por encima de las cabezas de la multitud, dijo *El Nasiry*: «Viene con ellos *El Gazel*, para enseñarles los caminos y guiarles por las calles... Vámonos, *Yahia*; yo no debo ver esto.»

Avanzaron algo más callejón arriba. En una rinconada donde asomaban, por entre construcciones humildes, algunas peñas del cerro en cuya cúspide está la Alcazaba, *El Nasiry* no pudo ya mantener en tensión las fuerzas del alma que sostenían su disimulo. Dejando correr un raudal de lágrimas, sin cubrirse el rostro ni alterar su voz plañidera, habló de este modo: «La turbación que siento es de las que pueden matarle a uno si se descuida... Asístame Dios... Pues adivinaste tú quién soy, poco será lo que yo tenga que decirte... Esas músicas, esa gente que entra en Tetuán con alegría de victoria, no me dicen cosas olvidadas. Lo que veo y lo que oigo es mío, tan mío como mi propio aliento... No digas a nadie lo que has visto en mí, ni repitas mis palabras. Yo debo alejarme de esta pompa y fingir que me entristece lo que me regocija... Tengo aquí un nombre, tengo una posición, tengo un estado, que gané a fuerza de trabajo y de astucia inteligente. No puedo renegar de mi estado, *Yahia*; no puedo arrojarlo a la calle por un melindre de patriotismo... Guárdame el secreto, y adelante... Sigamos, observemos y disimulemos. El traje que vistes te obliga, como a mí, a ser cauto y prudente.»

Desde el sitio en que se hallaban, vieron que entraba el raudal de tropas; los haces de bayonetas brillaban al revolver de la marcha en las angostas calles; el color pardo de los ponchos se iba extendiendo y llenando calles y plazuelas, como sangre inyectada en las venas vacías de la ciudad. La virginal *Ojos de Manantiales* estaba ya hinchada de españoles, y pletórica de aquel rico elemento vital que se difundía por todo su cuerpo... Las azoteas, coronadas de gente, coronaban también de vagas aclamaciones el estruendo de las músicas que invadían las calles... «Acerquémonos ahora —dijo *El Nasiry*—, y veamos si entra también O'Donnell.» No por donde habían subido, sino por otro callejón que iba a desembocar a la plazuela llamada *Garsa El Kibira*, fueron ambos a satisfacer la curiosidad y la emoción, el insaciable sentimiento que nunca se hartaba. A distancia, por un largo y recto pasadizo cubierto, que era como anteojo, vieron pasar soldados, recorriendo una vía de relativa anchura. Así estuvieron mediano rato: «Mira, mira —gritó de improviso Santiuste—: ese que ahora pasa es O'Donnell... Ya pasó, ya no lo ves...» «Le vi —replicó *El Nasiry*—, y le conocí por su grandeza, que a mi parecer superaba a la de las casas.» Detrás del general en jefe siguieron entrando secciones de todos los Cuerpos con sus músicas correspondientes, las cuales tocaban la marcha de la ópera *Macbeth*, muy del gusto de O'Donnell por su marcial aliento.

«En el corazón —dijo *El Nasiry* retrocediendo con su amigo—, se me queda pegada esa música, y creo que la estaré oyendo mientas viva...» Empujada la puerta más próxima, penetró en una casa de apariencia humilde. Era una de las tres de su propiedad que alquiladas tenía. El pobre viejo que moraba en ella, almuédano a sus horas, a ratos escribiente de un *Kadí*, había salido a ver las tropas. En el patio, una mora vieja y demacrada recibió al casero: este y su acompañante, descansando en un poyo revestido de azulejos, continuaron su interesante coloquio. Reiteró *El Nasiry* a Santiuste la recomendación de guardar secreto sobre cuanto le dijese, movido del irresistible impulso de abrir su pecho, en tan grave ocasión, a un individuo de su raza y de su tierra. A las innumerables preguntas que hizo acerca de España y de la familia de Ansúrez, pidiendo detalladas noticias de su padre y hermanos, contestó Juan con interés minucioso, apurando su memoria para que nada se le quedase por decir. Con esto acabó el buen *Yahia* de ganar la confianza del que tenía por poderoso señor musulmán, o renegado de alta escuela, al estilo de *Alí Bey*... De veras admiró Juan el prodigio de una metamorfosis bastante perfecta para cautivar en confiada ilusión a todo un pueblo.

Ponderó *El Nasiry* las ventajas de vivir en Marruecos en calidad de moro, disfrazándose para ello de lenguaje, de costumbres y de religión, y ensalzó el beneficio grande que resulta de existir allí muy pocas leyes, simplificación legislativa que compensaba el bárbaro despotismo del Sultán. Este no era tan intolerable para el hombre flexible y astuto que supiera adaptarse al suelo, y hacer sus pulmones al ambiente de un país sin gobierno excesivo, tiranía ciega y caprichosa. Era cuestión de marrullería, de estudio de los hombres y de conocimiento de la fundamental ciencia del Mogreb, que es la Gramática Parda. Él había estudiado más que cien bachilleres de Salamanca para llegar a la cabal asimilación del Islamismo por el lado religioso, por el civil y moral, y podía decir, aparte toda modestia, que pocos picaron tan alto en la sutileza de la conquista. «La llamo así —prosiguió—, porque conquista personal es lo que yo he realizado, y no hay otra manera de penetrar en esta salvaje familia. Los españoles no imitarán en conjunto mi obra, y por no imitarme, no serán nunca dueños de Marruecos, a pesar de estas guerras y de estas batallitas vistosas... Sí, muy vistosas y con música, hijo mío, pero nada más... Y por fin, si tu intención es quedarte aquí, tómame por maestro, y no des un paso ni respires sin consultarme previamente. Prepárate a una labor dura, y trae a tu entendimiento todas las luces que andan por esos mundos, y alguna más que tú inventes, pues la sabiduría y picardía labradas por los demás no son bastantes, y hacen falta picardía y saber nuevos que cada cual debe sacar de donde pueda.»

Tocole después a Santiuste explicar el rapto de *Yohar*, y en verdad que lo hizo con perfecta honradez histórica, refiriendo los antecedentes del caso y el caso mismo sin jactancia ni floreos sentimentales. Frunció el ceño *El Nasiry* a la conclusión de la historia, y dijo: «Bien, *Yahia*: empuje grande de ilusión hubo, según veo, por una parte y otra, y no mediaron más que los engaños propios de amor. Ordena la Naturaleza que se le rinda homenaje, y no hay forma de desobedecerla... Es una tirana que manda en la juventud...

¡Como que ella es siempre joven, y está engendrando sin cesar!... Bien, hijo: lo que no me parece acertado es tu pretensión de que *Yohar* abrace el Cristianismo. Si logras catequizarla, despídete de las riquezas de su padre, que son cuantiosas, hijo. Conozco a Riomesta; sé que no solo es el más rico, sino el primer rezador del *Mellah*, apegado fanáticamente a su Ley rancia y a los ritos hebraicos. No, no cederá... Tienes que largarte a España con la moza, si es que quiere seguirte... Hoy, como está enamorada, te dirá que sí, que será cristiana, que quiere el agua del bautismo... Pero no te fíes, hijo, no te fíes, ni creas que esas lindas coces de *Yohar* que me has contado han de ser siempre blandas y amorosas... Ya coceará de otro modo... Deja que se enfríe un poco el amor, pues no hay cosa caliente que el tiempo no enfríe, y verás cómo la borrica tira al pesebre paterno... Dime otra cosa: ¿tienes tú con qué mantenerla?, ¿piensas que se resignará a la pobreza? *Yohar* gusta de los ricos vestidos, de las joyas... Sin duda esa víbora de *Mazaltob* le ha hecho creer que eres tú algún magnate disfrazado de pobre... Sigue mi consejo: haz paces con Riomesta; pídele su borriquita blanca; dile, o hazle creer, que por poseerla en forma de ley entrarás por el aro judiego y te hincarás delante de Adonai.»

Como Santiuste declarara enérgicamente que no haría jamás abjuración verdadera ni fingida de su fe cristiana, *El Nasiry*, luengo de marrullería, astuto y nada corto de explicaderas, le dio palmadas en el hombro diciéndole: «Hijo, vete pronto a España, vete a cualquier país civilizado, que en África no tienes más carrera que la de mendigo si no estudias todas las artes del fingimiento. El cristiano que acá venga y no sepa fingir, o muere o tiene que salir pitando. Se hace aquí fortuna más o menos grande según el grado de simulación que cada uno se traiga para poder vivir entre esta plebe... En mí tienes ejemplo vivo del arte de figurar lo que no es... Después de tanto tiempo y de aprendizaje tan largo, ya vencedor en la lucha, todavía me veo precisado a representar más papeles, según las ocasiones que se van presentando... Y para que lo comprendas mejor, te pondré un ejemplo mío, un ejemplo reciente, de estos días, de hoy... Verás, *Yahia*... Atiende un poco.»

Limpió su gaznate *El Nasiry* con ligeras toses, y bien preparado de ideas y razones, prosiguió así: «Tengo yo un amigo llamado *El Zebdy*, residente en Fez, buen hombre, intachable musulmán, rezador y creyente a machamartillo, rico y de no escasa influencia cerca del Sultán. Su bondad y humanidad no tienen más límite que la línea del fanatismo; cuando traspasa esta línea, es *El Zebdy* tan bárbaro y cruel como cualquier otro de su raza, y aún más que tantos y tantos que se ven por ahí. Pues bien: este amigo me suplicó que le contara por escrito todas las ocurrencias de la guerra, desde la llegada de los españoles al valle del Río Martín, hasta que quedaran deshechos ante los muros de Tetuán... No era de mi gusto escribir historias; pero no podía negarme a la pretensión de *El Zebdy*, porque este señor me ha protegido con largueza; me salvó una vez la vida; por él tengo aún esta mi cabeza sobre los hombros; me ha dado dinero y crédito para mis negocios; consiguió que el Sultán me cediera gratis el terreno donde he construido tres casas; y más, más favores le debo. ¿Qué podía yo hacer, Juan? Ponte en mi lugar. Pues Señor... Agarro mi pluma y ¡zas!: todas las acciones se las he contado, y solo me falta la de Tetuán y las trapisondas en la ciudad, tarea que tengo dispuesta para esta tarde, si Dios me da tranquilidad y tiempo...»

—Linda historia será —dijo Santiuste—, escrita sobre el terreno, interpretando la realidad honradamente.

—Quítate allá. ¿Crees tú que es historia lo que escribo para *El Zebdy*? No, hijo, no es nada de eso, porque he tenido que escribirlo al gusto musulmán, retorciendo los hechos para que siempre resulten favorables a los *moríos*. Y cuando no me ha sido posible desfigurar el rostro de la verdad, hele puesto mil mentirosos adornos y afeites para que no lo conozca ni la madre que lo parió. En cada párrafo he metido exclamaciones del *Korán* y gran porción de esas pamplinas con que aquí se alimenta el fanatismo. Allah y la variedad infinita de sus nombres no se me caían de la pluma. Así queda el amigo muy contento y al leer dice: «¡Qué buen creyente es *El Nasiry*! ¡El Benigno le alargue sus años!» Cierto que si el fárrago de mis cartas cayera en manos de un español listo y versado en letras, vería que por los huecos de aquella balumba de citas *koránicas* y de adulaciones al Mogreb y a sus bárbaras tropas, asoman las ideas cristianas, todo el saber que se trae uno al mundo desde que le ponen en la frente la sal del bautismo. Claro que el bestia de *El Zebdy* no verá más que la superficie de lo escrito; en el fondo no penetrará, porque su entender romo es incapaz de penetración, como el de todo muslim que no ha salido de estas ciudades apestosas; se holgará mucho de mis falsas historias, y las mostrará a sus amigos. No quiera Dios que ojos cristianos las lean, pues entonces saltará de los renglones el engaño que en ellos se oculta, y adiós fingimiento mío... Allah me guarde siempre... O Dios, si tú lo quieres... y en confundirlos no hay pecado, que de estrellas arriba el que manda es quien es, y no se cura de que aquí le demos este nombre o el otro. Entiéndelo, hijo.»

Calló *El Nasiry*, quedando un ratito en meditación. Juan, metido también en sí, no echaba en saco roto la lección de fingimiento. La pausa terminó con un suspiro del caballero moro, y con decir este a su amigo: «Creo, Juan, que es hora de que vuelvas a casa. *Yohar* la blanquísima estará inquieta porque tardas... Yo me quedo aquí: mi inquilino, que como amanuense del *Kadí* es hombre de letras, me tendrá preparados los trastos de escribir. Aquí enjareto mi carta al gaznápiro de *El Zebdy*, y hago tiempo hasta que llegue la noche, pues de día no verán mi rostro las calles de Tetuán. Cuando oscurezca iré a mi casa, que ahora es tuya, y te visitaré a ti y a toda la caterva que allí se me ha metido. Procuraré recoger a *Ibrahim* y a *Maimuna*, que amedrentados huyeron de vosotros, teniéndoos por diablos... Entre todos me cuidaréis la casa, que ha venido a ser refugio maternal de moros, cristianos y judíos... Anda, hijo, no te detengas... Allah y la Virgen te acompañen... Dios y la Virgen digo. Todo es lo mismo... Dios hizo al hombre, y el hombre ha hecho los nombres de Dios... Abur.»

IV

Camino de su prestada vivienda, Juan pasó por España... España invadía las calles, pasadizos y rinconadas de Tetuán, gozosa, entusiasta, decidora, con todo su vigor de espíritu y toda la sal de su lenguaje. ¿Quién se acordaba ya de las fatigas, de las hambres, de la muerte de compañeros mil, de las penalidades de todos? Gustaban los soldados la victoria como un manjar celestial que asemejándoles a los dioses les revestía de la más pura dignidad, y les inspiraba mayor indulgencia con los vencidos, y más vivo amor a la patria ausente. ¡Fenómeno singular! Traídos a la victoria por O'Donnell, todos se parecían a él; en todos se reflejaba la serenidad majestuosa del héroe triunfante. No se maravilló poco Santiuste cuando vio y supo que ni el más leve atropello habían cometido los soldados vencedores: a moros y judíos trataban con afable generosidad, repartiendo entre ellos el pan que llevaban para sí. El triunfo ganado con las dos grandes virtudes militares, el valor y la obediencia, la suma acción, la suma pasividad, a todos infundía ideas y talante de caballeros.

Al pasar por el *Zoco*, advirtió Juan que en el *Mellah* gran número de soldados confundían su júbilo bullicioso con la bullanga de las hebreas. No quiso entrar en el barrio judío, donde pudiera aparecérsele la irritada figura de Riomesta, y abriéndose paso entre la muchedumbre de militares, tomó la dirección de su casa. Buscaba rostros amigos, y el primero que vio por dicha suya fue el del beatífico clérigo castrense *don Toro Godo*, que al pronto no le conoció: de tal modo le desfiguraba la morisca vestimenta. Se abrazaron; mucho tenían que hablar y que contarse; pero Juan iba deprisa, y ya charlarían en mejor ocasión... Con interés vivo y palabra rápida preguntó por los amigos: «¿Y Alarcón, y Pepe Ferrer, y Clavería, y el dibujante Vallejo, y Rinaldi, y este y el otro y el de más allá?» De casi todos le dio *don Toro* noticias lisonjeras... «Abur, hasta luego...» «Nos veremos mañana...» Diez pasos más, y el poeta de la Paz se encontró frente a frente del poeta de la Guerra, Pedro Antonio de Alarcón, que venía de la casa de Erzini con su amigo Carlos Iriarte, escritor y dibujante francés. Grande fue el estupor del de Guadix al ver a su amigo sano, limpio, alegre de rostro y mirada, y con aquel airoso empaque musulmán que cuadraba tan bien a su tipo y figura.

«¿Qué tienes que decir, Pedro, de la metamorfosis de tu amigo? ¿Me creías muerto? Muerto fui, resucitado soy. Abrázame una y cien veces... ¡Viva el África hospitalaria!... ¿Para qué hemos conquistado a la blanca Tetuán sino para establecernos en ella?»

—¡Viva Tetuán, y España por los siglos de los siglos viva! —gritó el granadino con toda la fuerza de su voz, los brazos en cruz—. ¡Cuánto me alegro de verte! ¡Qué guapo estás! ¿Quién te ha dado esta ropa? Pillastre, ¿has conquistado alguna morita?

—Ya te contaré... Tengo prisa... vuelvo. ¿Dónde me esperas? Tenemos mucho que hablar.

—¿Estabas aquí cuando la batalla del 4 de febrero?... ¡Acción clásica de guerra! Yo veo en ella el triunfo de la Artillería, y la obra maestra de O'Donnell. Ensalcemos esta grande ocasión de los tiempos presentes. ¡Con cien mil de a caballo, cuándo nos veremos en otra!... ¿Pero tú qué has hecho, qué haces ahora?

—Si viene la paz, haré la historia de ella... Lo que falta para llegar a la paz, yo lo contaré al mundo. No me mires con burla. Ya te demostraré que alguna hojita de los laureles que habéis conquistado me corresponde a mí... Tetuán, la *Blanca Paloma*, nuestra es... Si vosotros con el acero y la pólvora habéis hecho una gran conquista de guerra, yo, con pólvora distinta, he hecho una conquista de paz. ¿Cuál será más duradera, Perico?...

Fin de Aita Tettauen
Madrid, octubre-noviembre-diciembre de 1904-enero de 1905.

Libros a la carta

A la carta es un servicio especializado para

empresas,

librerías,

bibliotecas,

editoriales

y centros de enseñanza;

y permite confeccionar libros que, por su formato y concepción, sirven a los propósitos más específicos de estas instituciones.

Las empresas nos encargan ediciones personalizadas para marketing editorial o para regalos institucionales. Y los interesados solicitan, a título personal, ediciones antiguas, o no disponibles en el mercado; y las acompañan con notas y comentarios críticos.

Las ediciones tienen como apoyo un libro de estilo con todo tipo de referencias sobre los criterios de tratamiento tipográfico aplicados a nuestros libros que puede ser consultado en Linkgua-ediciones.com.

Linkgua edita por encargo diferentes versiones de una misma obra con distintos tratamientos ortotipográficos (actualizaciones de carácter divulgativo de un clásico, o versiones estrictamente fieles a la edición original de referencia).

Este servicio de ediciones a la carta le permitirá, si usted se dedica a la enseñanza, tener una forma de hacer pública su interpretación de un texto y, sobre una versión digitalizada «base», usted podrá introducir interpretaciones del texto fuente. Es un tópico que los profesores denuncien en clase los desmanes de una edición, o vayan comentando errores de interpretación de un texto y esta es una solución útil a esa necesidad del mundo académico.

Asimismo publicamos de manera sistemática, en un mismo catálogo, tesis doctorales y actas de congresos académicos, que son distribuidas a través de nuestra Web.

El servicio de «libros a la carta» funciona de dos formas.

1. Tenemos un fondo de libros digitalizados que usted puede personalizar en tiradas de al menos cinco ejemplares. Estas personalizaciones pueden ser de todo tipo: añadir notas de clase para uso de un grupo de estudiantes,

introducir logos corporativos para uso con fines de marketing empresarial, etc. etc.

2. Buscamos libros descatalogados de otras editoriales y los reeditamos en tiradas cortas a petición de un cliente.